力水
ill 瑠奈璃亜
超難関ダンジョンで10万年修行した結果、世界最強に
〜最弱無能の下剋上〜
6
モンスター文庫

「シャル、おはよ」
「よかった。起きたよぉ」
ギルバート・ロト・アメリア

シャルム

バアル

カイ・ハイネマン

ファフニール

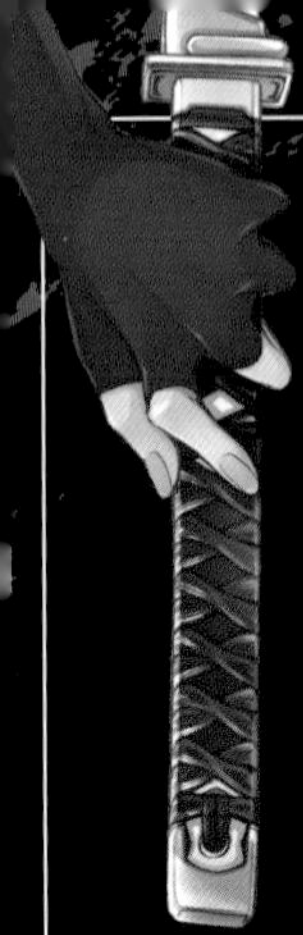

CONTENTS

超難関ダンジョンで10万年修行した結果、世界最強に～最弱無能の下剋上～⑥

力水

MONSTER bunko

プロローグ

石が敷き詰められた、だだっ広い地下室。その薄暗く、冷たい一室の中心にはひと際大きな円盤状の石板が設置されており、その上に背に翼を生やした一人の女性と白色の肌をした霧国の男の魔族と褐色の肌をした闇国の女の魔族が拘束されて横たわっている。

そして、その円盤状の石板以外なにもない伽藍洞の地下室の隅にはソファーが置かれており、顔に奇抜なメイクをした道化師姿の男、ロプトが踏ん反り返っていた。

「開始しなよ」

ロプトが弾むような声色でそう命じると、黒色の軍服の男たちは一斉に詠唱を始める。

詠唱に呼応するかのように石板が真っ赤に発光、ドーム状の真っ赤な立体魔法陣が出現して、その上に乗る数人の男女を包み込む。

「たすけ――」

涙を流して必死に懇願の声を上げていた複数の男女の身体が突如ドロリッと溶解して集まり、ゆっくりと人の形を形成していく。

忽《たちま》ち、ライフルを抱え、スーツを着用してハットを被った優男となると、

「ロプト大将閣下、このバルトス、御身のもとにはせ参じました」

赤色の肌で頭頂部に角のある優男、バルトスは、片膝を突いて過剰なほど恭しく首を垂れる。

ロプトはそれに答えようともせず、興奮気味に立ち上がると、

「よし、実験は成功だッ！　たった三匹の贄で大佐クラスを受肉できた！　しかもパンピー君のように力に制限があるわけじゃないっ！　これは極めて大きい発見だよっ！」

パチンと指を鳴らしてソファーから立ち上がると歓喜の声を張り上げる。

口角が裂けた白服の男、プロキオンが、

「これで俺は真の魔王に進化できる、そう考えていいんだな？」

顔に喜色を浮かべつつロプトに詰め寄ろうとするが、バルトスが不快感を隠そうともせず、立ち上がって銃口をプロキオンに向ける。

ロプトは右手でそれを制すると、バルトスは銃口をしまって再度首を垂れて跪く。

ロプトは満面の笑みで両腕を広げて、

「もちろんだとも。これで下準備は済んだ。君は必ず有史以来、最強の魔王となる」

そう力強く断言する。

「で、いつ俺は『真なる魔王《トゥルース・アークエネミー》』へ進化できる？」

興奮気味に問い詰めるプロキオンに、

「ノンノン、焦るのは禁物さぁ。僕らが目指しているのは文字通り最強の魔王。一度、君が『真なる魔王《トゥルース・アークエネミー》』とやらになれば、もう二度と生まれ変わりのような進化はできなくなる。進化の儀式を決行するのは、準備ができてからさ」

「どういうことだ？」

眉を顰《ひそ》めて尋ねてくるプロキオンに、

「鈍い子だねぇ。要するに、効果を最大限にしてから儀式に臨むべきと言っているのさ」

ロプトは肩をすくめて、さも呆れたように返答する。

「そうか！　そうかーーっ！　その儀式を最大限にするためにはどうすればいいッ⁉」

血走った目で再度問うプロキオンにバルトスが濃厚な殺意の籠った視線を向ける。

周りが全く見えていないのか、分かりやすすぎるバルトスの怒りにすらプロキオンは、気付きもしない。

「儀式の効率化向上のためには、多数の魔物と闇国の魔族、そして君の霧国の魔族の贄が必要だ。分かるね？」

「俺の霧国もこの闇国の魔族も好きに使えばいい！　魔物は南の【ノースグランド】から、すぐにでも捕獲してくるっ！」

「君の進化にはもう一つ決め手となるスパイスがいる」

「それはなんだっ⁉　どんなものでもすぐに取り寄せるぜっ！」

血走った目で叫ぶプロキオンに、

「この闇国の魔王の血筋を色濃く受け継ぎし者さ」

ロプトは口角大きく吊り上げると弾むような口調で答える。

「闇国の魔王の血筋……しかしよぉ、アシュメディアの奴は目下消息不明だぜ？」

「パンピー君、そこのところどうなっている？」

背後に控えるカイゼル髭の男、パンピーにロプトは僅かに肩越しに振り返りつつ確認する。

「徹底的に調べさせましたところ、闇国魔王アシュメディアの行方は依然として不明ですが、アシュメディアには双子の妹がいることが判明いたしました。国の習わしから双子で遅れて生まれてきた者は殺害しなければならない。それを憂いた先代魔王の側近たちが秘密裏に逃がしたことが判明しております。既に追手を差し向けておりますれば、すぐにでも朗報をお持ちできるかと」

パンピーの報告にロプトはパチンと指を鳴らして、

「いいねぇ！　これで全ての駒は揃った。プロ君、じゃあ、儀式の供物の調達、頼めるかな？」

プロキオンに問いかける。

「もちろんだ！　すぐにでも捕獲してくるっ！」

意気揚々と鼻息を荒くして地下室を退出していくプロキオン。

「あんな無能に頼らなければならないなんてさぁ、ままならないね。僕らが直接動ければ手っ取り早いんだけど、六天神が現界している可能性が高い以上、ここ以外で目立つ行動は避けたいし」

ため息交じりに呟くロプト。この地に現界した何者かが、マーラを破った可能性がある。六大将を倒せるものは六天神のみ。奴らがここにいるのはまず間違いない。今のこの状況で奴らにこの魔族領へ踏み込まれれば悪軍の敗北は必須。今は時間を稼ぐ必要があるのだ。だからこそ、ロプトたちが現界するまで一切悪の軍勢は動かすことができない。あの玩具《プロキオン》に頼るしかない。

「恐れながら――魔王ごときがいくら進化したところで所詮は貧弱な下等生物。六大将閣下を受肉できるものなのでしょうか？　仮に受肉なされたとしても極めて不完全なものに終わるのでは？」

そんなロプトにバルトスが躊躇《ためら》いがちに尋ねてくる。

「ああ、僕も当初はそう思っていたさ。でーーも、この闇国の魔族は少々違う。まさに家畜の中でも超レア！　上手く使用すれば今後、僕らの戦略の主軸になる可能性を秘めている」

「超レア……どうにも私には信じられません」

困惑気味にそう呟くバルトスに、

「あくまで僕の予測だけど、この地に封印されていた宝玉と闇国の魔土を贄に使用すれば僕ら大将クラスの完全受肉も可能だ」

「大将閣下の完全受肉……」

言葉が続かないバルトスに、

「理由はまだ分からない。でも、僕らがこの地の魔族を得たのは大きな転機となる。なにせ、この魔族を効率よく利用することができれば、今後、僕らは他世界への自由通行券を獲得することになる」

噛みしめるようにロプトはそう宣言すると、部屋の一同から驚きの声が上がる。

無理もない。この不毛な戦争が開始されてから大将クラスが現界したのは数えるほどしかない。しかも、完全受肉など未だかつて一度たりともあり得なかった。天と悪は常にいかに完全受肉に近い形で現界できるかが、勝利の決め手となっていたのだから。もし、それを他世界でも完全受肉ができるようになるのなら――。

「確かにもし、自由に受肉ができるとすれば我らの負けはなくなりますな」

「ああ、僕ら大将もこんな依り代の粘土細工に頼らずとも自由に世界で力を奮えるようになる」

ロプトは自身の身体を憎々し気に眺めながら相槌を打つ。そしてパンピーに視線を移すと、

「それで、波旬《はじゅん》はまだ見つかってないのかい？」

端的に尋ねてくる。温度が数度下がったと錯覚するほどの悪寒が全身に走り、パンピーはゴクリと喉を鳴らしながら、

「はい。草の根を分けて探しましたが、全く足取りすらつかめず……」

偽りのない報告をする。ロプトに虚偽を述べても無駄だ。この大神からすれば、パンピーごときの思考を読むなど息を吸うようなもの。それにこの情報には大した意義はない。

「そうかい。だとすると、別の世界に飛ばされてしまった可能性が高いか……まっ、いいさ。どのみち、計画はこのうえなく順調だ。もうじき、僕らは完全な受肉を果たす。波旬《はじゅん》一人、いようがいまいが大勢に大きな影響はない」

ロプトは冷たい地下室にいる部下たちをグルリと見渡すと、

「それじゃあ、僕らの悪を始めるとしよう！」

口端を耳元まで吊り上げて、語り掛ける。

『おうっ！』

一斉に悪の軍勢は敬礼をして己の主の命の下に動き出したのだった。

◇◆◇◆◇◆

そこはバルセ近隣の新都市【カルテル】にある宿の一室。ネイルたちは人間の新米ハンターの犠牲のもと手に入れた宝玉の受け渡しのため、指定された【カルテル】の宿に待機していると、カイゼル髭の大男が接触してきた。

『警戒するな――と言っても我らのしたことを考えれば無理な話か。だが、これだけは誓う。私はお前たちの敵ではないし、これから起こるクソのような悪夢を回避しようと考えて行動している』

カイゼル髭の男は運命にでも取り組むような真剣な表情でネイルにそう言葉を絞り出す。

「お前は……誰だ？」

『私は――パンピー、お前たちの国を占拠した悪の勢力に属するものだ』

「ッ⁉」

カイゼル髭の男がそう自己紹介すると、部下たちはネイルの指示を待たずに一斉に取り囲みながら武器を構える。

故郷を奪われ、身内を人質に取られてこんな虫唾が走るような卑劣な行為を強制されているのだ。部下たちの怒りや憎しみはネイルにも痛いほど分かる。しかし――。

「武器を収めろ！」

激高するネイルの声に皆、ビクッと全身を痙攣させるが、誰一人として武器を下ろすことはない。

「我らは既に奴らに首根っこを押さえられている。この状況下で力のない我らにそんな詭謀《きぼう》を用いる必要があると思うか？」

グルリと見渡して、少し考えれば明らかな事実を諭す。そうだ、奴らは力でアシュ様のいる闇国を一夜で制圧したほどの強者。奴らの仲間には霧の魔王プロキオンもいるし、闇国の最強の一角、ドルチェも離反している。さらに闇国の国民を人質に取られているんだ。もはや、ネイルたちに奴らが気を遣う必要など皆無に等しい。

「くそぉ……」

武器を下ろして悔しさに涙する部下たちに、

『話を聞き入れてくれて感謝する。それでは話そう』

自らをパンピーと名乗ったカイゼル髭の男は、ゆっくりとネイルが今最も知りたかった事実を話し始める。

「悪の神の軍勢。この世のあらゆるものを破滅と絶望に導く存在？　最悪だ……よりにもよって我らの国はそんな超越者《トランセンダー》どもの集団に乗っ取られたというのか……」

眩暈がするほどの絶望感に、凄まじい脱力感が断続的に襲ってきて近くの椅子に腰を下ろす。

通常なら一笑に付す内容だ。だが、アシュ様があっさり敗北したのも、強固が売りの闇国の首都にプロキオンの軍勢が攻め込めたのも、そう考えれば納得がいく。何せ相手は神の軍勢だ。ネイルたちにとっては至宝の古代のマジックアイテムですら、奴らにとってはなんてことのないガラクタに過ぎないのだろう。

「落ち込んでいるところ悪いが、事態は急を要する。六大将閣下の受肉を止めねばこの世界は悪に制圧される。それはお前たちも本意ではあるまい？」

パンピーの問いに両手の掌で頬を打ち付けて、

（落ち着け！　落ち着け！　落ち着け、ネイル！　アシュ様にお前は祖国と民を託されたはずだろうッ⁉）

必死に自問自答をして、ぐちゃぐちゃになった思考をリセットしようとする。

「動揺してすまなかった。一つ答えて欲しい。なぜ、その話を我らにする？　お前は悪の軍勢の者なのだろう？　我らを助ける道理はないはずだ」

もちろん、パンピーが騙そうとしているとは思わない。神様の軍勢からすればネイルなど道端を這う蟻に等しい。騙す価値などないのだから。それでも、仮にもネイルたちの故郷を無茶苦茶にした組織に所属している者を信じられるかといったら、また別の話だ。

パンピーは暫し考え込んでいたが、

「……そうだな。目が覚めたからだろうな……」

ネイルの目を見ながら口を開く。

「目が覚めた？」

「ああ、どうやら私は大分長い間、悪い夢を見ていたようだ。この地に来てから最近、昔の真面《まとも》な思考が戻ってきている。おそらく、きっかけは——いや全て言い訳にしかならぬな。止めておくとしよう。ともかくだ、私はもうあの悪質な組織に与するつもりはない。それはきっと本来の我が主の意思でもある」

パンピーの目の奥にあった強烈な感情を目にして、ストンと腑に落ちた。だって、それはネイルが持っているものと同じ種類のものだったから。

「委細承知した。パンピー殿、祖国を救うために、具体的に我らは何をすればいい？」

「生き別れのアシュメディアの双子の妹、ミトラをドルチェやプロキオンより先に救出しろ。既にこの地には、天の軍の主力六天神がいる。奴らも目立った行動を起こせない。六大将の受肉がされなければ、いずれ悪の軍が敗北する」

「アシュ様の生き別れ……の双子の妹？」

「そうだ。先代の魔王の子はアシュメディアとミトラの二人。魔王は一人、という習わしから処分されそうになったところを闇国の大老イエティにより内密に逃がされていた。ロプト大将閣下はミトラを六大将受肉の贄にするつもりなのさ」

「ちょっと待ってくれ。少し頭が混乱している……」

アシュ様に双子の妹がいて、王室の掟により殺されそうになったところをイエティ様が保護して育てていた？　いくらなんでも話がぶっ飛び過ぎて頭が理解に追いついていかない。

「お前たちの立場ならそうだろう。いずれロプト大将閣下は私の裏切りに気付く。そうなれば間違いなくミトラの捕縛にプロキオンを追手として差し向けるだろう。その前にミトラを救助できなければ我らの負けだ。ことは一刻を争う。今すぐ動いてもらいたい」

「今は考えている時ではないか……」

どのみち、アシュ様の妹君を見捨てるなどできようもない。ネイルに選択肢はないのである。

「ミトラ様について知っていることを詳しく教えていただきたい」

「それは――」


パンピーが口にした台詞。それはある物語の狼煙。本来ならば、世界を絶望のどん底に陥れる悪の軍と正しき道に導く天の軍とのゲームに投げられた小さな波紋にすぎなかった。

しかし、その些細で小さな波紋が、この世で最も強く恐ろしい怪物との出会いを作ってしまう。

その怪物にあるのはただ自らの快と不快のみ。その自らの絶対のルールに背くものは残酷に無残に地獄へと落とされる。それはこの世の悪を自認する軍であっても、自らを正義の執行者であると信じる天の軍でも同じ。一度、怪物の逆鱗に触れれば跡形もなくなるくらい粉々に砕かれる。おそらく、これはこの世にある唯一無二の絶対法則。

ネイルはこの時、明確にそして決定的に最強の怪物が紡ぐ物語の中に足を踏み入れたのだった。

◇◆◇◆◇◆

――天上界エーリュシオン

アレスは鉛のように重い脚を動かしながら天上界エーリュシオンの天神議事堂へと向かっている。

(どういうことなのでしょう……)

突然のエーリュシオンで行われる天神会議への出席の要請。元より、天神会議は六天神をはじめ、天軍でも有数の神々のみが出席を許された最高決定機関。アレスのような一介の上級神ごときには到底出席が許されぬ場所。

理由は概ね予測がつく。シルケットにテルテル大佐の監視を命じた件だろう。

シルケットは丁度病で死んだばかりの肉体へと憑依し、レムリアでテルテル大佐の監視をしていた。

彼がアレスに持ち帰った情報は彼女を混乱させるのに十分な内容だった。

シルケットによれば、テルテル大佐は勇者マシロが擁する四聖ギルドの一つ、ルーレットのマダラと接触する。その以後、マダラからは人に非ざる雰囲気が付きまとうようになった。もし、テルテル大佐がマダラに術を施していたのなら、重大な天界のルールに抵触する。

もっとも、シルケットがその証拠を掴もうと探っていると、マダラは精霊の里を襲うもあっさり、返り討ちにされてしまったらしい。

もし、テルテル大佐がマダラに何か力を与えたのなら、一介の精霊たちに太刀打ちなどできるわけがない。つまり、シルケットの抱いた感覚は誤っていたということ。

アレスは引き続き、シルケットにバベルに潜伏していたテルテル大佐の監視を命じた。

バベルで入学試験がある前日、テルテル大佐の後を追って裏路地に入った時、黒色の霧に包まれて、気が付いたらバベルで拠点としている宿のベッドの上で寝ていた。しかも、既に丸一日すぎており、以来、テルテル大佐を探すも痕跡すらも見つけることができなかった。

その直後、アレスに管理世界レムリアに対する一切の不干渉の命が天軍本部から下される。

加えて、この天上界エーリュシオンの天神会議への出席の勅命だ。

おそらく、シルケットが行ったテルテル大佐の監視により天軍の任務が阻害されたのだろう。

そして、それが原因で極めて重大な事件に発展してしまった。

というより、天軍が総力を挙げて動くことなど限られている。そう、あの忌まわしいゲームが愛するレムリアで起こりつつあるということ。

正直、自身の処分などは二の次。大して怖くはない。アレスが真に危惧するのは天軍がレムリアに対する極めて残酷な決断をしてしまうこと。

（遂に着いてしまいましたね）

天神議事堂の大扉が開かれる。

「――ッ⁉」

その部屋に出席している面子を目にしてアレスは自身の危惧が過剰ではなく、もっとより最悪なものであることを理解した。

議事堂の絢爛な部屋の中心にある六つの椅子。その四つの席には四柱の大神が座しており、その周囲を円状に取り囲むように天軍の最高幹部たちが揃い踏みしていた。

「欠席のトール以外、揃ったようじゃし、天神会議の開催じゃ！」

六つの椅子の正面に座る祖父にして最強神デウスが右手に持つ木槌《ギャベル》で机にある真っ赤な木製の板を叩き、会議は開始された。


六天神タルタロスの側近にして天軍四天将の一柱、タナトスによる報告が終わり、会場は妙な静寂に包まれていた。皆アレス同様、狐につままれたような顔をしているのは、その内容が到底信じがたいことだったから。

「タルタロスが滅んだ、百歩譲ってそれはいい。だが、仮にもタルタロスは六天神。相応しい強度があった。もし、彼と衝突すれば無事にはすまない。その彼を玩具にしてトラップ付きの生首を届けてきた？　ルミネ・ヘルナーとかいう人間の娘を処分しようとしたことに腹を立てて？　流石に信じられないね」

顎まですっぽり隠れる黒色の兜を被り、同じく黒色の鎧に真っ赤なマントをした細身で小柄な神が、タルタロスの配下にして四天将の一柱、タナトスに尋ねる。この神は序列二位、オーディン様。普段から兜と鎧を身に纏っており、素顔はもちろん、性別、強さや能力に至るまで全てが不明な旧世代の戦神だ。

「真実じゃ。タナトスの言は全て真実であると儂が保障しよう」

最強神デウスのお墨付きにより、この件が洒落や冗談でも誇大でもないことが分かったのか、議事堂内は鳥かごのように騒めき出す。

「騒々しいっ！　黙れッ！」

四本腕に紫色の肌の青年、シヴァ様が右拳を円形のテーブルに叩きつける。通常の衝撃では傷一つつかぬはずの円卓にミシリッと蜘蛛の巣状の亀裂が入り、先ほどの喧騒が嘘のように静まりかえった。

「シヴァ、物を壊すなよ」

オーディン様が非難じみた声を上げる。

「けっ！　だが、静かになっただろうがよ」

「静かになればいいってもんじゃないだろうさ」

呆れたようにため息を吐きつつ顔を左右に振るオーディン様に、

「あっ⁉　俺様のやり方が気に入らねぇ、テメエはそう言いてぇのかっ⁉」

シヴァ様は額に青筋を張らせてドスのきいた声をあげる。

「もちろん。その通りだ。ボクは君のその野蛮なところが嫌いでね」

「テメエ……」

　両者の発する魔力により空気がパチパチと破裂する中、

「両者止めよ」

　デウス様の制止の声はさほど大きくはなかったが、シヴァ様は舌打ちをすると四本のうち二本を組んで瞼を閉じ、オーディン様も一旦口を噤む。

「デウスの旦那ぁ、その蠅の神、あの、クレイジーダンジョンに封じられているあいつだと思うちょるんか？」

　丸縁のサングラスをかけた着物姿の美丈夫が、右手に握る扇子で自身の右肩を叩くとデウス様へ尋ねる。彼は英雄神インドラ様。天軍最高戦力の一角であり、こと戦闘能力だけなら雷神トール様にすら匹敵するとも称される大神である。

「あの災厄の大神か……」

　シヴァ様がしかめっ面で憎々し気に呟く。普段ならそんなシヴァ様に皮肉の一つも言っているオーディン様も無言で人差し指で円卓を叩きながら、デウス様の意見を待つ。

　デウス様は瞼を固く閉じたまま、大きく首を左右に振ると、

「うんにゃ。それは、絶対にあり得ぬ話じゃよ」

　確信をもって強くそう断言する。

「どいて、そうお思いになるんやかね？　あいつなら、タルタロスを玩具にしたち、大して意外性はない。そうやないじゃろうか？」

　インドラ様の疑問に、

「俺様も同意見だな。もしアレなら確かにタルタロスでも荷が重いだろうよ」

　シヴァ様がそう吐き捨てると、

「奴はまさに災厄だ。まさか、奴に単独で勝てると己惚れている間抜けはここにはいやしないだろう。だけど、そうなると、あのダンジョンの管理者が盟約を破棄したと考えられるけど、デウス、そこのところどうなんだい？」

　オーディン様も大きく頷き、デウス様に問いかける。

「奴は盟約を反故にはせぬ。のっぴきならない理由でダンジョンが完全に使用不能となるまで管理の責務を全うするじゃろうよ」

「そんなものかな……」

　このデウス様の断言に納得がいかないのか、疑義たっぷりの声を上げるオーディン様に、

「何よりもじゃ、件《くだん》の蠅頭の怪物は至高の御方と宣ったのじゃ。そんな発言、あ奴がすると思うか？」

　デウス様は意味ありげにお三方に語りかける。

「まあ……」

「それもそうか……」

「……確かに、あれを魂から屈服させる奴などおるわけないか……」

　ようやく納得がいったのか、インドラ様を始めとするお三方は納得気に頷いた。

「そうはいっても、タルタロスを殺したことに変わりない。他にそんな大それたことをできる輩は限られておる。何より死者すら弄ぶあの悪質性、奴は――」

「悪軍どもかっ！」

シヴァ様の怒声に議事堂の至る所から怒り、嫌悪、闘争心を含めた複数の感情が沸き上がる。

「ああ、あのやり口、間違いなく悪のものじゃ。じゃが、今までの奴らとは強度も悪質性も全くの段違い。儂らも舐めてかかるとあっさり、食われるじゃろうよ」

「新たな六大将か？」

「おそらくな。悪の中に真正の怪物が生まれたんじゃろうよ。今までとは全て別物。そう考えて臨むべきぞっ！」

デウス様は両手で膝を叩くと席を勢いよく立ち上がり、背後の白装束の男を肩越しに振り返ると、

「我ら六天神が認めた者以外の今後一切のレムリアへの立ち入りを禁ずる！　その旨を儂の名で天上界全てに知らせ、徹底させよ！」

アレスにとって最悪とも言える命を下した。

「は！」

大きく頷く白装束の男に強烈な焦燥に駆られ、

「し、しかし、デウス様、それでは私の世界が――」

「アレス、悪いがもはや一介の神の意思が挟む余地などない。諦めよ」

デウス様は有無を言わさぬ口調でアレスに言い放つ。

「――っ！」

優しい祖父とは思えぬ荒ぶる姿に、翻意を迫る言葉を呑み込み押し黙る。

強烈な納得のいかなさと、自分に対する不甲斐なさに胸が押しつぶされそうになる中、

「レムリアの徹底的な調査の実施。その後、軍の総力をもって進軍する！　いいか、敵はかつてないほど強力じゃ。じゃが、我らは正義の執行者！　悪を決して許すな！　もし敗れれば多くの世界の安寧が失われる。それを自覚せよ！」

デウス様の叫びに、各六天神様方が立ち上がり、それぞれの武器で床を突く。直後、議事堂内に獣のような咆哮が沸き上がったのだった。

◇◆◇◆◇◆

そこはイーストエンド、リバティタウンの大通りにある新規の大型料理店。

部屋中に設置された装飾品。壁には『祝開店』の垂れ幕が下りている。

店内のテーブルの上には、いくつもの色とりどりの料理が盛られた皿が置かれて、私たちの身内が集められていた。

「皆さん、本日はお集まりいただき、ありがとうなのだ！」

アシュが頭を下げると、部屋中から拍手が起こる。

今日はこのリバティタウンに初めてできた大規模料理店の開店日。

リバティタウンでは最近、アキナシやエスターク公爵家を始めとするいくつかの貴族領と本格的な交易を開始した。

特にリバティタウンは、元エルディムの住人が住まう地。彼らは討伐図鑑の愉快な仲間たちの指導を受けて、各自修行を続けており様々な高性能マジックアイテムやポーション、特殊な魔法武具などを製造することが可能となっている。

最近完成品を拝見したが、どれもこの世界の常識を逸脱した非常識な効果を有するものばかり。流石にそれを、そのまま流通させるわけにはいかない。そこで、効果をかなり減弱させてアキナシや一部の信頼できる身元の客にのみ試験販売することにした……のだが、それが事態をややこしくさせることになる。このポーションやマジックアイテム、魔法武具の噂が、瞬く間に巷の商人の間で噂となって、このリバティタウンに豪商が押し寄せる事態となったのだ。

真っ当な商人たちに、商品はありますけれど売りません、というわけにもいかず、性能を一般流通に流してよいレベルまでさらに引き下げて販売することにした。そんなこんなで現在、リバティタウンはゴールドラッシュさながらの様相を呈している。

そこで豪商たちを迎える方策として宿と料理店の開店が街主導で決定され、その大規模料理店のオーナーにアシュが抜擢されたのである。料理長としてエミが採用され、王都からエミの昔の同僚の料理人たちや、アキナシの料理人たちも多数迎えて運営されることとなる。

私がテーブルにあるエールの注がれたグラスを右手に持つと、

「では、この『黒猫亭』の開店を祝って、乾杯！」

乾杯の音頭をとる。乾杯の声が部屋中に巻き起こり、リバティタウン初めての大規模料理店の開店祝いが開催される。


これは名目的には『黒猫亭』の開店祝い。私がこの場に呼んだのは、私たちと少なからず所縁があり、今から始まる悪だくみ《ゲーム》についてすり合わせが必要な者たち。アスタの転移能力を利用して急遽呼び寄せたのだ。

――バベルの旧統括学院長イネア・レンレン・ローレライ、現学院長のクロエ・バレンタイン。

――アメリア王国最高の騎士アルノルトと高位貴族ガラ・エスターク。

――ハンターの英雄、ラルフ・エクセルと、その御供にバルセで悪軍とかいう愚物どもに友を殺された傷を持つハンター、ライガとフック。

そして、今も緊張の極致にあるバベルの入学試験で知り合ったソムニとテトル。

彼らは小動物のように部屋の片隅でキョロキョロと周囲を見渡していた。

「お前たち、楽しんでいるか？」

二人に近づき労いの言葉を送る。おそらくこれは、彼らにとって最後の休息。労いの言葉はやはり必要だろうさ。

「「師父っ！」」

二人は全身から緊張を解いて、安堵たっぷりの声を上げる。出会ってから日も浅いが、どういうわけか、この二人には大分懐かれてしまった。

ちなみに、ザックが先輩風を吹かせて、ソムニとテトルに色々あることないことを吹き込んだせいで、二人まで私を師父と呼ぶようになってしまう。その呼称をやめるように言っても翻意にする気がないので、仕方なくバベル内ではカイと呼ぶように厳命して放置することにした。私にとって呼称など些細なこと。面倒ごとに巻き込まれなければ、あとはどうでもいいのである。

「本当に俺たち、ここにいていいんですか？」

躊躇いがちに尋ねてくるソムニに、

「もちろんだとも。今日は肩の力を抜いて存分に寛《くつろ》いで欲しい」

至極当然の返答をする。

「師父、なぜ、僕らはこの場に呼ばれたんですか？」

テトルがひどく神妙な顔つきで尋ねてくる。

「どうしてそう思う？」

「僕らがこの場にいるのはどう考えても場違いですから」

テトルは出席者をグルリと眺めながら、そう返答する。

「ふむ。場違いではないぞ」

むしろ、ソムニとテトルはこの会が開かれた目的の主役の者たち。いわばこの会は彼らという人間を見定める品評会のようなもの。彼らがいなければそもそも始まらない。

「師父は僕らに何をさせようとしているのですか？」

本当に勘が良い子供だ。正直、テトルがここまで機知に富んでいるとは思わなかった。彼は私が極めて重要な理由でこの地に二人を連れてきたことに感づいている。流石にその理由までは、見当もついていないようだが。

「お前たち二人を呼んだのは、この地で鍛えるためだ」

「そうか、修行が始まるんですねっ！」

ソムニが顔に喜色を浮かべつつ、身を乗り出して叫び声を上げる。ソムニの台詞に部屋中から視線が集中するが、浮かれ様子の本人は気付きもしないようだ。

「そうだ。修行は極めて厳しいものとなる。お前たちがゆっくりできるのは半年後の修行が完了した後。そう思ってもらいたい」

「半年後……」

私の言葉に生唾を呑み込む二人の肩を軽く叩くと、

「だから、今はたっぷり楽しめ」

二人に背を向けて歩き出す。

「「はいっ！」」

背中越しに二人の気迫たっぷりの声を聴きながら、私は二人から離れる。

「ガラ殿、遠路はるばる歓迎するよ」

今や我らイーストエンドと深い関わりを有するガラ・エスタークが目に留まり、近づいて挨拶をする。

「これはカイ様、此度はご招待いただき、痛み入ります」

ガラは極度の緊張により顔をこわばらせながら、右手を胸に当てて左腕を後ろに回して私に貴族風の挨拶をする。

私のハイネマン家は名誉騎士爵。このアメリア王国では一応貴族にカテゴライズされているが、貴族の間では似非貴族扱いをされている。その私にこのような態度をとるのは本来では考えられないこと。というより、まるで猛獣を前にしたような態度の理由は、部屋の隅のテーブルにいるあいつらが私に関してあることないこと吹き込むからだ。

視線を部屋の隅のテーブルに向けると、象の魔物、ギリメカラと竜の頭部を持つラドーンの二者が、人化できる同じ派閥の奴らを引き連れてグビグビと酒を美味そうに飲んでいた。

「どうだい？　楽しめているだろうか？」

「ええ、ここの料理は本当に素晴らしい！　妻と息子も大層喜んでおります！」

ガラの息子はファフ、ミュウ、フェン、マーリたちお子様たちとよく分からぬテンションで盛り上がっており、ガラの妻は女神連合の連中とファッションやらスイーツの話に花を咲かせているようだ。

「それは何より。ではこの後の会議、よろしく頼むよ」

意味ありげな台詞を口にすると大きく頷き、

「は！　微力ながら是非協力させていただきます！」

ガラは右拳を胸に叩きつけ、頭を深く下げた。


数時間後、『黒猫亭』の開店式が終了し、私たちはリバティタウンの中心にある円形の会議場へ移動する。会議室の中の円卓の各席には開店式でいた面々と、到着したばかりのアメリア王国の宰相、ヨハネス・ルーズベルトが座していた。

「では会議を始めよう。彼女たちが此度の計画の最重要人物であるアシュ、テトル、ソムニだ。皆、どう思う？」

「ふふ、人が悪い。カイ殿のお気持ちは既に決しておいでだ。出席者の方々も彼らが計画に担うに相応しいかではなく、この前代未聞の計画を遂行するのがいかなる人物なのかを確認していただけ。そうではありませんかな？」

黒髪巨漢の男、ヨハネスが出席者に同意を求めると、皆小さく頷く。

「そうじゃな。否定はせんよ」

ラルフが首を縦に振り、

「ええ、カイ様がやろうとしていることならば」

イネアもそのラルフの意見に同調する。

「戦闘が素人の私には、二人は何の変哲もない子供にしか見えませんでした。本当に彼らで霧の魔王プロキオンに太刀打ちできるものなのでしょうか？」

　唯一ガラが半信半疑で私に疑問を呈してくるが、

「今は無理じゃろうな。じゃが、どうせこの半年で人間離れした化け物になるのは目に見えておる。儂は心底、プロキオンに同情しておるよ」

　ライガとフックを半眼で眺めながらラルフはそんな冗談を口にすると、

「それには同意しますね」

　アルノルトがすかさず、ラルフの意見を支持する。

　あのな……流石の私も半年鍛えた程度で二人が霧の魔王に勝利し得るとは考えちゃいないさ。この計画は魔王に勝利するかではない。あの愚王子が私の出した条件を成就し、元の友との絆を取り戻せるか、そしてアシュが記憶を戻せるか、その二つ。

　まあ、アシュの記憶の回帰の件は、私としてもやむを得ない荒療治でもある。

　ともかく、後のことは全ておまけである以上、プロキオンが彼らの手に負えないのなら、責任を持って私が力でねじ伏せるつもりだ。プロキオンの非道は既に調べがついている。一切の妥協なく地獄をみせてやるさ。

「皆、計画に異論はないと？」

「我が国は、異論ありません」

　ヨハネスが即答し、アルノルトも無言で頷く。

「我らハンターギルドも右に同じじゃ」

「私たちバベルも同じく」

ラルフとイネアも賛同して、私の練った計画は正式に受理された。調整が済んだ以上、あとは計画を始動させるだけ。

「クロエ、バベルについては当分の間休校となるんだな？」

「はい。現在、バベルに入学式をしている余裕などありませんから」

テトルは学園都市バベルの学生だし、ソムニも入学式を控えている。大人の勝手な都合で留年させるわけにもいくまい。だから、通常通り入学試験の三か月後に学園生活が開始されるのならば、このゲームは諦めるつもりだった。

しかし、今回の副学院長派とギルバートの不正の事後処理及び、イネアの電撃引退の余波により、一時的にバベル全体が機能不全となる。結果、八か月間のバベル内の全学院に休校が命じられることとなった。私はこの棚から牡丹餅的な機会を最大限利用することにしたのだ。聞くところバベル内の政変により運営方針が変わるなど、突然の休校はそう珍しいことではないらしい。

「しかし、我が主アシュ様は強すぎる。アシュ様が戦闘に参加すれば、このゲームの前提自体が破綻しやしませんでしょうか？」

アシュの配下の一人として会議に参加していたシロゥベアーが、両腕を組みつつ難しい顔で散々アスタやギリメカラから指摘された問題を投げかけてくる。

アシュはそれなりの強さがある。だから魔王プロキオンの対抗馬として予定していたんだが、異口同音でそれは無理筋だと拒絶される。

「分かっているさ。そこは私に考えがある」

「吾輩は断固反対である」

不機嫌そうにアスタが、そっぽを向きながら反論を口にしてくる。普段やる気のないアスタがここまで己の意思を見せるのも珍しい。

「姉さんはそうだろうな。それはゲームの詳細な内容を知れば、フェリスの姉さんやローゼの姫さんも同じだろうがよ」

ザックは徳利《とっくり》からグビグビと赤色の液体を口に含みながら、意味不明な感想を述べる。

あの酒、ネメアと酒呑童子が開発した増強剤入りの酒だそうだ。正直、あいつら妙に凝り性なところがあるから、尋常ではない特性のある酒なのだろう。まあ、あいつらがザックを私の弟子と認識している以上、安全性には問題あるまい。ザック本人も喜んでいるようだし好きにさせるさ。

「既に決めたことだ。私も命を賭けるさ」

若人に危険な試練を受けさせて、自分は安全な場所で見ているだけなど御免被る。此度は私もきっちり、危険を冒そうと思う。何より、その方が面白そうだ。

「いんや、師父がいくら肉体を弱体化しようが、師父が師父である限り、負けるとは夢にも思えねぇよ。この世の誰であろうともだ」

「それは大げさだな」

世界は強者で溢れている。私と対等な者などこの世界にはゴロゴロいるのだ。戦闘では身体能力は重要なファクター。それを試練が終わるまでは全ステータスをDランクのハンタークラスまで落とすような縛りを己につける。これなら十分、命を賭けるに値するだろうよ。

「同感である。たとえマスターがゴブリン並みの身体能力であっても吾輩、勝てる気など微塵もしないのである」

アスタがさらに余計な茶々を入れる。

「だよなぁ。師父と戦うくらいなら、その悪軍とやらの大将全てを相手にした方が遥かにましってもんだ」

ザックのしみじみとした呟きに会議上の一同が大きく頷く。

なんだろうな。この疎外感……まあいいさ。私が命を賭けるのには変わらないわけだし。

「では賛同いただいたということで、本件計画は只今から始動する」

私は誤魔化すように立ち上がって早口でそう宣言したのだった。

◇◆◇◆◇◆

イーストエンド、リバティタウン
開店式の後、リバティタウンの宿で一泊した次の日の早朝、ソムニとテトルは師父の配下で自らをギリメカラと名乗る鼻の長い怪物に連れられてリバティタウンの外へ出た。

「へ？」

「え？」

一歩町の外に足を踏み出した途端、景色が歪み荒野のような場所へと変わる。

そこにいたのは、幾多もの異形たち。その異形たちはぐるりとソムニとテトルを取り囲み、厳粛した顔でこちらを眺めていた。

「あ、あの……」

あまりの異様な様子にギリメカラに説明を乞うも、彼は腕を大きく広げて天を仰ぐと、

『我らが至上の御方《おんかた》からの正式な神言《かむごと》を伝ぇぇぇーーーるッ！

この者どもを四か月間で御方様の修行に耐えられるだけの強さまで引き上げよッ！　我らの加護などという小手先を与えた模造品ではなく、真の強者にまでだっ！』

大気を震わせんばかりの大声を張り上げる。

ギリメカラの言葉に、一斉にざわめく異形たち。その顔には皆例外なく、驚愕の表情が張り付いていた。

『ギリメカラ、本当にそれって御方様のご指示なんか？』

困惑気味に尋ねる額に角を生やした三白眼の男の問いにギリメカラは、

『無論ッ！　御方様は厳しい修行に耐えられるまで一切の妥協なく鍛え上げよと仰られた！』

ギリメカラは再度、鼓膜が破れるほどの音量で叫ぶ。

『仮初ではなく数か月もの長期で、人を一切の妥協なく鍛えよか。そんなご命令、初めてやも

しれぬな』

竜の顔に金色の異国の服を着た男が両腕を組みながらも、そう独り言ちる。

『で？　かの怖ろしい御方様がそんな無茶を我らにご命じになられる理由は？』

朱色の翼を有する青年の疑問に、ギリメカラは口角を大きく吊り上げてその顔を邪悪に歪めると、

『今、御方様はあるゲームを開催予定だ。この二人の子供はその至高のゲームの極めて重要なファクターなのだよ』

歌うように得々と言葉を紡ぐギリメカラに、

『だから、その回りくどい言い回しはやめろ！　そのゲームとはどんなものなのじゃっ⁉』

竜の顔をした男が苛立ち気に声を張り上げる。

『ここの北の魔族領で今、悪軍六大将現界の儀式がなされている。もう言わずとも分かるであろう？』

ギリメカラの言葉に先ほどとは比にならぬ騒めきが巻き起こる。

『御方様は悪軍の六大将を使って、ゲームをするおつもりか⁉』

竜の顔の男はカッと目を見開きながら尋ねる。その問いにギリメカラは大きく頷き、その三つの目を赤く血走らせる。

『ああ、しかも此度呼び出されるのは今までのような六大将や六天神、一柱《ひとり》ではない。複数体の現界だぁっ！　おそらく御方様はこのゲームで我らが世界で色々鬱陶しく蠢く悪軍《羽虫》という組

織自体をこの世から排除するおつもりなのだろう！』

　ギリメカラのこの言葉に、異形たちの眼光が怪しく光り、激情が爆発する。

『そうか！　そうかっ！　要するにこれは我らと悪軍との大戦《おおいくさ》というわけじゃなっ！』

『悪軍という組織を再起不能なほど粉々に解体する。それは未だかつて誰も成し遂げたことのない偉業っ！　というか、考えすらしないですわっ！』

『ふひっ！　ふひひっ！　しかも、人間を使ったゲームのついでにだっ！　これほど愉快壮快なことがあってたまるかよっ！』

『そのゲームの重要ファクターがこの者たちということか？』

　額に角のある三白眼の男が顎を摩りながらギリメカラに尋ねる。

『そのとーーりぃっ！　御方様は不敬を働いた大罪人と魔族の娘に試練が必要と考えておる！　そして、悪軍のクソどもを絶望のどん底に叩き落とすゲームの駒の一つがこの二人だっ！』

　ソムニとテトルに右手を向けてくる。実に自然に他の異形たちの視線がソムニたちに集中する。

　蛇に睨まれた蛙。それが今のソムニたちの偽りのない心境だ。

『要するに、この人間たちを鍛えることが、奴らを粉々に砕く道。そう御方様は考えていると？』

　角を生やした三白眼の青年の疑問に、

『そのとおりぃぃ‼　奴らのとびっきりの玩具どもが、たかがムシケラ《人間》に蹂躙される。その景色が見たい。そう御方様は仰っておられるのだっ！』

歓喜と興奮の大爆発。ボキャブラリーが乏しいソムニが言葉で表すとしたら、まさにそれ。

異形たちのあるものは飛び上がり、あるものは踊り狂い、そして、天へと咆哮する。

どう考えても異常極まりない雰囲気の中、

『ならば、御方様の一番弟子のザックやルーカス、オボロたちには奴らの配下を討伐させるとしよう！』

『この者たちの魔術の師のデイモスは特に鍛える必要がありますぅ。彼には魔導の深淵を覗く、いいえ、足を踏み入れてもらいますわぁ！』

『儂もとびっきりの強化法を教えるぞいっ！』

『うむうむ、神格を取らせるのは最低条件として、さぁて、あとはどこまでやれるかよ！』

『そもそも、元が貧弱すぎるからな。少々、無茶をしてもかまうまい』

異形たちは顔を興奮に蒸気させつつも、次々に不吉以外の何ものでもない宣言をしていく。

「ちょ、ちょっと待ってください！」

悲鳴のようなソムニの制止の声は、

『貴様らいいか、現実時間で半年の猶予しかない！　ノルンを始めとするものどもの力を効率よく使い、我らが怪物を創り上げようぞっ！』

ギリメカラのまさに獣のごとき叫びにより、かき消される。

この時、最悪のダンジョンの最悪の怪物たちは至高の主《あるじ》の思惑を完全に取り違えてしまう。

結果、人間、魔族、魔物、悪の軍勢――哀れな子羊たちはすべからくこの世で最も恐ろしい化け物と同じ列車に強制乗車させられる。その列車の向かう終着駅は天国と地獄の二者択一。まさに、この時栄光と破滅の物語の幕はゆっくりと上がっていく。

第一章　出会いと変質

気が付くと僕は生い茂る森の中をさ迷い歩いていた。

頭上を覆い隠すほどの高木により、周囲は薄暗くたびたび聞こえてくる獣の声に本能的な恐怖が呼び覚まされる。立ち止まりたいが、一度そうすれば二度と恐怖により前には進めない。そんな気がして、ただ足を動かした。

ここはどこなんだろう？　僕はどうしてこんな場所をさ迷っている？　いや、そもそも、僕は誰だ？　頭の中は全て真っ白で何も思い出すことができない。

ただ一つ確かなことは、こんな密林の中で蹲れば待つのは確実なる死だけ。それが十分すぎるほど分かっていたから、ひたすら僕は足を動かし続けた。


一日、二日、もしかしたら数時間に過ぎなかったかもしれない。時間の感覚はとうの昔になくなっており、ただ疲労と空腹で視界すらもぼやけてきていた。

（このままじゃまずい）

このままでは遅かれ早かれ、僕は歩けなくなる。そうなれば、待つのは確実なる死。

（いやだ！）

こんな見知らぬ場所で、わけのわからない理由でさ迷い死ぬなど絶対にごめんだ。死ぬにしてもせめて、僕がこんな目にあっている理由が知りたい。でなければ、到底納得などできないのだから。

「っ⁉」

大木の根に躓き、顔面から無様に転がる。仰向けに寝そべって見える大木から僅かに覗く月は笑ってしまうほど美しかった。

丁度月に向けて右手を伸ばした時、遠方から争うような物音が聞こえてきた。

「誰かいる……」

悲鳴のようなものが聞こえることからもきっと人だろう。そう認識したとたん、光に引き付けられる虫のごとく、僕の足は自然に音の源へと向かっていく。この終わりのない森の海原を、たった一人で歩くのに、もう心身ともに限界だったのだと思う。

破れかぶれの心地で向かった先では、尻もちをつく少女と大型の狼のような獣が視界に入る。獣は唾液を垂らしながら、少女に向かって近づいていた。

その景色が過去に見た何かと重なり、視界が真っ赤に染まる。

「ぐっ⁉」

くぐもった声をあげて左手で頭を押さえつつ、咄嗟に重心を低くして、右の掌を大型の狼に向けていた。そして、口から自然に紡がれるいくつかの言語。地面が真っ赤に発光し、幾何学模様に染まっていく。

その光景を僕はどこか懐かしく感じ、そして反吐が出るほど嫌悪していたのだ。

『炎指弾《フレイムバレッド》ぉおッ！』

僕の言霊が完成し、右の掌からいくつもの炎の塊が高速で射出され、大型の狼のような獣にぶち当たり、その全身を吹き飛ばし炎滅させる。

そうだ。この吐き気がするほど嫌な感覚。覚えている。これだけは覚えているんだ。僕はこの魔法というものを死ぬほど憎んでおり、そして皮肉なことにこの魔法がこのうえなく得意だってことを。

少女に顔だけ向けようとした時、視界が歪み真っ白に染め上げられていく。

これは感覚で分かる。過去に幾度となく味わった感覚。

(そうか、これはマインドゼロ)

このまま意識を失う。それを確信した時、僕の意識は暗い闇の中に落ちていった。

◇◆◇◆◇◆

鳥の鳴く声に瞼を開けると、そこは見知らぬ天井。やけにゴツゴツしたベッドから上半身を起こして周囲を観察すると、黒髪の少女が傍の椅子に座って眠っていた。

少女は長い黒色の髪を左右の中央でまとめ、左右の腰付近まで垂らしており、その頭部には獣の耳がチョコンと乗っている。

(獣人族？　いや、違うな。あれは魔物か……)

獣人族は人種であり、ベースはあくまで人。あの少女の頬には長いヒゲがあり、細い手足にはフサフサの黒色の獣毛でおおわれていた。あれは多分、シープキャットという魔物の種族だ。

ん？　ちょっと待て——なぜ僕はそれを知っている？

その疑問に到達した時頭部に生じる凄まじい激痛。

「ぐっ!?」

頭の中を何か固いもので殴られた。それが一番この状態を説明するのに適しているだろう。

暫し、うずくまっていると、

「大丈夫？」

背後から背中を摩られ、振り向くと先ほどまで寝ていた少女の顔が間近に迫っていた。

「……」

少しの間、思考がフリーズしてその美しい顔を微動だにせずに眺めていると、忽ち少女の顔がよく熟れた果実のごとく赤く染まっていく。

「ご、ごめん！」

咄嗟に身を引くと背中が壁に衝突し、前につんのめって少女の胸に飛び込んでしまう。

「……」

柔らかな感触とともに、今度こそ、声にならない悲鳴が上がり、横っ面を凄まじい力で殴られ僕の意識は再度ブラックアウトする。

「ぶってゴメン」

気が付いてから黒髪の少女は頭をペコリと下げてきた。

「いやあれはぶつというより、殴打するに近かったような……」

頭に思い浮かんだことを口にしてしまい、

「ゴメン」

益々、落ち込んでしまう黒髪の少女。

どうやら僕はもともと、他者の気持ちを配慮するのが下手な性格をしているらしい。

そんな僕でもこの場を収める方法くらい知っている。

「なんで謝るんだ？　君が僕を助けてくれたんだろう？　ありがとう、助かったよ」

そのつっかえながら紡いだ感謝の言葉は新鮮でどこか懐かしかった。

僕はこの時、遥か昔に心の倉庫の奥深くにしまっていた箱の蓋を開けていたんだと思う。

そこにはたくさんの悪意と絶望が入っているけど、同時に僕にとって大切な宝物も確かにあったんだ。そして、それを知るのは丁度、皮肉にもこの日から半年後のあの日。僕が最も大切なものを得ると同時に、失ってしまった日だった。

◇◆◇◆◇◆

木造の部屋の中に敷き詰められた青色の草。その上に、猫と人の中間のような容姿の男女が数人座していた。

「今すぐ殺すべきだ！」

猫の頭部の金色の髪を短髪にした青年が、興奮気味に席を立ち上がって声を張り上げる。

「じゃが、シャルムはそれを強く拒否している。お主も今の緊迫した状況は分かっていよう？」

「魔族どもの侵攻かっ！」

そう吐き捨てる金髪の猫顔の青年に、

「そうじゃ。既に魔族どもはノースグランドの奥深くに手を伸ばしてきている。奴らがここ、幻夢樹海に足を踏み入れるのは時間の問題じゃ。じゃからこそ、ここを覆う結界の宝具の発動が必須となる。結界の維持にはあの子の精神が大きく影響する。ここであの子の心に悪影響を与えるようなことをするわけにはいかぬ」

諭すように語ると、

「くそっ！　なんだってシャルムしかこの村の結界がかけられねぇんだよっ！」

金髪の青年は青色の草の床を殴りつける。部屋の中に青色の草と粉塵が舞い上がる中、

「私たち魔物にとって、今も侵攻してくる魔族も、魔物を憎む人族も同じ人間種。私たちの敵よ。いくらシャルムの願いでも人族と一緒の空気を吸うなんて私は絶対にいや！」

頭部が猫顔で赤髪の若い女性が噛みしめるように叫ぶと、

「そうですね。正直、僕は我が子を人質にでも取られたらと思うと気が気じゃない。この地を

訪れた目的もはっきりしない以上、少なくとも野放しにはできない」

顎に触れながら青髪の猫の頭部の青年は苦々しくそう呟く。

「本人曰く、自分が誰だか分からないらしいのぉ」

「そんなの嘘に決まってんだろ！　殺せねぇなら、さっさと追い出すべきだっ！」

金髪の猫顔の青年が、再度叫ぶが、

「あんた、馬鹿じゃないのっ⁉　奴が人間どもの斥候か何かなら、この地に人間どもが入り込んでいるということ！　下手にそいつを解放してこの村の存在をその人間どもに知られでもしたら、魔族の侵攻の前にあっさり、滅ぶわっ！」

赤髪の女性に吐き捨てるように否定されてしまう。

「じゃあ、どうすればいいだっ⁉」

「そんなの私が知るわけないじゃないっ！　その空っぽの頭を使って少しは自分で考えなさいよっ！」

「んだとっ！」

「何よ、やる気ぃ。私は別に構わないけどぉっ！」

お互い険悪の表情で立ち上がっていがみ合う二人に、

「やめろ」

左頬に傷のある猫の頭部を有する男の制止の声が飛ぶ。途端、ピタリと静まり返り、今までいがみ合っていた男女も大人しく席に着く。

「当分の間、その人間を地下牢に幽閉しておく」

左頬に傷のある男の重々しい言葉に、

「ですが、シャルムが納得しますかね？」

「我が娘には是が非でも納得してもらう。お前たちもそれでいいな？」

グルリと眺め回すと、誰からも異論の声は上がらなかった。それほどこの男への信頼は厚く、強い。

「このまま防衛を強化しつつ、各自非常事態に備えるように」

左頬に傷のある男の指示に頷き、会議は終了となる。

誰もいなくなった部屋で、頬に傷のある赤髪の男は上を向いて、

「人間の来訪者か……もしあのデボア討伐の噂が真実なら――」

ぼそりと呟くが首を左右に振ると、

「人族とは組めぬ、交われぬ。それは過去から変わらぬ絶対不変の決まりごとだ」

そう自らの甘い考えを振り払うかのように重々しく口にし、

「魔族の襲来か……間違いなくあの件が関与しているのだろうな……加えて十数年ぶりの人間の来訪。それが吉と出るか、凶と出るか……」

頬に傷のある男の口から出た小さい呟きは、外の強風による建物の震えにより、かき消えてしまった。

◇◆◇◆◇◆

僕の予想通り、黒髪の少女はシープキャット族だった。しかも、彼女は族長の娘であり、この集落を守護する結界を維持している巫女のような特殊な祭事を担う少女らしい。

人間種の僕は当然のごとく投獄されてしまう。今も処刑されていないのは、きっと僕が彼女を助けたから。いや、それも正確ではないか。僕が彼女を助けたことなど本来人間種の僕を殺さない理由にはならない。それほどのことを僕ら人間種は今までしてきたのだから。

今僕が生きていられるのは、彼らに今僕を殺せない理由があるから。もっとも、いつ状況が変わって処刑されてもおかしくはないわけだけど。

石の扉が開かれて薄暗い地下牢に響く階段を下りてくる音。そして足音はこちらに近づいてくる。

「ギル、食べ物持ってきたよ～」

いつものように、石牢の前には陽気な笑みを浮かべた黒髪の少女が立っていた。ちなみに、ギルとは僕のこと。僕のズボンのポケットには古ぼけたペンダントが入っており、そこには掠れた文字でGilと彫ってあった。それを黒髪の少女に伝えたら、僕の名前はギルとなったのだ。

「シャル、いつもありがとう」

この一週間、ずっとこの黒髪の少女シャルムは僕に食事を届けてくれていた。そして決まってその度に、色々な話を聞かせてくれる。暇な今の僕にとってそれは最高の娯楽になりつつあった。

ちなみに、シャルという名は彼女が幼少期呼ばれていた略称らしく、その名を口にすると彼女が喜ぶので僕は彼女をシャルと呼ぶことにしたのだ。

「なんかギル、初めて会った時より、話し方が自然になったね」

「そうかな……」

自然になったのは随分今の自分の感情を素直に口にすることができるようになったから。特に感謝の言葉は当初は、すこぶる馴染めなかったが、毎日口にしているとそれは僕の日常になっていく。今では日常の挨拶として、スルリと何の抵抗もなく僕の口から出すことができるようになっていた。

「うん、最初はなんかとっつきにくかったから」

「どんなふうに?」

「うーん、少し怖かった」

怖いか。それはそうだろう。普通の人間が、記憶を失ってこんな人里離れた魔物の里の付近をさ迷っていたのだ。散歩で道に迷いましたなんていう理由のはずがない。訳ありなのは確実だ。

「そうだな。その認識が正解かもしれない。もしかしたら、僕は血も涙もない極悪人ということもあり得るし」

でなければ、こんな人が踏み込みそうもない山奥で記憶をなくしてさ迷うわけがあるものか。

正直、自分自身が今は一番信じられない。

「ギルが極悪人？　うふっ！　きゃふ、あはッ！」

シャルは暫し、きょとんとした顔をしていたが、すぐに堰《せき》を切ったかのように笑い出す。

「それって笑うところかい？」

「だって、ギルがそんな悪い人間なら、そもそも私を命がけで助けようとするわけないでしょ」

「いや、それはきっとたまたまだ」

あの時、なぜシャルを助けようとしたのかは自分でも分からない。シャルが襲われているのを目にした途端、視界が赤く歪み、体が自然に動いていた。

だけど、これだけは断言してもいい。シャルを助けたのは彼女が言うような正義感からではない。もっと独善的で自分勝手なもの。多分、僕は――。

「それでも私にとってギルは命の恩人。それは絶対に変わらない」

シャルはそう、はにかむような笑顔で音調を強めてそう僕に告げてくる。

気まずさを誤魔化すように、

「それは、どうしたんだい？」

ずっと気になっていたシャルが首にしているペンダントを指さして尋ねる。それは僕の持っていたものと同様、ボロボロでかなり年季が入っているものだった。

「これはお母さんの形見なの！　私を守ってくれるお守りなんだって！」

シャルは得意そうにペンダントを僕に向けてくる。

「形見、そうか……」

母の形見、その言葉を耳にした途端、蟀谷《こめかみ》がズキンッと痛む。思わず右手で頭を押さえていると、

「ギル？　大丈夫？」

ボクの顔を覗き込んで尋ねてくるシャルに、

「ああ。問題ない。心配してくれてありがとう」

爽やかな笑みを浮かべて答える。

「う、うん」

照れたように両手をモジモジさせるシャルに、

「でもね、シャル、あまり人を信用してはダメだ」

偽善の台詞を語る。どうやらシャルは過去に一度人族の女性に命を救われたことがあるらしい。それ以来、シャルは人という種族に警戒心が薄くなっているのだ。だが、記憶を失った今でもこれだけは断言できる。人族とはそんな小綺麗なものじゃない。もっと薄汚く利己主義の塊のような存在だ。人の良心というものをこれっぽっちも信じられない以上、やはり僕は相当の糞野郎だったんだと思う。それは今もこの少女を利用すれば、上手くここから無事逃げられる。そう考えてしまっていることからも明らかだ。でも——。

（くはっ！　逃げるってどこにだよ？）

笑ってしまう。仮に百歩譲って人里にたどり着いたとしても、僕がお尋ね者の場合、そこで処刑されることだってあるのだ。いや、こんな辺鄙《へんぴ》な場所に丸腰で迷い込んでいることからも、僕が人目をはばかる生活をしてきた可能性はそれなりにある。もしかしたら、即座に処刑されない以上、僕にとってこの場所が一番、安全な場所かもしれないんだ。少なくとも彼女の僕に対する認識が変わらぬうちは。

実のところ意識を保つのが限界だった以上、助けてもらったのは僕の方だ。それを指摘もせずに、自分が助かりたいがために恩人の良心すらも利用する。やっぱりだ、僕の本質は自分だけが一番大事な真正のクズ野郎なんだと思う。

自嘲に口角を上げると、

「君の幼い頃のこと、もっと聞かせてくれよ」

僕はそう可能な限り、優しい声で懇願の言葉を吐く。そんな自分がとても気持ち悪くて、右手を痛いくらい握りしめ、楽しそうに話すシャルの昔話に耳を傾けた。

◇◆◇◆◇◆

そこはノースグランド、シープキャット族の集落、キャット・ニャーから南西の森の中の小さな集落の中。

地面に突き立てられたいくつもの金属の杭。その杭にまるでモズの速贄《はやにえ》のように頭部から垂直に突き立てられて絶命している背に翼を生やしたガルーダ族たち。

その周囲には十数人の真っ白な法衣を着た男女が、ひと際豪奢な白服に真っ白な布で目を覆っている女に跪いていた。

「おお、主よ！　親愛なる主よ！　御心のままに穢れた魂を駆除いたしましたぁ！」

目を白布で覆っている女は天を仰ぐと歓喜に震える。

『ふふーーん、サウドちゃーーん、よくやったわねぇ。やっぱぁ、臭ぁーーーーい魔物は廃棄処分にするのが一番よぉー』

女の首飾りから、弾むような愉悦の声が聞こえてくる。

「ありがたき、幸せでありますぅ」

『で？　蝿の神の新たな情報、持っていたかしらぁ？』

「いえ、この周辺の村々や、この魔物の集落でも噂一つありませんでした」

すまなそうに音調を落とすサウドを慰めるかのように、

『可愛い、可愛いサウドちゃーーん、気にしなくてもよろしいわよぉ。相手はかのタルタロスをも殺した厄災級の怪物。人風情にそう簡単に見つけられるとは思っていないからぁ』

プルプルと首飾りが震える。

「タルタロス……でありますか？」

『サウドちゃーーんには知る必要がない名よぉ（まあ、生きてたらアタイも声に出すことすらできなかったでしょうけどねぇ)』

「ヴェイグ様?」

『なんでもないわぁ。ともかく、今は適当に君らの排斥対象の人間や魔物から聞き出せばいいのよぉーー(下手にあのタルタロスを殺した怪物に遭遇したら、たまったもんじゃないしぃ)』

やはり、小声で独り言ちる主たるヴェイグ。

「承知いたしました」

サウドの台詞に以降、首飾りはうんともすんとも言わなくなる。

「それでここがどこの森だか、分かりましたか?」

「かなり追い込みましたが大した情報は聴取できませんでした。ノーザーフォーレストのどこかであるとしか……」

ノーザーフォーレストはノーザーブロックの最北西端にある密林地帯だ。当初サウドたちは神命により、ノーザーフォーレストの北にある魔族の集落を襲う予定だった。

しかし、ノーザーフォーレストの森をしばらく進むと周囲が真っ白な霧に包まれてしまい、方向感覚を完全に失ってしまう。以降、戻ることもできず、半日近く森をさ迷うこととなる。

ノーザーフォーレストはそもそも、大して危険なフィールドではない。間違ってもこの世界でも最強クラスの力を持つ四大司教のサウドが遭難するような森ではない。加えて、ノーザーフォーレストには集落を作るような魔物はいない。だから、これは明らかな異常事態。あの白色の霧は魔術的な何かで、今サウドはどこか得体の知れない場所に迷い込んだとみてよい。

「このタイミングです。件の蝿の神でありましょうか？」

一週間ほど前、教皇猊下とシー枢機卿が蝿の怪物に殺された。枢機卿パンドラ様はこの蝿の化物を特級危険害悪に指定して、この怪物について調査するように指示をサウドにする。

いるかどうかも怪しい蝿の怪物の調査など当初は乗り気ではなかったし、遂にパンドラも焼きが回ったと判断し、適当に調べて帰還するつもりだった。

それが一変するのは調査を始めて数日後に、神言を賜ることができる首飾りを手に入れてから。その首飾りを通じて交信してきた神は自らをヴェイグと名乗る。その御方は主神たるアレス神に近しい神のようだ。

アレス神と近しい神から神言を貰える。それは中央教会の教徒にとって至上の悦び。さらに、ヴェイグ様から異教徒や魔物を駆除することがサウドの使命だとの神言を賜った。

もとより、サウドは他者が苦痛に歪む顔に興奮するという性癖がある。中央教会の手前、決して公にはできなかった感情。それをヴェイグ様に認めていただいたのだ。それはサウドにとってはまさに夢見心地。己の全てを肯定されることに等しかった。以降、異教徒と魔物を狩っては蝿の怪物について聞き出して今に至る。

「主から天命を頂きました。私四大司教、サウド・アトルナの名において命じます。この一帯の魔物を捕縛後、たっぷり時間をかけて聞き出しなさい」

両手をゴキリと鳴らし、口から異様に長い舌をペロリと出して指示を出す。

刹那、白服たちの姿は掻き消え、サウドも煙のように姿を消失させた。

◇◆◇◆◇◆

サウドたちが去った後、執事姿の女アスタと鼻の長い怪物ギリメカラがまるで元から存在したかのようにぼんやりと姿を現す。

「気付かぬものであるな。実に滑稽である」

執事姿の女が蔑んだような表情でサウドたちが去っていった方を眺めながら、そんな感想を述べると、

『そう言ってやるな。人間《ムシケラ》にとって貴様の転移はまさに未知の現象。それに我の呪界まで展開されていたのだ。あ奴ら雑魚でなくても鈍い人間という種では到底気付くのは不可能というものよ』

鼻の長い怪物が全くフォローになっていない台詞を吐く。

「それにしても此度の虫は心底不快であるな……」

杭により串刺しになっている魔物を見上げながら、顔を顰《しか》めてそう吐き捨てる。

『同感だな。正義の使いが聞いて呆れる』

「もう、いいであるな？　魂のない人形とはいえ、少々この光景は吾輩、イラつくのである」

『ああ、役目は既に済んだ』

アスタの様子に口端を僅かに上げつつ、ギリメカラは両手をパンと打ち鳴らすとガルーダ族

の魔物たちは泥となり崩れ落ちる。

「あのサウドとかいう虫は天のクズ虫の御手付きである。あのお猿さんでは聊か荷が重いようであるが？」

『だろうな。どうあがこうと、人では神には勝てぬ。仮にもあれは天の神が加護を与えた使徒。まともにぶつかれば死ぬだけよ』

「死ねばあの集落は滅び、あの人間《クソ虫》どもは晴れてお前たちの玩具になると？」

『そうなるだろうな』

平然と頷くギリメカラに、アスタは大きなため息を吐くと、

「吾輩、アスタロスが宣言するのである。あのお猿さんではあの天の使徒には絶対に勝てぬのである」

睨みつけるほど真剣な目つきで強く断言する。

『そうだ！　要するに――我らが御方は奴に奇跡を起こせ、そう仰っておられるのだっ！』

「奇跡は通常起きないから奇跡なのである。まあいい、もしあのお猿さんの敗北が確定すれば吾輩も参戦するのである」

『ほう、お前がか、珍しいではないか？』

「最近、吾輩、とてもむしゃくしゃしているのである。丁度、よい発散先を探しているのである」

左の掌で右拳をゴキリと鳴らしつつ、アスタは物騒な台詞を呟く。

『此度の女神連合の考えた策、そんなに不満か？』

「別に……マスターが決めたことである」

不貞腐れたようにそう口にするアスタに、

『どうみても納得がいってないようだが、御方様がアシュとの夫婦を演じるのは、前にもあったであろう？』

「夫婦ではなく、ただの幼馴染みの設定であるっ！」

癇癪を起こすアスタに、ギリメカラが肩を竦めた時、

「ご苦労さん」

カイ・ハイネマンが突如として姿を現すと二人に労いの言葉をかける。その表情は険しく、不機嫌であることは見て取れた。

『御方様《おんかた》っ！』

咄嗟に跪くギリメカラと姿勢を正すアスタに、

「順調で何よりだ。そろそろ私も首尾につくとするよ」

これっぽっちも心が籠っていない声色でそう宣言すると、その姿を真っ白の翼を生やした黒髪がツーブロックの青年に変えると、再度、その姿を消失させた。

「あれは、相当怒っておいでであるな……」

アスタの呟きに、

『そのようだな……』

ギリメカラは逆に顔を狂喜に歪める。自身の渇望が、己の崇敬の主の望みと同じであることを確信したから。

「本当に質が悪いのである」

アスタのそんな呆れも入った感想には答えず、

『出てこい！』

ギリメカラは空虚に向かって声を張り上げる。

『ここに！』

黒服を着た炎の魔人が胸に手を当てた状態で姿を現し返答する。

『いいか、予定の領域に虫一匹入れるな、逃がすな！　ただし捕らえても直ちに殺すなよ。この演出を描いているのは我らが偉大にして絶対なる神。それを妨げる身のほど知らずには、じっくりたっぷりとその魂に思い知らせる必要がある』

邪悪に顔を歪めるギリメカラに、黒服を着た魔人は生唾を飲み込みながら、

『はッ！　この誇りに誓ってっ！』

頭を下げるとその姿を消失させる。

ギリメカラは満足そうに何度か頷いていたが、両腕を大きく広げ天を仰ぎ、

『我らが至高の御方《おんかた》よ！　貴方の紡いだ物語、このゴミムシが必ずや演じさせてみせましょう！』

熱っぽく語ったのだった。

◇◆◇◆◇◆

十数日、僕は相変わらず地下牢での生活だったが、彼女は決まって地下牢まで食事を運んでくると楽しそうに昔話をしてくれた。

予想通り、ここはシープキャット族の治める集落。そして、彼女シャルはその集落の巫女として周囲に結界を張る役目を負っていた。シャル曰く、その結界はあのペンダントが核となっており、シャル以外の誰にも使用することができないらしい。

あのペンダントはシャルの母の形見。あれはダンジョンなどで出土された宝物《ほうもつ》だろう。今のこの世界の住人の技術では製造不可能なオーパーツ。

だとすると、いくつか疑問がある。宝物を有する遺跡には通常、魔法的な結界やトラップが張り巡らされているのが通例だ。ここら一帯を守護する結界を作る宝物がある遺跡となると、それこそAランク以上の魔導士とトレジャーハンターが必要となるはず。

しかし、シープキャットは魔法が一切使えない種族。このオーパーツクラスの結界系の宝物の眠る高難度の遺跡を、魔法を使用せずに無事クリアできるかといったら僕は不可能と言い切れる。何より、シャルはこの結界を発動できている。見たところ、このオーパーツは魔力の精密な操作が必要であり、魔法が使用できない種族であるシープキャットにはそもそも無理なのだ。

だとすると、誰かがシープキャットに宝物を与えてしかも、シープキャット族のシャルに魔力操作の能力を与えたということか？

（いや、あり得ないね）

もしそんなこと、できるとしたらもはや人間とは到底思えない。間違いなく僕らが神と呼ぶ超越者のみ。そう。それはきっとあの――。

一瞬、灰色髪の男の姿が脳裏をかすめた瞬間、

「いっ⁉」

突如、蟀谷に激痛が走る。暫し蹲《うずくま》って頭を押さえていたが、首を振って立ち上がり、

（そもそも、なぜ僕はそんなに詳しく知っているんだ？）

根本とも言える疑問に行き着く。

一般人がハンターの常識に詳しいとも思えない。それに、なぜ僕は一目見ただけであのペンダントが遺跡クラスの宝物だと判断できた？　魔法も使えたし、その知識もある。もしかして僕は元ハンターで、遺跡攻略のミッションでヘマでもして記憶を失いさ迷っていたとか？　魔物であるシープキャットを知っていたこともハンターなら十分あり得る話だし。いや、ハンターならこんな場所に一人で来るなどあり得ない。だとすると――。

「考えても無駄か……」

どのみち、僕がどこの誰だろうと、今の状況が好転するわけじゃない。何せこうして軟禁状態でいつ処刑されてもおかしくはない状態なわけだし。かぶりを振って、思考の切り替えを試

みる。

「それにしても、今日は大分遅いな……」

普段ならシャルがそろそろ、夕食を持ってきてくれる時間だが、さっきから一向に姿を見せない。こんなことは初めてだ。

次第に近づいてくる階段を下りてくる音。どうやら来たようだ。

「僕はほっとしているのか？」

突如生じた強烈で説明不能な感情。これが彼女に見捨てられたことに焦っていたから、という理由なら理解できた。だが、ただ再度彼女の顔を見ることができる。ただそれだけで、胸の奥が温かいもので満たされる。きっと、それは多分予想していたものとはおよそ正反対の感情。

「馬鹿馬鹿しい……」

首を左右に振って己に生じた違和感を強制的に振り払い。

「今晩の夕食はなんだろうな」

他愛もないシャルの持ってきてくれる夕食のレシピについて考えることにした。

シャルの持ってくるものは、外見もぐちゃぐちゃで味が薄くお世辞にも料理としての完成度は高くはないが、なぜか食が進む。そんな変な病みつきになる料理だった。

（あれ？）

聞こえてくる足音は複数で慌ただしかった。どう考えてもシャルじゃない。だとすると、マズイかもしれないな。

鍵が開錠されて勢いよく扉が開かれると、三人の男が部屋に入ってくる。

一人は金色の短い髪の猫顔の青年、もう一人が左頬に傷のある赤髪に猫顔の年配の男、最後尾にいるのが背から真っ白の翼を生やした黒髪がツーブロックの青年だった。

金髪の猫顔の男はキョロキョロと周囲を窺うと僕の胸倉を掴み、

「シャルムをどこにやった⁉」

鋭い犬歯をむき出しにして怒号を浴びせてくる。うん？　僕の処分が決まったとかではないのか。それに、いくつか不穏な言葉が含まれていた。

「シャルがどうかしたのか？」

「しらばっくれるなっ！」

犬歯を剥き出しにして激高する金髪の猫顔の男。

洒落や冗談には見えない。何より、僕に偽りを述べる意義が彼らにはない。とすれば、本当にシャルがいなくなってしまった。そう理解するのが自然だ。だとすると、いくつか確かめねばならないことがある。

「結界は？」

「あー？」

「だから、結界はどうなったっ⁉　シャルは結界を張っていたはずだ！」

逆に金髪の猫顔の男の胸倉を掴むと疑問を叩きつける。

あの手の結界系の魔道具は発動者と土地に一定の関わりを要求するはず。結界が未だに無事なら、シャルはこの集落の付近にいる。逆に結界が消失していれば——。

「結界は……消えた」

僕の剣幕に金髪の猫顔の男は、若干躊躇いがちに返答する。

「くそっ！」

まず間違いなくシャルはこの集落にはいない。少なくとも結界を維持できないレベルで、この集落から離れてしまっている。シャルがこの集落から自らの意思で離れるとも思えない。だとすれば、きっとシャルの不在は外的要因。すなわち——。

——ズキンッ！

突如、頭の中が割れるように痛くなり、歪む視界。そこに浮かび上がるのは倒れ伏す少女の姿。その少女の周囲には真っ赤な液体の水たまりができていた。

——ズキンッ！　ズキンッ！　ズキンッ！

さらに頭痛は強くなっていき、

「ぐっ……」

堪えることすらできず、蹲り頭を押さえつつ呻き声を上げる。そして、薄れていく意識。それを、下唇を噛みしめることにより繋ぎとめる。

口の中に広がる苦い鉄分の味と痛みに顔をしかめていると、

「カイト、この人間はどうだ？」

左頬に傷のある赤髪に猫顔の男が、背後の黒色の髪をツーブロックにした青年に尋ねると、

「いや、俺たちの集落を襲ったのはその人間じゃない。少なくとも俺は知らない」

首を左右に振って否定する。

頬に傷のある赤髪の猫顔の男は、小さく頷いて神妙な顔で僕を正面に見据えると、

「娘、いや、シャルム、について知っていることがあれば教えて欲しい」

そう尋ねてきた。そうか、この男はシャルの父親か。ならば――。

「シャルは……この集落にはいない」

「ほら、こいつの仲間が攫ったんだっ！」

金髪の猫顔の男が叫ぶが、左頬に傷のある猫顔の男に刺すような視線を向けられ、口を噤む。

「なぜ、そう思う？」

シャルの父は僕の目を見据えて、そう尋ねてきた。

「結界が消失しているからだ。この手の発動者と契約する類の魔道具は発動者と連動している。特に結界は土地と密接な関わりがある。意識があろうとなかろうと、この地にいる限り結界の効果は継続するはずなのさ。今まで今回のように結界が消失したことは？」

「著しく減弱したことはあったが、消失したのは初めてだ」

「では、シャルが今までこの集落から一定の距離を離れたことは？」

シャルの父は思い返すように一呼吸を置くと、

「俺が知る限りないな」

そう返答する。これで確定だ。聞くところによるとシャルが魔獣に襲われていたのは、集落

の目と鼻の先。あのレベルならば結界は維持される。あの魔道具は所持者が結界として指定した場所から、一定の距離を離れると消失する。そんな仕組みなんだと思う。

つまり――。

「ならば、答えは一つだ。シャルは攫われて既にこの集落にはいない」

僕は端的に彼らにとって酷な現実を突きつけた。

「ふざけんな！」

金髪の猫顔の男に全力で殴りつけられ、背中から石壁に激突する。

一瞬息ができず、咳き込んでいると金髪の猫顔の男が近づき、再度右手で頸部を掴まれる。

「止めろ、チャト！」

シャルの父の制止の声など歯牙にもかけず、

「てめえの仲間が攫ったんだろっ！」

金髪の猫顔の男は僕を持ち上げたまま怒声を張り上げる。

「それは……否定はできない」

何せ記憶がないものでね。シープキャットは人種に限りなく近いと言われる超がつくくらいの希少種だ。ハンターの一部には魔物をとらえ売却するという盗賊のようなチームもあると聞く。僕がそのメンバーだったとしても何ら不思議ではない。むしろ、それなら逆に今のこの状況をすんなり説明できるというものだ。

「尻尾を出しやがったなッ！　薄汚い人間めッ！」

血走った双眼で僕を睨め付けて、空手の左手の爪を伸長させる。

「止めろと言っているっ！」

シャルの父が額に太い青筋を張らせ、今にも僕の喉に突き立てられそうなチャトの左手首を掴みながら叫ぶ。

「しかし、キージさんっ！」

「もう一度言うぞ。チャト、やめろ」

有無を言わせぬ口調で指示を送るシャルの父キージに、チャトは奥歯をギリッと噛みしめていたが、乱暴に僕を床に放り投げた。

キージは背中から真っ白な羽を生やした青年を肩越しに振り返ると、

「カイト、この人間、君はどう思う？」

背に白色の翼を生やした青年に意見を求める。

「俺の集落を襲ったのも人間だ。俺も人間は気に食わん。だが、これだけは断言できる。こいつは俺たちの集落を襲った奴らの仲間ではない」

「なぜ、そう言い切れるッ⁉」

「奴らがそんな小細工をする必要がそもそもないからさ」

カイトは歯を食いしばって顔を憎悪に染めながらも声を絞り出す。

「どういうことだっ⁉」

苛立ち気に問い詰めるチャトに、

「俺たちの首領、ガルガンチュアの伝説はお前たちも知っているだろう？　あの強い首領が奴らに為す術がなかったんだ。俺たちの集落を潰した時と同様、奴らならば堂々と正面から攻め込んでくる」

　噛みしめるように断言する。

「くそッ！　じゃあ、誰がシャルを攫ったっていうんだよッ!?」

石の床を蹴り上げると、チャトは大声を張り上げる。

キージは僕に近づき、

「ギル、お前は我らの敵か？」

今の僕には到底分からない疑問を口にした。

「分からない。なにせ、記憶がないからね」

「貴様ぁ――」

チャトが再度額に青筋を張らせて捲し立てようとするが、

「チャト、今俺が話している。少し黙っていろ」

キージがぞっとするような低い声で制止の声を上げると、ビクッとチャトは全身を震わせて、口をへの字に曲げてそっぽを向く。

キージは僕を見据えると、

「質問が悪かったな。今のお前はシャルムをどうしたい？」

　思ってもいなかった問いかけをしてくる。

「今の僕がシャルをどうしたいか……か」

集落の誰にも知られずシャルを攫ったのだ。少なくとも、今回、シャルを攫った輩はこの道のスペシャリスト。一番可能性が高いのは人族の盗賊の類なのかもしれない。もっとも、カイトという魔物とキージの会話からより面倒な事態が進行中なのは容易に想定できる。

ともあれ、人族が魔物を攫う目的など限られている。よくて奴隷や見せ物、最悪変態どもの玩具にされて殺される。それを許容できるかだ。

（ははっ！　僕は何を考えている？）

笑ってしまう。今の僕の頭の中に浮かぶのは——いくつものシャルを攫った賊どもの殺し方とシャルの救助の方法。全くの躊躇いもなくそれを考えてしまっていた。

（滑稽だ。本来の僕はシャルを攫おうとしているかもしれないのに）

そうだ。実に滑稽すぎる事実。だが、躊躇いが微塵もないことからも、どうやら僕はシャルという少女に相当固執してしまっているようだ。もちろん、誓ってもいいが僕は対価もなく救おうとする善人では断じてない。そして、たとえ彼女を救っても、僕の安全が保障されることにはならない。それなのに、命懸けで彼女を救いたい理由はなんだ？

——ズキンッ！

再度の頭痛。前ほどの痛みはないが、地面に俯せになる少女の姿が浮かび上がり、泡のように消えていく。

理由は判然としないが、この強烈な気持ちに嘘は吐けない。今の僕にとってシャルの救出と賊の殺害は至上命題のようだ。少なくともずっと己の生存のことばかり考えていた僕が、初めて危険を冒そうとする程度には。

だから――。

「僕はシャルを取り戻したい。知っていることを全て聞かせて欲しい」

僕は心の底からの願望を述べた。

「そうか……いなくなったのはシャル一人なんだね？」

「ああ、そうだ」

喉に小骨が引っ掛かったような僅かな違和感。それはカイトの話を耳にしてより強烈な疑念として鎌首をもたげていた。

「空からの調査で、この集落付近で奴らを見たと？」

「いたぜ。あの姿は絶対に忘れやしない」

カイトはたっぷり憎しみの籠った瞳でそう声を絞り出す。

カイトはこのノースグランドの最強部族の一つ、ガルガンチュアが率いるガルーダ族の部族長の一人息子らしい。突如、集落が人間たちに攻め入られて一夜にして陥落してしまい、カイトは幼馴染とともに命からがら逃げのびたところ、この部族に保護されたそうだ。

そのカイトからの情報では、奴らは全員胸に剣をクロスした紋章を刺繍した真っ白なローブを着ていたそうだ。剣をクロスした紋章。それは人族なら子供でも知っている紋章だ。即ち、中央教会の関係者の証。中央教会の教義では魔物は魔族以上に邪悪な生物とみなされている。奴らが魔物の集落を襲うのはさほど奇異なことではない。問題は奴らが用いた手段だ。

「どうしても辻褄が合わない」

確かにシャルは結界を維持するキーマンであり、彼女がいなくなれば結界は消失する。だが、そもそもそんな簡単にこの集落に侵入できるのならば、シャルだけ攫う必要などない。そのまま このキャット・ニャーを徹底的に滅ぼせばよい。

一応、結界をすり抜けられる人員が限られていることも考えられるが、カイトから聞いた強引なやり口からみても、誰にも知られず結界を出入りすることはまずあり得まい。もし、中央教会の奴らに侵入されていれば、その人数如何《いかん》にかかわらず、この集落のシープキャット族に多数の犠牲が出ているのは間違いあるまい。

「ダメだ、わけがわからない！」

全て噛み合わないし、奴らの意図が全く読めない。

「ギル、お前もそう思うか？」

キージは顎に手を当てて尋ねてくる。

「うん、不合理なことは大きく三つ。一つ、わざわざシャルだけを攫ったこと。次に侵入したことに誰も気付かなかったこと。とどめは今もこうして僕らに態勢を整える時間を与えていること」

「簡単だ！　こいつが外の斥候にシャルムの情報を漏らした。それだけだろう？」

チャトが眉を顰めて検討にすら値しない戯言を口にする。

「あのね、僕はずっとここにいたんだ。それは鍵を開けた君たちが一番知っているだろう？」

「それがどうしたっ⁉」

額に青筋を張らせて叫ぶチャトに、

「ここは地下。窓の一つもない。どうやって外部と連絡を取るのさ？」

「怪しげな人族の術でやったんだろう！」

「そんな便利な術があるなら、この混乱の状態の今攻め込むように促しているさ。もしそうなら、疾《と》うの昔にこの集落は賊に占領されている」

「……」

奥歯をギリッと噛みしめながら、チャトは僕を睨みつけてくる。

納得はいかない。でも、反論をするべき材料もない。そんなところだろう。だが、これで若干の煩わしさから解放される。

「この集落近くで目撃された以上、攻めてくるのも時間の問題だ。すぐにでも、対策を立てなければならない」

奴らがシャルを人質にしてきたら、それはそれ。動きようがある。何せ人質は少なくとも相手に示さなければ効果などないから。

キージに姿勢を正すと、

「頼む。この集落の代表者たちと会わせて欲しい」

己の希望を口にする。

どのみち、僕一人では賊全てを捕縛するのは無理。彼らの協力が必要だ。

「そんなのダメに決まってるだろうっ！　信用できるかっ！」

案の定、チャトが声を荒らげて反論を口にするが、

「いいかい？　君は現状をちゃんと認識しているのか？」

諭すような口調で問いかける。

「し、している」

ドモリながらもチャトは返答した。

「いんや、全くしていない。もし、現状を認識しているなら、シャルを守れなかったことを僕に八つ当たりしている余裕などあるわけがないから」

大きなため息を吐き、肩を竦めてそう言い放つ。

「黙れっ！　薄汚い人間がっ！」

顔に衝撃を受けて壁に叩きつけられる。口内に生じる熱さと鈍い痛み。口の中の鉄分を地面に吐きだし、チャトを睨みつける。そして石床を蹴ってチャトの顔面を殴りつけた。

「て、てめぇ――」

口元を拭って立ち上がろうとするチャトの胸倉を掴んで引き寄せると、

「いいかい。今、シャルが不在で結界が使用不能となっている。ここは無防備なんだ。おまけに、中央教会の聖職者どもがこの周辺をうろついている。奴らはもうじきここに攻め込んでく

る。直ちにこの集落の防衛をしなければ、ここは滅ぶ！　この事実を君は認識しているのか⁉　僕はそう聞いているんだっ⁉」

なぜだろう？　チャトの子供じみた癇癪を見ていると無性にイライラする。そしてこの強烈な既視感。過去に同じようにみっともなく騒ぎ立てて他者に迷惑をかけたような人物が身近にいたのかもしれない。

「……」

チャトは悔しそうに口をへの字に曲げると、僕の腕を振り払って部屋を飛び出していってしまった。

「ギル、悪いが、よそ者のお前を信じることはできない」

「だろうね」

キージは予想通りの言葉を紡ぐ。

「だから、身柄を拘束しての面会となるが、それでもいいか？」

「へ？　それって僕に会わせてくれるってこと？」

「ああ、この件については色々疑問が多すぎだ。我らだけでは少々手に余る。是非お前の意見も参考にしたい」

律儀な性格なのだろう。キージは僕に右手を差し出してくる。

「もとよりそのつもりさ」

すかさず僕もその右手を握り返した。

そうだ。僕はシャルを守る。それが過去を失った、今の僕の唯一つの願望なのだから。

地下牢を出ると既に日はとっぷり暮れており、頭上には妙に真ん丸で綺麗な月が浮かんでいた。

(注目されているね)

衆人環視のもと両手首を蔦のようなもので縛られながら、ひと際大きな建物へと連行される。

建物に入るとそこの緑色の植物で出来た床には、猫の頭部を有する男女が座していた。

「儂は反対だっ！」

「人間なんぞ信じられるかっ！」

「私も同感。災いを運んできたのはきっとそいつのせい。シャルムが不在な以上、もうあの子に配慮する必要はない。早く殺してよ！」

「そうだ、殺せ！」

部屋中に次々に起こる「殺せ」のコールにキージは苦虫を噛み潰したような顔をしていた。この集落のタイムリミットは刻一刻と近づいているのだ。今、こんな不毛な争いをしている場合ではない。その気持ちは痛いほど推知できる。

(もう、これは無理かな……)

僕が諦めかけた時、助け船は意外極まりない人物から上がった。

「俺はそいつの意見を取り入れてもいいと思う」

悪意の大合唱の中、チャトが仏頂面でそう口にする。

「あんた、とうとう頭おかしくなったの⁉　そいつはあんたがあれほど嫌っていた人間よっ！　そもそも、あんたがその人間が元凶だから、殺せって言ったんじゃやないっ！」

赤髪をショートカットにした猫顔の女性が、双眼を真ん丸にして素っ頓狂な声を上げる。

「うるせぇ！　俺は少し冷静になっただけだ！　第一、そいつは直ちにこのキャット・ニャーの防衛の準備をしろ。そう言っているにすぎねぇ。それは別に俺たちに損はねぇことだろ？」

「じゃあ、シャルムはどうすんのよッ⁉」

「奴らをひっとらえてシャルムの居場所を聞き出せばいい！　どうせ、奴らはここにもうじき攻め込んでくる」

「シャルムを見捨てるつもりぃ⁉」

立ち上がり激高する赤髪の猫顔の女性に、チャトは顔を歪めながら、

「だったら聞くが、今の俺たちに何ができる⁉　ここでこいつを殺して悦に浸ればシャルムが無事戻ってくる保障があるのか⁉」

逆に疑問をぶつける。

「少なくとも、この人間の危険性は排除できる！」

「こんな弱そうな奴一人殺したところで、このキャット・ニャー自体の危機はなくなりやしねぇっ！　第一、もうシャルム一人の問題でもねぇ！　もうじき奴らが攻め込んでくるんだぞっ！　今ここを守れなければ、俺たち全員は薄汚い人間の玩具だっ！　そんなのお前らだって

分かってんだろ！」

周囲をグルリと見渡し叫ぶチャトに、皆悔しそうに顔を顰めた。

見れば分かる。チャトはシャルに特別な想いがある。きっと、この中で一番シャルを助けたいのはこのチャトなんだと思う。それを分かっているから、誰も口を開けないんだ。

「俺もチャト君に賛成だ。この集落の近くで奴らの一人を見た。奴らは俺の故郷を襲ったクソどもだ。ここで手をこまねいていたら、ここは間違いなく血の海となる。こんなところで諍《いさか》いをしている余裕はない。俺にも守らねばならないものがいる。あんたらに戦う気がないなら、俺たちだけで勝手にさせてもらうぞ？」

カイトの突き放すような言葉に、誰もが悔しそうな顔で視線を落とす中、

「俺もチャトとカイトの言い分が正しいと思う。娘の捜索は一先ず、この件をしのぎ切ってから。このキャット・ニャーの施設の維持が最優先だ。それに、どうもこの件キナ臭すぎるしな」

キージが僕に意味ありげな視線を向けてくる。この場の全員に詳しく説明しろ、ということだろう。分かっているさ。もとより、この短期間で信頼などは決して得られない。そんなものなくてもこのシャルと集落は十分守れるはず。

「では、おかしい点を説明するよ」

僕はこの奇妙な事件につき、説明を開始した。

「言われてみれば、それはかなり奇妙な話じゃな……」

僕の説明が終わって猫顔の老婆がボソリとそんな感想を述べる。

「確かにシャルムを攫った時点でこのキャット・ニャーは無防備。敵が攻め込むことに躊躇する理由がないのに、結界消失から数時間経つのにまだ攻め込んでくる気配はない。もしかしたら、シャルムを攫った者とここを包囲している者とは別かも？」

「そう考えれば、一応の説明は付くが、しかし――」

年配の太った猫顔の男が、視線を天井に向けて言い淀む。

「そうだ。それはここが人間の勢力二つに同時に責められていることと同義。そんな偶然そうあるものでもあるまい。それにそれならなぜ、我が娘だけを狙ったのかもよく分からんしな。それに疑問はまだある」

「あー、シャルムに言い聞かせたあの制約ですね？」

黒髪をおかっぱにした猫の頭部の青年が思いついたようにキージに尋ねる。

「そうだ。娘には当分の間、このキャット・ニャーから一切出ないように厳命していた。そして、娘の許可がなければ何人たりともこの結界内に入れん。もし強引にでも入れるとしたら、それはもはや我らの手に負える相手ではない」

キージの指摘に、一同からゴクリと喉の鳴る音が聞こえる。

「そんな絶対的強者ならシャルを攫うなんてことをしなくても、力ずくで侵入して目的を果たしているはず。それがない以上、少なくともシャルを攫った目的は中央教会のそれとは別にあると見ていい」

　僕のこの台詞に両腕を組んで考え込んでいたキージが、

「ギル、お前はどう考えている？」

　厳粛した表情で尋ねてくる。

「シャルを攫った者とガルーダ族を襲った中央教会の連中は別だと思う。でもこのタイミングだし、無関係だとも思えない。きっと、この集落を守り切れたら、何等かのリアクションがあると思う」

　僕にはどうしても、シャルを攫った者とカイトさんの部族を襲った奴が同じだとは思えない。結界内で誰にも気付かれずにシャルだけを攫う。今もここを包囲して、力押しでただ攻めてくる奴らとは明らかにやり口が変わっている。だからこそ、ある意味救いがあるのだ。誰にも気付かれずに結界をすり抜けてシャルを攫うような相手が真にこの里の滅亡を望んでいるなら、もはや取りうる手段などないから。まあ、その目的が不明な点は変わらないわけだけど、この集落の滅亡ではない。そんな気がする。

「キージ、それしか方法はないのかの？」

　老婆が思いつめた表情でキージに尋ねる。

「ああ、もしかすると、これは我らが守り神、ケット・シー様からの試練やもしれん。いずれにせよ、このキャット・ニャーが狙われている以上、我らに選択肢などない。やるしかないんだ」

よし。上手くキージが守り神の話に落とし込んでくれたおかげで、同席者たちから迷いが消えている。これでどうにか話を先に進める。

「キージ、わしらはどうすればええ？」

皆を代表した老婆の疑問に、

「奴らが動くまで時間もない。今は俺の指示に従ってもらう」

キージが口にし始めたのは、あらかじめ僕が話しておいた賊を撃滅するべき策だった。

◇◆◇◆◇◆

小高い丘の上から小規模の集落を見下ろしている白布で両目を覆っている白服の女と、その周囲で跪くフードを深く被った白服の男女。

「鳥系の魔物の次は、猫モドキですか。今度こそ何か知っていれば良いのですが……」

舌なめずりをするサウドは横目で跪く白服の一人に眼球を向けると、

――包囲は完了しております。

白服は立ち上がってサウドの耳元で小さくしわがれた声で囁く。

「一匹たりとも逃がすことは許しません。ジワジワと追い詰めて捕獲しなさい。よろしいですねぇ？」

全員大きく頷くと白服たちの姿は消える。

（今度は猫、どんな顔で泣くのでしょうね）

シープキャットどもの苦痛に泣き叫ぶ姿を夢想すると、胸に熱いものが込み上げ、鼻息が荒くなる。

前のガルーダ族どもは当初は威勢が良かったが、途中から人形のように無反応になってしまい欲求不満気味だったのだ。

やっぱり、高潔でプライドが高い者が自分だけは助けて欲しいと無様に泣き叫ぶ。他者を犠牲にして自らの生存本能を優先させる。その魂からの刹那の感情は強く、見る者の心を震わせるものなのだ。

（連れ添いの女の顔の皮をゆっくりと剥ぐのはどうでしょうか？　夫は醜くなっていく妻をただ黙って見ているしかない。うーーん、そそられますわぁ。それともミンチにした子供の肉を食わせる。それも最高にいいかもですわね）

だらしなく出る涎を拭った時、

『サウドちゃーーん、君はホント自分に正直な子ねぇ』

ペンダントからしみじみとした感想が漏れる。

「ヴェイグ様、お出でしたか」

大慌てで己の欲望を奥にしまい、鉄の仮面の女に戻る。

『取り繕わなくて結構よぉ。どうせその貴方の熱くも強い想いをぶつけるのは臭ーーーく、穢れた魔物ども。悪邪の魂を持つ失敗作などどう扱っても正義の名の下に許される。わたくしヴェイグが宣言します。貴方、サウド・アトルナの悪を憎む欲望は紛れもない正義であると』

「ありがたき……幸せ」

ヴェイグ様からのお言葉に不覚にも涙がこぼれ落ちる。そうだ。今の今までこの感情をずっと封印してきた。だが、もうその必要はない。この感情が正当なものであるとサウドが信仰する神に宣言していただいたのだから。

『時間はたっぷりあるしぃ、貴方の本懐を遂げなさい！』

弾むような声で命じる信じる神の声に、サウドは跪いて両手を組んで神への祈りをささげる。


シープキャットの集落の傍に立つ、ひと際大きな大木の小枝に留まっていた一匹の黒鳥が集落を見下ろしていた。

(藪をつついて何とやらだしぃ。用心には越したことないわけよぉ)

まさか、こんな猫の魔物集落にタルタロスを殺した蠅の大神がいるわけもない。だが、万が一がある。現在、ヴェイグの魂の一部がこちらにある以上、もしそんな真正の怪物に目を付けられれば無事ではすまない。だからこそ、変態趣味の聖職者を目の役に選んだのだ。あの愚かな女ならば己の趣味を優先させて碌な調査もしないはずだから。

(ホント、冗談じゃないわよねぇ)

天軍最恐の神とも言われたタルタロスを殺した怪物の調査など、いつ爆発するかも分からぬ起爆剤をもって戦場を走り回るようなものだ。主神たるオーディン様の命でもなければ理由を付けて絶対に断っていた。

現在、他の六天神の各勢力がこのレムリアへの介入を開始している。まもなく蝿の大神の所在は割れよう。ヴェイグが見つける必要性は皆無なのだ。ならば、ヴェイグがやることは一つ。できる限り、時間を稼ぐこと。そういう意味ではサウドという女は実に扱いやすい。悪邪を信仰する人間や魔物など凡そこの世に必要のないものどもを与えて調査ごっこをさせてやればよい。

特に今上層部は目の色を変えて蝿の大神の情報を集めており、魔物などという小事に関わっている余裕などない。少々強引なことをしても、バレることはまずない。

それよりも、オーディン様の命に従いつつも、上手く蝿の大神に遭遇しないことの方が遥かに重要なのだ。まあ、そうはいっても――。

(愚かな魔物が苦しむ様は見ていて気持ちがいいしねぇ)

ヴェイグは観戦という、この状況で最もしてはならぬ破滅への一本道へ大きく踏み出したのだった。

◇◆◇◆◇◆

「作業は終わったぜ」

チャトが里長の屋敷に入ってくると作業完了の報告をしてくる。

「なんとか間に合ったか……」

キージの言葉に皆から安堵のため息が漏れる。

僕もこちらの指示の四割できれば万々歳と思っていたが、予想以上にシープキャット族は手先が器用な種族らしい。キージの指揮のもと手分けして実施した結果、たった数時間で僕が指示した全ての仕込み作業を完了してしまう。

「里の者たちの一時的な避難は済んだか?」

「はい。地下の通路から、全員近隣の洞窟へ移動させました。あそこなら防衛も容易かと」

キージは大きく深呼吸をすると、

「あとは、それを熱して指定の位置に置くだけか」

チャットの右手に握る草に視線を固定して、そう口にする。

「奴らをおびき寄せて、一網打尽にする……そんなもので可能なのかの?」

老婆が誰に言うでもなしに疑問を口にすると、

「ああ、それは俺も聞きたいねぇ?」

チャトも右手に持つ草を掲げつつも、僕に問いかけてくる。

「相手は魔物でもなければ、竜でもない、人間。そしてその草は僕ら人にとって、猛毒のような草だ。襲撃者が人間ならばきっと上手くいくよ」

今チャトが握りしめている草の一房が偶然、僕の牢の前に落ちていた。おそらく門番が僕の監視の際に手持ち無沙汰のため、持ってきて嗜好していたのだろう。それを精査したところ、その草が【夢見草】という特殊な草であることを思い出したのだ。

改めてキージに色々尋ねたところ、【夢見草】はシープキャット族にとっては人が酒を飲んで酔っ払ったような症状を起こす嗜好品らしい。

「だけど、あんたなんともないじゃない？」

赤髪をショートカットにした猫顔の女性が疑念たっぷりの視線を向けつつも、至極まっとうな指摘をする。

「そのままでは無害なのさ。そのままではね」

そう。その草は一定の条件で殻から悪質極まりない花粉をまき散らす。それが人にはある種の猛毒なのだ。

「その条件ってのが、あの仕掛けってわけか？」

「そうさ。上手くいけばこちらは血を一滴も流さず賊どもを皆殺しにできる」

上手くいくんじゃないかと思っている。どうにも僕はこの手の姑息な手を考えることがこのうえなく好きで得意みたいだ。

「殺す相手はお前と同じ人間だぞ？　なぜ、そんな平然としていられる？」

チャトが若干引き気味に当たり前のことを尋ねてくる。

「そりゃあ、僕の敵になったからに決まってるだろう」

状況からいって奴らを殺せばシャルが戻ってくる可能性が高い。ならば、一切の躊躇はすまい。今の僕にとって命の恩人であるシャルの生存が何事よりも優先されるのだから。

「あいつの言った通り、人間って奴は本当に業が深いのかもな」

キージが目を細めて僕を眺めながら、そうボソリと呟いた。

「誰の言葉か知らないけど、僕も同感だね」

まあ、特にこんな残忍で卑劣な方法を思いつくんだ。記憶を失う前の僕はさぞかし、性根が腐っていたのだろう。だから業が深いのは人間というより、僕の方かもしれないが。

「ともかく、もう後戻りはきかねぇ。俺たちはやるしかねぇんだ」

チャトがグルリと見渡すと一同、眉の辺りに決意の色を浮かべながら頷く。次いでチャトは僕に視線を向けて、

「おい、ギル、俺はお前をまだ信用してねぇ。もし、この計画が失敗すれば――」

「分かってる。煮るなり焼くなり好きにしなよ」

どのみち、この計画が失敗すればシャルは二度と戻らない。それだけは絶対に許すつもりはない。なんとしても成功させる。それに、相手は人族以外を嫌悪し見下している中央教会。ならば、仕込みの全工程が完了した今、僕にはこの計画が失敗するとは微塵も思えなかった。

「お前、本当に……いや、なんでもねぇ」

チャトは言い淀むと口を閉じて、キージの方を向くと一礼する。

キージも頷き、

「では、皆の者、行動開始だ！」

キージの言葉に皆掛け声を上げる。強烈な不安を誤魔化すような皆の咆哮は建物を震わせ、

夜の闇に溶けていった。

◇◆◇◆◇◆

バリケードの中は赤茶けた地面に、藁ぶき屋根の粗末な建物が建ち並んでいた。

この猫頭の魔物の集落は多く見積もっても数百にすぎまい。以前襲ったガルーダ族の魔物どもと比較すれば規模的にも大したことはない。というか、あのガルーダ族どもと比較するのは間違っている。あれは明らかに魔物のなかでもイレギュラーだった。一般の幹部たちはもちろんだが、族長のガルガンチュアは桁が違った。おそらく、神から力を与えられる前のサウドなら敗北必至だった。

「人っ子一人いません」

真っ白の布で顔を覆い尽くしている部下が、周囲を窺いながら感想を述べてくる。

「てっきり民家から矢くらい放ってくるかと思ってたんだけど、人の気配が全くないね」

サウドの側近の一人であり、頭頂部のみ髪を残しているモヒは眼球だけを動かしつつも、しわがれた声で小さく呟く。まあ、モヒたちはサウドから力を得ている。何の魔力も籠っていない矢ごときで傷などつくわけもないのだが。

「しまったな。地下通路のようなものがあったのかもしれない」

失態。これは失態だ。おそらく、後でサウド様からドギツイ制裁を受けることは必須だろう。

「どういたしますか？」

どうする？　今のサウド様は神の力を取得し、もはや人とは呼べない存在と化している。これは比喩ではなく、前々から希薄だった人として最低限の倫理観が完璧に消失しているのだ。今のサウド様の怒りに触れれば、抗うこともできずに殺される。生き残るには、これを挽回しなければならない。

「足手まといを多数連れてそう遠くに行けるものではないよ！　この集落をしらみつぶしに調べろ！」

モヒが珍しく声を張り上げて指示を出すと、白服たちは一礼すると四方へ散っていく。

少し進むと大柄な白服の男が地面に視線を固定しつつ佇んでいた。

「リーゴ、どうかした？」

「見ろよ？」

ニヤニヤといやらしい笑みを浮かべつつ、モヒと双璧を成すサウド神罰執行隊、副隊長のリーゴが顎をしゃくる。その先の赤茶けた地面には掘り起こされた目新しい跡。これはまさか――。

モヒが地面の石を蹴り上げると、陥没する地面。そこには人が二、三人ほど入れる深い穴がぽっかり空いていた。

「落とし穴か……」

くだらない。仮にもモヒは元傭兵。こんな子供だましのトラップに引っかかるほど間抜けではない。こんな奴らにモヒたちは一杯食わされたのか。

「この集落の包囲はお前の担当だ。モーーヒ、これは致命的な失態だよなぁ?」

左肩を掴んでくるリーゴの右手を振り払い、

「分かってるよ」

苛立ち気に走り出す。

万が一にでも奴らに逃げられでもしたら、それこそモヒは破滅。間違いなくサウドから処分されてしまう。汚名返上の唯一の方法はリーゴたちよりも早く、魔物どもを見つけ出して捕獲することだけ。もっとも——そのモヒの希望はあっさり砕かれてしまう。

モヒたちは集落の中心にある、ひと際大きな建物へと到達する。その建物の周囲は四方から攻め入ったサウド神罰執行隊の襲撃メンバーによって完全包囲されていた。

(最悪だね……)

彼らの衣服には返り血らしきものすらない。おそらく、他の箇所から侵入した彼らも一匹も遭遇せずにここに到着したのだと思う。

「ここに来るまで建物内も念入りに調べましたが、一匹も見つけることができませんでした」

部下が丁度モヒが予想していた事実を報告してくる。勝ち誇ったようなリーゴに舌打ちしながら、

「入るよ」

扉を蹴破って建物の中に入る。

案の定、その建物の中には地下へと続く通路があり、その石の通路は瓦礫により完璧に塞がれてしまっていた。

「くそがっ！」

湧き上がる怒りに任せて右拳を叩きつける。

「あーーーあ、どうすんだよ？　これって完璧に手玉に取られたって感じじゃね？」

リーゴがわざとらしく近づいてくると、モヒの頭をペチペチと叩く。

「そうだな……」

悔しいがリーゴの言う通り。奴らを追うにもこの瓦礫を撤去する必要がある。奴らもバカじゃなければ念入りに壊して時間を稼いでいるはず。

「ここを覆っていた、あの分かりやすいバリケードも俺たちからの時間稼ぎってわけだ」

「だろうね」

そんなことは、言わずもがなだ。要するに、モヒたちはまんまと策にはめられたのだ。

自身に対する情けなさと姑息な奴らへの怒りに我を忘れそうになる中、

「で、どうするよ？　この先を掘るか？」

検討するまでもないことを尋ねてくるリーゴに、

「馬鹿を言うなっ！　それこそ奴らの思うつぼだ！」

怒鳴り声を張り上げる。

奴らの目的はあくまで時間稼ぎ。どうせ通路は全て埋められている。掘削するなど時間がいくらあっても足りない。

「ならば、やることは一つだよなぁ？」

舌なめずりをしながら、リーゴが分かりきっていることを確認してくる。

「ああ、どうせそう遠くまで行けはしないはずだ。今の我らならば追いつける」

もっとも、それはモヒが奴らに出し抜かれたことを認めることと同義。

それでも、このまま指を咥えて見ていれば間違いなく破滅。やるしかないんだ。

「ん？」

暴風のように苛立つ心をなんとか抑えつけつつ、部下たちに命を下そうとした時、嗅覚を刺激する甘ったるい匂い。直後、ピリッと脳髄が刺激される。これは過去に傭兵をしていた頃のモヒが身につけた第六感のようなもの。これを覚えた時、決まって相当クラスの危機が迫っている。

「で？　どうすんだよ？　ここでいつまでも油を売っているつもりだぁ？」

場違いにも愉悦の表情で尋ねてくるリーゴに内心で悪態をつきながら、

「これって何の匂いだと思う？」

今も無視できないくらい膨らみ続ける危機感の原因を尋ねてみる。

「匂いだぁ？」

眉を顰めつつ尋ねてくるリーゴに、

「ああ、この甘い匂いさ」

人差し指を立ててそう返答した時――。

「ば、ば、化け物ぉぉッ‼」

今まで隣で不自然なくらい黙っていたモヒの部下の一人が悲鳴じみた声を上げつつ、腰の長剣を引き抜くと他の隊員を渾身の力で斬りつける。

袈裟懸けに引き裂かれ、一撃で絶命して仰向けに倒れる仲間の姿を茫然と眺めていたが、次第に凍結していた思考が回復して、脳裏に過去のあるイメージが広がる。

それはトップクラスの毒使だった老人の傭兵とのやり取り。そうだ。この匂いは――。

「すぐにここから出ろっ！　これは夢見草だっ！」

半狂乱で振り下ろしてくるモヒの部下の長剣を身をひねって避けると同時に蹴り飛ばしつつ、そう叫び、モヒは建物の出口に向かって全力で疾駆する。

「な、なんて恐ろしいことを考えやがるッ！」

相手がそんな甘い相手では断じてないことにようやく気が付いた。周囲に立ち込める甘い香り。夢見草は熱加工を施すと固い殻がもろくなり、軽い衝撃で破けて、その目に見えない花粉が周囲に飛び散り、それらを吸い込むと激烈な幻覚症状を起こす。きっと奴らへの見せしめのためにモヒたちが潰した落とし穴の底に夢見草が多量に置いてあり、そこに石が落ちて周囲に散布されたのだろう。

「よりによって夢見草かよっ！」

これが魔術的な攻撃なら、サウドを介して神の加護を受けているモヒたちに効果などない。だが、神の加護があろうが、モヒたちの身体は人。身体能力が強化されようが、魔力的防御力が強化されようが、身体に直接作用するこの夢見草の効果から逃れることはできない。

「おい、これはどういうことだっ⁉」

血相を変えて建物から出てきたリーゴがモヒの胸倉を掴むと今も奇声や絶叫が鳴り響く建物を指さし、モヒに尋ねてくる。

「もう手遅れさ！　死にたくないなら、今すぐ息を止めてここから離脱しろっ！」

多分あらかじめ、あの建物内には夢見草の花粉が多量に散布されていたのだろう。一度夢見草の幻覚症状に陥ればもう人には戻れない。それは人である限り、加護があるモヒたちだろうが変わりはしない。

「……」

茫然とした顔で今も眺めるリーゴに、

「早くしろっ！　全滅するぞっ！」

強く促すとモヒは、一目散にこの地獄を抜け出すべく走り出す。

（くそっ！　くそっ！　くそぉぉっ！）

心の中で絶叫を上げていた。甘かった。いや甘すぎた。奴らは魔物。同じ魔物であったガルーダ族のように、直接的な力押しでくると思い込んでいた。だが、蓋を開ければ奴らは極めて狡猾で、モヒたち、人の弱い部分を熟知している。

（まだかっ⁉）

さっきから息を止めたまま全力で走っているのだ。身体能力が強化されようが、息を止めていられる時間には限界があるし、苦しさには変わりはない。

「うわぁぁぁぁぁぁぁっ！」

突如、背後からリーゴの悲鳴が上がり、気配が消失する。

（やっぱりかっ！）

モヒの最悪とも言える予想が的中し、舌打ちをする。

おそらく、罠にはまったんだろう。もちろん、掘り返した跡など微塵もない完璧とも言える罠。モヒが避けられているのは、生まれながらにトレジャー系の恩恵《ギフト》を有していてトラップの位置が見えるからだ。

（冗談じゃない！）

中央教会でもモヒたちは四大司教、サウドの直属の実行部隊。人ではトップクラスの戦闘能力を持っている。現にあの災害級のガルガンチュアの部族をも圧倒した。それが、今為す術もなく全滅しかけている。しかも敵は姿すら見せていないのにだ。

（勘違いをしていた！）

こんな悪魔のような策を考える奴が魔物風情のわけがない。この人の命を何とも思っていないやり口。これは傭兵時代、過去に一度だけ味わったことがある。あれはアメリア王国宰相――。

（くっ！）

まさに最悪の結論に達しようとした時、モヒは僅かな安全地帯である地面を踏む。直後、ドンッと胸に衝撃が起こる。刹那、脊髄に焼け付く棒を突き刺されたような耐え難い激痛が走る。

（な……にが？）

口からあふれる赤色の液体を拭って己の胸を見ると、そこには一本の槍が突き刺さっていた。

「馬鹿……な」

元よりモヒはサウドの力により、身体的強度が著しく向上している。そもそも槍ごときの投《とう》擲《てき》で傷など受けるわけがないのだ。あくまでこの危機は夢見草により廃人と化すことにある。

しかし、喉からせり上がる血液と意識が吹き飛びそうな痛み、そして、全身の力が抜けていく感覚から、今モヒが受けているダメージが致命傷であることを本能が理解していた。

「これは――」

混乱する頭の中、槍が飛んできた方角に唯一動かせる顔を動かした時、頭に衝撃が走り、モヒの意識はプツンと切断される。

◇◆◇◆◇◆

――キャット・ニャー北西の森の大木の上

ガルーダ族の青年、カイトがひと際大きな木の上から二本の槍を続けざまに放つ。

槍の一本目は空を疾駆し、最後の一人であった中央部分の黒髪だけを残した奇抜な髪型の男の胸に突き刺さる。次いで二本目もその脳天を貫いて、僕らは賊に勝利した。

「すげぇ……あの人数が全滅だ」

僕のお目付け役のチャトがそんな感想を絞り出す。

「……」

周囲の者たちも同じ感想らしく、既に息絶えているであろう賊どもの亡骸がある集落を一言も口を開かず茫然と眺めていた。

「あの槍はどういう原理なんだ？」

キージが顎に手を当てつつ、興味深そうに尋ねてくる。

「罠により奴らが通りそうな地点を限定したうえで、魔法で記憶して槍の投擲の飛ぶ方向を固定しただけさ。実際に倒せるかはかなり際どかったけど、なんとかなったみたいだ」

僕がやったことは命中補正系の中級魔法――【必中《クリーンヒット》】により、特定の地点を記憶して、槍に無属性魔法の【武器性能向上（中）】を発動。そして、最も槍の投擲が得意なカイトに【身体強化（中）】をかけて腕力を強化し、全力で投げてもらっただけ。

この方法による最大のポイントは特定地点の設定だ。

一つは罠の中。罠にはまって、一時的に動けなくなった相手に対する投擲だ。罠にはまるような間抜けはカイトの槍の投擲で比較的容易に殺害できると踏んでいた。

問題は罠を避けつつ脱出しようとする猛者だ。普通のやり方ではおそらく槍も避けられてしまう。だから奴らが避けられない状況をあえて作り出した。具体的には罠による脱出ルートの特定だ。奴らが生きてあの集落を脱出するには特定の場所を通らねばならない。必ず通るなら、そこを通るのを待ち、タイミングを見計らってカイトに投擲してもらえばよい。

唯一の懸念は一つ。襲撃者が中央教会の者なら、何等かの強力な力を持っている可能性があるということ。だから魔法で槍を強化して、槍が最も得意なカイトの身体能力を強化したうえで遠方から投擲してもらった。もし、これでダメなようなら弱った相手に皆で総攻撃するしかないと覚悟もしていた。だが、僕の見込みは良い意味で的中して、奴らは夢見草で廃人となるか、カイトの槍で貫かれて一網打尽となる。

「ギル、もしかしたらお前はあいつ同様、ハンターというやつだったのかもな」

キージがしみじみと僕も考えていた可能性につき指摘してくる。

「ハンターか……そうかもね」

確かにハンターでもなければ、【夢見草】などという物騒な草に心当たりなどあるものか。こんな胸糞の悪い戦術を思いつき、いくつかの魔法を使えることからも、ハンターであった可能性が一番高い。もっとも、記憶を失ってこんな場所にいたのだ。その経緯はどうせ碌なものではあるまい。

「それで、これからどうするんだ？」

チャトが僕に尋ねてくる。どうやら最低限の信頼は確保できたらしい。

「まだ奴らの仲間の別動隊がいないとも限らない。下手に動き回るのは危険だ。一度、避難場所である洞窟まで戻ろう」

とはいえ、四〇人近くが集落に入ったことは確認している。カイトの言からも奴らの本隊であるのは間違いない。少なくとも先の戦闘で半分以下には減らせたと思う。これなら、力押しで来られても、防衛をすることは十分可能だ。

「了解だ。お前たち、一度、洞窟まで戻るぞ」

キージの指示に皆頷くと軽快な動きで大木から下り、地面を疾駆していく。僕も枝を伝って地面に下りると、両手首をキージに差し出す。

「……悪いな、ギル」

すまなそうな顔でキージが僕の両手首を縄で縛る。

「いんや。それより僕らも行こう」

首を左右に振って顎をしゃくる。

「そうだな」

キージも頷き、僕らも洞窟に向けて走り出した。

◇◆◇◆◇◆

側近のモヒが脳天を槍で貫かれ、絶命したのを目にし、

「全滅……した？　私の神罰執行隊が？」

サウドは眼前に繰り広げられている、あり得ぬ光景に自問自答していた。

神罰執行隊は四大司教の一人、サウドの有する実行部隊の一つ。多方面から凄腕の人間たちを集めてきては独自の改良を施した者ども。人としてはまさに最高クラスの強度を誇る。確かにサウドは新しい神に賜った力を最低限しか与えてはいない。故に、勇者などのイレギュラーに敗北したとしても大して意外性はない。だが、此度神罰執行隊を全滅させたのは猫顔の魔物。

それは到底あり得ないことであり――。

「おのれぇ……」

中央教会、いや、サウドの信仰、ひいては親愛なる神、ヴェイグ様の御尊顔に泥を塗られたことと同義。

「失態です……これは大きな失態ですわ」

下等な魔物ごときに神の威光を否定されたのだ。十中八九、親愛なる神、ヴェイグ様もこの醜態を御覧になられている。

「こんなことなら神罰執行隊に、より強力な加護を与えるべきでした」

親愛なる神はサウド一人に慈愛を下さっているのだ。その力を不用意に他者に与えるべきではない。これはサウドの確固たる信念であり覚悟。この考えに基づき、人に毛の生えた力しか神の御力を分け与えなかった。

しかし、こんな最悪とも言える醜態を晒すくらいなら、たとえ自らの信念を曲げてでも神罰執行隊に神の力を分け与えていればよかった。それも後の祭り。此度の失態は致命的にヴェイグ様の信頼を失ってしまった。

「許しませんっ！」

ここまでサウドのメンツを無茶苦茶に潰してくれたのだ。サウドが持つ拷問技術の粋を尽くして情報を絞り出したうえで、一匹残らず根絶やしにしてやる。それこそが、唯一サウドの不始末を洗い流す術。

「取り戻さなければ」

サウドの口から漏れ出る決意の声。自然にサウドの背中は猫背となり、悪鬼のごとき形相で歩き出す。己の神への強くも深き信仰を証明するために。

◇◆◇◆◇◆

――近隣の洞窟

キージを先頭に僕らの避難所となっている洞窟内に入ると、多数の猫顔の老若男女が緊張でこわばった表情で僕らを眺めてくる。まだ、シャルは戻っていない。だとすると、この事件は目下継続中というわけだろうな。キージが一歩前に出ると、

「我らの里に侵入した人間どもは全て死んだ。一先ずは我らの勝利だ！」

大きく息を吸い込むと勝利宣言を行う。

一瞬の静寂の後、歓声が爆発する。抱き合ってはしゃぐシープキャットの住人たちに、

「だが、まだ奴らの首領格が残っている可能性がある！　安堵も喜びもあとだ！　今後も警戒を怠るな！」

厳粛した表情で声を張り上げる。

「じゃが、キージ、計画通り人間どもは全部死んだんじゃろ？」

老婆は僕をチラリと横目で見ながら、素朴な疑問を投げかける。この様子だと老婆から同じ人族を殺したことに対して僕に引け目のようなものがあると思われているようだ。だが生憎、僕はそんな小綺麗な人間じゃない。さっきから、全く殺したことに罪悪感などないし。むしろ、今僕の関心は――。

「ああ、侵入した人間どもはな。だが、まだ終わっちゃいない」

キージの断言にも似た噛みしめるような返答に、老婆たちは息を飲む。やはり、キージも同意見か。

「なぜ、そう分かるんです？」

赤髪をショートカットにした猫顔の女性が眉を顰めながら、キージに尋ねる。

「殺した奴らに、首領はいなかった。カイト、そうだな？」

キージは両腕を組んで洞窟の石壁にもたれかかっているカイトに神妙な顔で確認する。

「ああ、遠目だったが、オヤジを倒したあのクソ女の顔は今もはっきりとこの目に焼き付いている。強いオヤジを倒した奴らのボスは生きている」

カイトは犬歯を剥き出しにしてそう断言する。

「そして、多分、この襲撃を仕組んだ存在がいるんだと思う」

これは薄々気付いていたこと。カイトの集落を潰した怪物は圧倒的強者。その強者がシャルを攫うなどという手段に出る必然性がない。これは僕の勘だが、この事件には襲撃者とは別に悪質な首謀者がいる。その首謀者の目的は不明だが、少なくともシャルが戻らない以上、この襲撃事件は依然として現在進行形。その可能性が濃厚なのだ。

「ギルが言っていた黒幕の存在って奴か？」

チャトが神妙な顔で僕に問いかけてくる。

「ああ、間違いないよ」

チャトは少しの間、僕を凝視していたが、

「おい、すぐにでもこの洞窟の警備を整えるぞ！」

武装した若いシープキャット族の青年たちを促し、洞窟の外へ向けて颯爽と去っていく。カイトも警備の配置についたのだろう。既に姿を消していた。

「ギル、先ほどの戦闘の礼を言う。そして今までの非礼、すまなかった」

キージが僕に深く頭を下げる。人族のしかも、捕虜である僕への態度に周囲がざわつく。

「いや、別に気にしちゃいないよ。それに、まだ全く終わってない」

正直、キージの立場なら当然だし、僕が彼らの立場でもこんなあからさまに胡散臭い奴を好きにさせておきはしなかっただろう。むしろ、この程度で信頼するキージたちが、人が良すぎるのだ。

「次の策を考えたい。悪いがまた知恵を貸してくれ」

「奴らの戦力の大部分を減らした今、残るは敵の主力のみ。そして主力は想像を絶するほど強大、つまり――」

「この先、小手先は通用しないと？」

「うん。多分ね」

「力押しか。だが、それでもお前に策はあるんだろう？」

僕は顎を引くと、

「あとは僕らのメリットを上手く利用するのさ」

次の戦闘の核心を口にする。

「メリット？」

「ああ、そもそも、本来この手の洞窟は防衛には不向きなんだ。なにせ、炎で炙り出されでもしたら、ひとたまりもないからね。でも今回はそうはならない」

「奴らの目的か？」

「そう。多分、奴らが襲う目的は君たちシープキャット自体にある。それまでは奴らは君たち全員を殺さない」

もし、奴らがシープキャット族を直ちに皆殺しにしたいのなら、集落目掛けて遠距離攻撃を仕掛ければよい。火を放つだけでもそれなりの効果があるはず。それをせずにわざわざ手間のかかる集落への襲撃という手段を選んでいる自体、シープキャット族を捕縛しようとしているのは間違いない。その目的は色々推測できるが、どうせ碌なものではあるまい。

ともかく、奴らがシープキャット族を直ちに皆殺しにできない理由があるのは明白。それは奴らの行動が著しく制限されることと同義。

「分かった。お前の指示に従おう。次、俺たちは何をすればいい？」

このキージの言葉に、

「キージ様、正気ですかっ⁉　こいつが敵の間者ではないという証拠はどこにもないんですよっ！」

赤髪ショートの猫顔の女が血相を変えてキージに詰め寄るが、

「もし、ギルが敵の間者ならそもそも、敵の主力を全滅させたりしないさ。それに、もう俺たちにはあとがないんだ」

キージは僕に近づくと、右手に持つ槍で僕の両手首を縛っている縄を一閃する。

「なっ⁉」

驚愕の表情でパクパクと口を動かす赤髪ショートの女。

「僕を自由にしていいのかい？」

「言っただろ？　俺たちには既にあとがない。これは俺の勘だが、お前の戦力がなければこの窮地、切り抜けられない。そんな気がする」

キージは僕らとともに偵察に出ていた数人のシープキャットの男たちにグルリと向き直ると、

「実際にあれを見たお前たちはどうだ？」

その意を求める。

「あんなえげつないことを考える奴が敵なら、どのみち私たちに勝ち目などないでしょうし、私もかまいませんよ」

黒髪のシープキャットの青年は相槌を打つ。

「そうだな。そうするしか他に方法はない。ただし、信頼できぬのは変わりがない。この件が済めばまた牢に入ってもらうぞ？」

どっしりとした猫顔の中年男性がギロリと僕を睨みながら言い放つ。

「いいよ。別に逃げるつもりもない」

「みんな、どうかしてるよっ！」

赤髪ショートの女が焦燥たっぷりの声を上げるが、老婆がその右肩を掴んで首を大きく左右に振る。しばらく、身を震わせていたが、怒ったように赤髪ショートの女は洞窟の奥へと姿を消してしまう。同時にキージたちの決定に納得がいかないシープキャット族の男女たちもそれに続く。

「あれ、いいのかい？」

「構わん。どうせ、このままでは里は滅ぶ。今は里の防衛が最優先事項だ」

キージの言葉に、他のシープキャット族も無言で頷く。人族である僕の捕縛を解くなど、まさに狂気の沙汰だ。彼らの立場からすれば、あの赤髪ショートカットの女性たちの方が遥かに正当といえるだろう。なのに僕を自由にしようとする。それだけ、キージたちは追い詰められているのかもしれない。

「分かったよ。じゃあ、今から奴らを撃退する具体的な策を話す。時間もないし、各自効率よく動いて欲しい」

僕は口を開き、最終防衛の闘争は開始された。

◇◆◇◆◇◆

先ほどの戦闘で奴らの戦力の大部分は削いだ。数は力。それは間違いない事実。もっとも、それをひっくり返す怪物がいる。襲撃者どもの動きは遠目でも中々精錬されていた。特に最後のトレジャー系の奴はかなりの手練れ。正面から戦えばシープキャット族が勝利できたかは疑わしい。少なくとも、かなりの損害が出ていたのは間違いない。奴らを超える脅威だ。その中央教会の女が相当ヤバイ奴なのはほぼ確定だろう。もっとも、カイトの話を総合すると最高戦力の女は確かに強いが、僕ら人の理を外れてはいないようだ。

現にガルガンチュアとガルーダ族の最精鋭が一斉にその女に立ち向かえたらなら倒しうると、カイトは分析していた。まあ、人族の中でも伝説となっているガルガンチュアを単騎で倒せる時点で、もはやこの世界では圧倒的強者だろうけども。

ともかく、ガルーダ族の時とは異なり、奴らの主要戦力をそぎ落とした。奴への包囲殲滅が作戦として立てられる。

無論、闇雲に総攻撃しても勝利はできまい。まずは罠をはる。もちろん、罠にかかるとは思っちゃいない。そこに隙が生まれればそれでいい。そこで一瞬隙ができた中央教会の女に全ての力を注ぐ。

具体的な攻撃手段は前衛、中衛、後衛からの総攻撃。

まずは前衛が攻撃をしかけてすぐに離脱。中距離から中衛が長槍などで攻撃を加えると同時に、反撃があればそれを木製の板などで防ぐ。間髪入れずに後衛から遠距離攻撃を加えて奴に致命的な攻撃を与える。

この遠距離攻撃の要がカイトの有するガルガンチュアの形見の槍。見せてもらったが、至宝クラスの奇跡が籠った槍だった。どうやら襲撃の数日前にこの槍をカイトに譲っており、槍を渡す暇もなくガルガンチュアと中央教会の女は戦闘に突入。カイトも幼馴染みを襲撃者から守るのに精一杯で、結局ガルガンチュアに槍を渡すことはできなかった。あくまで、仮定だがガルガンチュアがこの槍を持っていれば結果は変わっていたかもしれない。この槍は、それほどの槍だ。

この槍を使用したカイトによる投擲で、その女の脳天を破壊する。これこそが僕らに残された起死回生の手段。

最も危険な囮の役目である前衛には比較的機動性に富んだ僕、チャト、そして——。

「本当に君も参加するつもり？」

今も隣で僕に武器を向けて睨みつけてくる赤髪ショートの猫顔の女、ターマにもう何度目かになる疑問を繰り返す。

「ええ、あんたを野放しにしておけない！　少しでも変な真似をしたら殺す！」

「だから、今はそんなこと言っている余裕なんてないんだけど」

背後で腰を下ろしているチャトに助けを求めるが、

「無駄だぜ。ターマは一度言い出したら聞かねぇからな」

チャトはそうぼやきつつも立ち上がる。

「チャト、なんであんた、そんなに慣れあってんのよ⁉　こいつは人間よっ！」

「あーそうだ。だが、こいつはシャルムを本気で助けようとしている。それだけは信じられる」

「はあ？　人がシャルムを？　マジであんた、どうかしちゃったんじゃん⁉」

すごい剣幕で捲し立てるターマにチャトは顔を顰めて、

「あのなお前こそ、今どんな時か——」

口を開くが、ガサッと密林の草むらが動く。

咄嗟に全員で構えをとるが、一匹の兎が飛び出してくると、足元を疾駆し草むらの中に消えていく。

「な、なんだ、兎かよぉ……驚かせやがって」

額を拭うとチャトは槍を握って、

「じゃあ、俺は少し周囲を見て来るぜ」

前方の木々の生い茂っている森の奥へ向かおうとする。その刹那——チャトの首に線が入る。

その線は次第に全身に波及していきバラバラの肉片となって地面へボトボトと落ちていく。

「え？」

瞬きをする間に粉々の肉片となったチャトを視界に入れて素っ頓狂な声を上げるターマ。

「に、逃げろぉぉっ！」

僕はあらん限りの声でそう指示を送っていた。

「下賤な魔物ごときを逃がすと思いますか？」

若い女の苛立ち気な声が鼓膜を震わせる。

——ぞわっ！

凄まじい悪寒が全身を駆け巡る。それは背後から巨大な肉食獣に押さえつけられているのを僕にイメージさせた。まさに怖いもの見たさ。恐る恐る首を背後に向けると首があらぬ方向へ曲がって絶命しているターマと、

「脆いっ！　こんな脆くも醜いものに、この私の信仰が侮辱されたわけですかっ！」

美しい造形の顔を醜悪に歪めながら、そのターマの頭部を鷲掴みにしている白服女が視界に入る。

「あぁ……」

僕の口から洩れたのは絶望の声。これは確信だ。もちろん、動きが微塵も認識できないこともある。でも、そんな理屈ではなく、この僕の感覚と魂がストンと腑に落ちてしまっていたのだ。こいつが人の摂理の埒外にいる存在であり、いくら策を弄しようと人である限り、この怪物には絶対に勝てぬということを。

「あああぁぁぁぁあぁーーーーーッ！」

僕の悲鳴は——。

「騒々しいッ！」

白服の女の激高により遮られる。同時に意識もぷっつりと切断された。

◇◆◇◆◇◆

試練の対象者である馬鹿王子《ギルバート》を間近で観察するために、私はガルーダ族のカイトとしてシープキャット族に潜り込んでいた。

馬鹿王子《ギルバート》は記憶を失う前の無能な様相とは対照的にシープキャット族を指揮し、集落を襲撃してきた賊どもを一網打尽にしてみせた。

この作戦の中核となった夢見草を牢獄前に置いたのは私だが、シープキャット族にとって夢見草は重要な嗜好品。私が指摘しなくとも、この集落で一般の暮らしを知れば容易に気が付くこと。ただ、今のギルバートは投獄中でその一般の暮らしを知ることができない。だから、少々手心を加えたってわけだ。

結果、私の予想を大きく超えてギルバートは十分なポテンシャルを発揮して奴らを全滅させた。

後はあのサウドとかいう中央教会の雑魚女のみ。あの化物宰相から戦術と戦略の英才教育を受けていたギルバートなら、私が手を貸すまでもなく容易に撃退可能と考えていたのだ。

しかし、そんな私の予想は最悪の形であっさり裏切られてしまう。

「これはどういうことだ？」

私はぐちゃぐちゃの肉片となったギルバートの亡骸を眺めながら自問自答していた。

ギルバートはあの怪物宰相ヨハネス・ルーズベルトの英才教育を受けていた。それはこの試練の前にヨハネス本人から確認をとったから間違いはない。確かに奴には剣術の才はあるが、碌な研鑽を詰んでいないことは既に私自身で確認している。対して魔法は別。それこそ、一〇〇年に一度の魔法の天才と称され、幼少期から日々血のにじむ鍛錬を積んできており、既に能力は宮廷魔導士のレベルに到達しているそうだ。

だから、比較的難易度の低いこの試練は、直接手を出さずに見守ろうと思っていた。いや、そもそもこのボーナスステージは、ギルがシープキャット族からの信頼を獲得するための布石に過ぎなかったはずだった。

しかし、現実はあんなナメクジごときにあっさり、シープキャット族も助けられずに殺されてしまう。

「道理に合わん……」

そうだ。あんなナマケモノのように緩慢な動きに抵抗一つできずに殺害されてしまうなど、到底道理に合わないのだ。確かに私たち達人の領域にあるものにとっては、ギルバートの体術も身体能力も取るに足らないものだ。だが、それを言うなら、サウドも大して変わりはしない。魔術の才がある分、ギルバートに利があると私は踏んでいた。

もしかして、ギルバートの動きや思考を緩慢にする術でも発動されていたとか？　私に魔力の流れ一つ見せずにか？　だとしたら、あの女はベルゼバブ以上の強者ということになる。

「いずれにせよ、私の見込み違い……そういうことか……」

試練はクリアできる強度でなければ意味がない。私でも魔力を感知できぬ相手なら、あの未熟なギルバートでは相手にすらならぬ。

「そ、総員、洞窟まで退避しろっ！」

今も亀のような速度で歩いてくるサウドにキージが焦燥たっぷりの指示を出す。直後、サウドが走り出してキージの間合いに入ると、その喉首に長く伸ばした爪を突き立てようとする。

それを私はアイテムボックスから取り出した村雨で楽々受けきる。

「カ、カイト？」

驚愕に目を見開くキージに、

「皆を連れて洞窟内まで下がっていろ。これは私が処理する」

強い口調で指示を出す。

「い、いや……しかし――」

「はやくしろっ！」

私の激高に、

「わ、分かった。恩に着る。お前ら、洞窟内まで戻るぞっ！」

他のシープキャット族を連れて洞窟内まで走っていく。

「羽虫ごときが、私の一撃を防ぐとは、少々驚きましたが、一匹たりとも逃がしやしません！」

そんな壮絶に勘違いした台詞を吐くサウドに、

「私が直々に相手してやる。お前の真の力、見せてみろ」

村雨の剣先を奴に向けて、強い口調で促す。

忽ち、サウドの顔中に太い血管が漲り、悪鬼の形相へと変わっていく。

「羽虫ごときがぁっ！」

よほど私のこの宣言が屈辱だったのだろう。金切り声を上げながら、長い爪で斬りつけてくる。

どういうわけだ？　この子供の遊びのような攻撃、こんな稚拙で温い攻撃、新米ハンターでももっとましな攻撃をするだろう。魔力の残滓すら見せぬ弱体化系能力ならば、私には常に状態異常無効があるから効果がないことも頷ける。納得がいかないのは、この斬撃の強度と技術の稚拙さだ。正直、こんなもの一流の戦人ならば、生身でも十分受けきれるレベルだ。こんな未熟な攻撃でなぜ、ギルバートは死ぬことができた？

「な、なぜ、私の爪が届かないっ⁉」

サウドは動揺を隠せず、数歩後方に跳躍し、空中に無数の光の矢を出現させると、

「聖なる矢《ホーリーアロウ》っ！」

叫び声とともに私に向けて一斉に飛ばしてくる。

ゆっくりと迫る矢を、私は左手で蝿叩きの要領で振り払う。私に触れただけでガラスのように粉々に砕け散る光の矢。

「何だ？　これは？」

どうしても憤りが抑えきれない。恥ずかしげもなくこんな下らん攻撃手段を選択する奴に私は試練を無茶苦茶にさせられたのか？　いや、落ち着け！　それは早計というもの。私にも気づかぬ巧妙な手段により、ギルバートを殺した。そう考えるべきだし、それ以外、この矛盾を説明する手段を私は持たない。

「わ、私の聖なる矢《ホーリーアロウ》が全て防がれたッ⁉」

驚愕の声を上げるサウド。

「そんな子供だまし、戦人の私に届くわけがあるまい。いい加減茶番は止めて、さっさと本気

を出せ！」

遂、苛立ってしまい、漏れ出した魔力により、足元の地面が抉れて粉々に破裂する。

「お、お前、ただの魔物ではないですねっ！」

そんな死亡フラグたっぷりの台詞を吐くと、右手で胸のペンダントを握り絞める。どこまでも自分の演技に酔う奴だ。

「もう一度言う。私に茶番は必要ない。死にたくなければ、端から全力で来い！」

「下等な魔物風情がぁ――ッ！」

サウドが怒号を上げた途端、奴の全身の皮膚がボコボコに盛り上がり、忽《たちま》ち下半身から多数の触手が生えて、両腕が円錐状となる。そして、その顔の口角が裂けて鋭くも長い歯が伸長していく。

『どうですぅ！　この我が主から与えられた神々しい姿はっ！　分かります！　分かりますよおっ！　お前の恐怖と後悔がぁっ！』

円錐状の両腕で己の身体を抱きしめながら勝ち誇って偉そうに宣うサウドに、

「御託はいい。私よりも強いことを証明してみせろ」

左の掌を上にして指先を曲げて手招きする。

『魔物風情が、舐めやがってぇっ！』

豪風を纏って向かってくる触手を全て村雨で切断して、その両腕も切断する。

『へ？』

呆けた声を上げて自らの両腕から流れる青色の鮮血を眺めていたが、劈くような絶叫を上げ、のたうち回る。

「おい、私も気が長い方ではない。さっさと本気を出してギルバートを殺した方法を実戦してみせろ」

今もみっともなく絶叫を上げているサウドの鼻先に村雨の剣先を突きつけて、有無を言わさぬ口調で指図する。

『ゆ、ゆるじて……』

私を見上げるサウドの両眼の奥にあるのは、散々見てきた戦意すら喪失した負け犬のもの。

「くそがっ！」

怒声を上げて蹴り上げると、ボールのように木々を薙ぎ倒して遥か遠方でようやく止まる。

私はサウドまで疾駆して確認するが、ピクピクと痙攣しており、もはや虫の息だ。

もういいだろう。これではっきりした。

「だから、それは、そのお猿さんには過剰と言ったのである」

背後でアスタがため息交じりに何度も繰り返していた感想を述べる。

「私が実力を見誤っていたということか……」

「マスターはご自身を過小評価しすぎなのである。下等生物《人間》はマスターが思っているよりずっと弱く、脆いもの。そうこの程度の雑魚に一方的に敗北するほどに」

過小評価。そして人間が弱いか。そんなことは、今まで考えてもみなかったな。第一、一〇万年もの間、あのイージーダンジョンに軟禁されていて、人と戦うどころか関わったことすらなかったわけだし、同じ人に対する強さの感覚がひどく鈍い。

だが、そうか……もし私の認識が根本的に誤っていたとしたら――。

「なあ、もしかして前のあの風船のようなアンデッドは強かったのか？」

「強さの基準をどこに置くかによるのである。吾輩たちの物差しからすれば雑魚。しかし、この世界の住人からすれば圧倒的な超越者である。タルタロスも我らからすれば気の抜けぬ強者。そして、そのタルタロスでさえもマスターからすればただの雑魚。それこそ森の中で徘徊するゴブリンに等しい」

そういうことか。確かに違和感はあったんだ。なぜ、あそこまで素直にバベルやハンターギルドが私の指示に従うのかと。

――絶対に勝てぬから。

そう考えれば全ての辻褄が合ってしまう。まさか、あのパンツ一丁の変態男も雑魚三頭竜も強者だったのだろうか？　だとすると、だとするとだ。もう私は二度と――。

「アスタ、お前は今後、私が全力で剣を握れると思うか？」

アスタは顔を背けると、首を小さく左右に振る。

「……そうか……」

自然に顎が胸についていた。

「くははッ！　どうかしているのか、私は⁉」

それはスローライフを望む私にとって、望むべきもののはずだったろう？　なら、なぜだろう？　どうしてこれほどどうしようもなく虚しく感じている？

「アスタ、今ならお前が言っていたことがよく分かるよ」

「そうであるか……それで、今後の計画はどうするつもりであるか？」

アスタは少し寂しそうに私から目を逸らすと、言うまでもない事項を尋ねてきた。

「もちろん、全て白紙だ。私の認識違いで殺してしまったからな。何より、試練を与える相手を失ってしまった」

魔物たちはギリメカラたちに命じて死ぬ一歩手前で保護するように指示している。だから、この試練で死んだのはギルバートただ一人。

元より、私はギルバートを殺すつもりだった。それをソムニとテトルの二人の厚意により、この試練のクリアをもって、生き延びる機会を与えたに過ぎない。故に、ギルバートが試練で死亡することなど端から織り込みずだったはず。なのに――。

「くはっ！　私はどうかしてしまったのか？」

これは単に計画が潰されたことに対する憤りではない。私はギルバートが死んだこと自体に、少なからず落胆し、誤認識した自分自身に激しい怒りを感じている。

「まあいいさ。たった今からノースグランドの一切の問題はこの私が責任をもって処理する」

試練の性質上、想定内だったとはいえ、私の認識違いでギルバートを殺してしまった。その責は負わねばならない。

お痛をした中央教会とその裏にいるクズ野郎には徹底的な制裁を下すし、この北で好き勝手振る舞う木っ端魔族も私が直々に潰そう。その裏に輩がいるならそれら全てだ。それが私の負わねばならぬ責。

だが、その前に——少々試したいことがある。

私は討伐図鑑を取り出す。討伐図鑑は確かにあのイージーダンジョンのクリアによって、登録対象が拡張されており、一定の強さ以上の人外へ登録が拡張されている。

だが、あれから色々この討伐図鑑について試してみたが、通常の魔物やアンデッドでは討伐図鑑に登録はできないようだったのだ。できたのはイフリート、デイモスのような人外か、フエリスのようにその血を引く者のみ。

その理由がずっと不明だったが、今なら朧気だが推測はつく。討伐図鑑の登録は私との魂の連結。つまり、一定の強度がなければ討伐図鑑に登録などできやしないんだろう。だから、そもそも人間のこいつは登録できない。だが、どうしても、今私はこいつの登録を望んでいた。

「死んでそう時間は経っていない。まだ魂はその肉体にある。登録も理論上可能なはず……」

私の心からの願いにも討伐図鑑は、やはり、うんともすんとも答えない。

「無理だったか……」

私は大きく息を吐き出す。そうだよな。人生とはままならぬもの。己の行動の結果は二度と元には戻らない。特に既に死んだ者を生き返らすことはできぬ。それは人の世の摂理というものだ。

別に綺麗ごとを言うつもりはないし、ギルバートを殺してしまったことにつき、私が罪悪感など覚えるわけもない。私は元より独善的でどうしようもなく我儘だ。だからこれは、自分の無様で致命的すぎる失態に対する怒りのようなもの。

「ギリメカラ、ベルゼいるか？」

『御身の傍に……』

『はいでちゅ』

私の前に跪くギリメカラとベルゼバブ。

「ベルゼ、そこで寝ているクズから背後関係を聞き出せ！　聞き出したら、そいつらまとめて処分しろ！　一切の妥協なく、この世の地獄を見せてやれ！」

『御意でちゅう』

キシャキシャキシャキシャといつにも増して興奮気味に口を動かすベルゼバブ。

『もし、それが天の軍の使いであったらどういたしましょう？』

その隣で神妙な顔で、ギリメカラが自明のことを尋ねてくる。

「天の使い？　ああ、お前たちの言う天軍、悪軍とかいう痛々しい組織のことか。もちろん、決まっている！　私に牙を剥いた以上、全面戦争だ！　欠片も残さず解体してやる！」

たとえ取るに足らないか弱き存在であったとしても、一度刃を持ったのならば滅びる覚悟くらいできているはずだ。

『闇国の魔族の背後には悪軍がおりますが、それも始末なされますか？』

「当然、全て制裁のうえ、処分だ」

『御意でありますっ！』

ギリメカラの三つ目が真っ赤に染まり、全身から黒色の霧が漏れ出していく。

「計画は中止。あとは全て私が処理する。これは私の責任であり、けじめだ。お前たちは雑魚どもの掃討と後始末を担ってもらう」

『御心のままに！』

『御身の御意思のままにでちゅう！』

二柱が頷くのを確認した後、肩の鞘から村雨を抜き放つ。

「さあ、殺そう」

霧の魔王プロキオン、それに悪軍、天軍とかいったか。お前たちはできる限り残酷に、可能な限り屈辱的に殺してやる。無論、これは私のただの八つ当たり。だが、散々この世界の住人を利用して好き勝手やってきたんだ。自らが為す術もなく滅びる覚悟くらいできているだろう？

口角が限界まで吊り上がるのを自覚する。

私は身に宿る激しい怒りに身を委ねた。

――カイ・ハイネマンが殺戮のため、去ったあと。

通常なら討伐図鑑は速やかにカイ・ハイネマンの中に自動的に吸収されて消え去るもの。なのに、まだ図鑑は同地点で浮遊していた。

そして、討伐図鑑がパラパラとめくられて、本に刻まれる文字。

――ギルバートの討伐図鑑の登録――失敗！　理論上不可能
――ギルバートの討伐図鑑の登録――失――敗！　理論上――不可能
――ギルバート・ロト・アメリアの討伐図鑑の登録――失敗？　理論上……ふ可能？

――ギルバート・ロト・アメリアの討伐図鑑の登録――失ぃ敗ぃ！

――ギルバート・ロト・アメリアの討伐図鑑の登録――失ぃ……敗ぃ！

――ギルバート・ロト・アメリアの討伐図鑑の登録――失ぃ………敗ぃ！

――ギルバート・ロト・アメリアの討伐図鑑の登録――失ぃ…………敗ぃ！

――ギルバート・ロト・アメリアの討伐図鑑の登録――しししししし、失……・・敗！

――ギルバート・ロト・アメリアの討伐図鑑の登録――ししししししし、失
…………………………ぱぱぱぱ敗ぃぃぃぃぃぃぃ！

繰り返される歪んだ文言。

それらは数ページに及び――。

――ギルバート・ロト・アメリアの討伐図鑑の登録――――成功！

――ギルバート・ロト・アメリアが討伐図鑑所持者、カイ・ハイネマンの正当眷属へと昇格いたしました。

――マスターであるカイ・ハイネマンとの魂の接続――――成功！

——ギルバート・ロト・アメリアの魂から肉体を再合成します——失敗！

——ギルバート・ロト・アメリアの魂から肉体を再合成します——失敗！

——ギルバート・ロト・アメリアの魂から肉体を再合成します——失敗！

——ギルバート・ロト・アメリアの魂から肉体を再合成します——失敗！

ギルバート・ロト・アメリアの魂からの肉体の再合成は不可能と判断。図鑑所持者カイ・ハイネマンの魔力により、ギルバート・ロト・アメリアの恩恵——【最上位魔導士（特質系）】の変質を試行——成功——称号【魂の帰還者《ソウルトラベンジャー》】を獲得。権能——【変幻】を獲得いたしました。

新獲得称号——【魂の帰還者《ソウルトラベンジャー》】の発動を試行——成功。

ギルバート・ロト・アメリアの魂を現時点から過去の一定期間内にランダムで回帰いたします。

◇◆◇◆◇◆

——正当眷属ギルバート・ロト・アメリアの討伐図鑑の登録の申請——拒否。

——正当眷属ギルバート・ロト・アメリアの討伐図鑑の仮登録の申請——許諾。

——仮登録の範囲内で魂の情報から肉体、精神、コモンセンスを微小に改変させます。

妙に無機質な声を子守唄に、沼底から意識が浮かび上がっていく感覚。

瞼を開けると、そこはあの洞窟の中だった。

「おい、ギル、大丈夫か⁉」

あの洞窟の中でキージに全身を揺らされていた。

「ここは……」

混濁する頭を数回振ると、

「――ッ⁉」

あの妙に生々しい光景が脳裏に浮かび、飛び起きると周囲をグルリと見渡す。

その不機嫌そうにこちらを見つめる赤髪にショートの猫顔の女。それが無残に首をへし折られている彼女の姿と重なり――。

「ターマっ！」

弾かれるように立ち上がり、近寄ると彼女を抱きしめて、

「無事だったのかっ⁉　怪我はないかっ⁉」

パタパタと掌でその全身を叩き、その生存を確かめる。

「ひへっ⁉」

ターマは暫し間の抜けた顔できょとんとした顔をしていたが、次第に顔を真っ赤にすると眼球をさ迷わせて――。

「▽〇◆×――」

よく分からない奇声を上げて僕を突き飛ばし、洞窟の奥へ逃げて行ってしまった。

ようやく今の状況を考えるだけの冷静さを取り戻した。

あれは一体どういうわけだ？　いくつか確かめたが、チャトとターマは無傷だった。何より僕と一緒に配置についていた事実を綺麗さっぱり忘れていた。いや、忘れていたというのは正確じゃない。

――全てなかったことになっていた。

まさにこれが一番しっくりくる答えだろう。今は、あの悪夢から数時間前の洞窟に僕らが戻ってきてターマと言い争いになっていた時。言い争いの最中、僕が突然、ぶっ倒れて意識を失ったらしい。

白昼夢というやつだろうか？　それにしてはリアルすぎた。あれをただの夢と断じるのはあまりに無理がある。だとするとあと考えられるのは、未来視か、いや寝ていたわけだから予知夢がより正確だろうか。僕は記憶を失っており、自身の恩恵《ギフト》を知らない。十分ありうる話だ。

そして、そのトリガーは多分命の危機。危機が間近に迫り、強制的に未来を見せられた。そう考えれば全てしっくりくる。だとすると、非常にマズイな。あの白服の女に勝てる要素が一つもない。というか、白服の女の動きを視認すらできなかったのだ。今の状態ではどうやっても皆殺しになるのがおちだ。できることといえば、逃亡を図ることだが、そうすれば、シャルは二度と戻ってこない。そんな気がする。

「八方塞がりというやつか……」

頭をガリガリと掻きむしっているとキージとチャト、カイトが近づいてきた。まあ、お互い命を懸けての戦いに挑むのだ。これだけ挙動不審だったら、それは気にくらいなるよな。

チャトは僕の胸倉を掴むと洞窟の奥の個室まで引きずっていく。キージも後に続く。

「ギル、何があった？　聞かせろ？」

キージが真剣な顔で尋ねてくる。この場所に連れてきたのは、あまり他人には聞かせたくはないからだろう。おそらくキージの指示だと思うが、今回に限り、このうえなく正当だ。なにせ、絶対勝てない相手と戦うなんて知れば、混乱は必至だからな。

「信じるかどうかは、君ら次第だ」

僕は声をひそめつつも、僕が見て感じたことを話し始める。


「予知夢か。確かにそれは最悪だな」

キージがボソリと呟く。

驚いたな。本気でこの話を信じるのか。どれだけ自身が荒唐無稽な話をしているかなど理解している。何より僕自身が半信半疑なんだ。まさか、こうも素直に信じてもらえるとは夢にも思わなかったのだ。

「おいおい、キージさん、本気でそんな与太話信じるのか？」

眉を顰めながらチャトも当然の問いかけをする。チャトは信じられないようだが、激怒していないところからも、僕が洒落や冗談で言っていないことは察知しているのかもしれない。

「まあな。あいつも、そんないかれた能力を持っていた。大方予知夢はお前たち人族の神から与えられた恩恵《ギフト》ってやつだ」

（予知夢の恩恵《ギフト》？　しかし、こいつの恩恵《ギフト》は魔法系のもののはず。考えられんが、ダブルの隠れ恩恵《ギフト》ということか？　確かに理論上はあり得ぬ話ではない……）

カイトが顎に右手を当てて小さな声で何やらボソボソと独り言ちる。

納得している様子の二人に、

「おいおい、だとすると、俺死んじまうってのか？」

チャトが真っ青に血の気の引いた顔で、親指を自分に向けながら強烈な不安を提示する。

「心配するな。俺に考えがある。少し待っていろ」

キージは部屋を飛び出していくと、細長い木箱を抱えて持ってきた。

「これだ！」

木箱の蓋を開けると、そこには三つの杭のようなものが入っていた。

「それは？」

「過去にあるハンターからもらった能力制限の杭だ」

「昔、シャルの命を救ったハンターかい？」

「そうだ。あいつに最後の最後のドンづまりの時に使えと言われたものだ。その三つの杭の範囲に対象者を入れて魔力を込めると発動するそうだ。生憎俺たちシープキャット族はシャルム以外魔力の操作ができないが、今回はお前がいる。あの時、あいつがなぜこんな俺たちにとって無用な長物を託したのかと疑問だったが、もしかしたらあいつはお前がここにくることを予想していたのかもな」

杭を手に取って精査する。確かにこの文字は古代語。間違いなく遺跡で発掘される古代兵器。古代兵器の効果はそれこそ非常識であり、まさに国家の至宝とされるもの。まともに機能さえすればあの化け物にも十分な効果が見込まれることだろう。おそらく、あれに勝利するにはそれしかない。

「うん。それしかないね。でも一番の問題はあれがその宝物の発動までのんきに待ってくれるかってこと」

僕には奴の挙動が微塵も認識できなかったのだ。あの化け物が大人しく発動までじっとしているとはどうしても僕には思えなかった。

「そいつは、それほど速いのか？」

「速いよ。奴の動きが僕には全く見えなかった」

気が付くと奴が背後にいたのだ。あの化け物にとって僕らなど鈍重なスライムに等しい。とても成功するとは思えない。

「なんとかそいつを一定期間定位置に留め置く策はないか？」

留め置くか……奴は相当怒り心頭だった。情報を聞き出す前に僕ら三人を皆殺しにする程度には。要するに、激しい怒りで真面な思考すらも吹き飛んでしまったんだろう。ならば、その思考を少しの間、強制的に戻してやったらどうだ？

「本来のあの女の目的はシープキャット族の捕縛にあるんだと思う。ならば、遭遇した段階でその目的を思い出させてやれば僅かな時間を稼げるかもしれない」

別に説得する必要はない。僅かに迷わせるだけでいい。その間に能力制限の効果を発動して一斉攻撃により倒せばよい。最後は皆が離脱後にカイトの至宝の槍でとどめを刺す。正直、これしか勝機を見いだせない。もっとも――。

「それは具体的にどんな手段だっ⁉」

「でも……」

それは、まさに腹の空かせている猛獣の檻の中に餌を放り込むようなもの。本来ならば僕がその役には最適だが、生憎制限の杭を発動できるのは僕だけ。つまり、極めて危険な囮の役目を他者に押し付けることを意味する。

「なんでもいい！　頼む！　里の未来がかかっているんだっ！」

キージは僕の両肩を鷲掴みにすると、必死の形相で懇願の言葉を吐いてくる。隠していても不信感を与えるだけで意味はないか。キージならダメな理由を理解してもらえるだろう。

「一人が前に出て全面降伏の意思表情をするのさ。そうすればおそらくあの女は迷うはずだ。だが――」

「奴が殺害をしないとは限らないか……」

「というより、僕ら全員を生かしておく必要性はない。だから、まず殺そうとしてくる。大事なのは、ほんの僅かな間、怒り狂ったあの女の頭をクールダウンさせて躊躇わせることにある」

「なら、俺が――」

　チャトの申し出を、

「君はダメだ」

「なぜだよっ⁉」

　僕の胸倉を掴んで声を張り上げるチャトに、

「あの女は中央教会の敬虔な信徒。ならば、本能的に奴らの教義に拘束される可能性が高い。中央教会の信仰する聖武神アレスの教義には女性に優しくするべき、というものがある」

「はっ！　ここには俺たち魔物しかいねぇ！　奴が魔物を女だからって見逃すってのか？　なあ、カイト？」

「ああ、奴らは女子供関係なしに俺たちの集落を皆殺しにした。そんな真っ当な信仰心はないだろうよ」

　カイトは顔中を嫌悪に染めながら、そう吐き捨てる。

「その通りだ。殺害しようとするだろうさ。だが、あの女は自称敬虔な信徒。ならば無抵抗な女の全面降伏を前に自身の欲望と教義のすり合わせをするはず」

「ギルの言いたいことは分かった。要は言い訳を考えるだけの時間を稼げる。ギルはそう言いたいんだな？」

「あくまで可能性だし、絶対ではない。一方、そのリスクは――」

「確実に殺しにくると分かっている相手の前に無防備を晒さなければならないほどの危険性ってわけか……」

苦々しく呟くキージに、

「その囮の役、私がなるわっ！」

「ボクもなるのだっ！」

扉を開けて赤髪ショートの猫顔の女性——ターマと背に真っ白な翼を有する黒髪の美少女が入ってくると、そう宣言する。大方、二人とも部屋の外で耳をすませていたのだろう。

「アシュ⁉　ダメだ。駄目に決まっているだろう！」

カイトが焦燥たっぷりの否定の声を上げる。この黒髪のガルーダ族の少女がカイトの幼馴染のアシュ。既にカイトを介して簡単な自己紹介は済ませている。

「反対してもボクはやるのだ！」

アシュは運命にでも取り組むような真剣な表情で叫ぶ。

「私も翻意にするつもりはないわ」

「あのね、君らどれだけ危険なことか分かって言ってるの？」

僕が話したのは、この方法が到底あり得ない無謀なものであることを皆に理解させるため。そもそも採用しようとは思ってもいない。

「よそ者は黙ってて！」

ターマは僕に叫ぶとキージに近づき頭を下げる。

「キージ様、私、囮になります！」

「駄目だ！　危険すぎる！」

首を左右に振って否定する。

「そんなにその人間が強いのなら、どのみち、逃げられるとも思えない。捕まればどうせ死ぬ。だったら、たとえ危険でも里のために私も戦いたいっ！」

ひどく神妙な顔つきで、そう思いの内をぶちまける。

「ボクも皆の仇をとりたいのだっ！」

アシュも右拳を強く握りしめて力説する。

「キージさん、今回は俺もターマに賛成だ。あの女の速さが異常なら俺たちは木偶の坊。囮の役さえなれず、即殺される。だが、ターマとアシュが囮になるのなら、僅かでも躊躇う可能性がある。なら実行に移すべきだ」

「チャト、僕は――」

「ギル！　ターマも言ってただろ！　奴らは俺たちを意思のある生きものとは見ちゃいねぇ！　どのみち、相手がそんなクソ野郎ならどこにいようと殺される。俺たちが生き延びるには、その変態女を殺すしかない！　違うかっ⁉」

下唇を噛みしめつつも、チャトは怒声を張り上げる。

違わない。特にアシュは人と大差ない外観をしている。少なくとも一瞬、奴は戸惑うはず。そこにこそ此度の戦の勝機がある。それにどのみち、この作戦が失敗すればここにいる者は皆殺しになる。要は、苦しんで死ぬのか、あっさり死ぬのかの違いに過ぎない。僕らにはあの女を殺すしか、この危機を乗り切る方法はないんだ。

「分かった。僕はキージの決定に従うよ」

キージは少しの間、瞼を強く閉じていたが、

「やろう！　里を守るぞ！」

そう言葉を絞り出したのだった。

あの女は異様に速い。仮に能力が制限されていようと、密林の中であの動きをされればもう捉えることは不可能だ。ならば、できる限り開けた場所の方がいい。

だから、この洞窟前に広がる見晴らしの良い場所をあえて選択した。奴がどういうルートで襲ってくるかが不明な以上、下手に洞窟から出るのは危険。故に女子供は洞窟内でとどまり、交戦状態になったら、洞窟の奥を進み裏から脱出することにした。

もっとも、あのスピードならたとえ逃げても僕らが全滅したら、まず捕まるだろう。

つまり、全ては僕らがこの戦いに勝利するか否かにかかっている。

「相手は真正の異常者だ。ターマ、アシュ、くれぐれも無理だけはするなよ」

広場への杭の設置が終わり、今も腰に両手を当てて仁王立ちしているターマとアシュに近づいて念を押す。

「無理も何も相手は認識できないほど速いんでしょ？　なら、どこでどうしようと同じよ」

「そりゃあそうかもしれないけど……」

「……あんた、人間のくせに本気で魔物の私のこと、心配しているの？」

訝し気に尋ねてくるターマに、

「当然だろ。君は僕にとって大切な魔物《ひと》だからね」

そう力強く断言する。

僕には過去の記憶が一切ない。だからだろう。今も僕にとって最も重要なのはシャル。その彼女が悲しむ顔だけは絶対に見たくない。そう強く思ってしまっている。だから、僕はシャルが笑顔でいるために必要不可欠なこの里や、彼女の大切な家族を守るため、命を賭けているんだと思う。

「……」

息を飲むターマに、隣のアシュがその顔を覗き込み、

「ふーむ、ふむふむ、ターマの顔、赤いのだ」

ニヤニヤと意味深な笑みを浮かべる。

「ばっ――何言ってるのよっ！　こいつは、人間で私たちの敵っ！　これっぽっちも信頼なんてしてないんだからっ！」

忽ち、顔を真っ赤に紅潮させるターマに、

「素直になるのだ。ボクもカイトに心配してもらえて嬉しいのだ」

両腕を組みつつも一定のリズムで足の裏を叩いているカイトを眺めながら、アシュは頬をほ

んのりと紅色に染める。

「あんたねぇ、今の状況が分かってんの？　私たちこれから死ぬかもしれないのよ？」

「うん？　ボクは死ぬつもりは微塵もないのだ？」

キョトンとした顔でそう返答するアシュに毒気を抜かれたのか、

「……もういいわ。その敵とやらがいつくるかも分からない。早く行った！　行った！」

ターマは大きなため息を吐くと、鬱陶しい蝿でも追い払うように、両手をヒラヒラさせる。

「いいかい、絶対に抵抗しちゃだめだ。あとは僕らに任せて」

もう一度同じ台詞を繰り返し、彼女に背を向けて指定された草むらへと身を隠そうと走り出した時、

「ありがとう」

微かにターマがそう呟いたような気がした。

現在、木々の裏に身を隠している。今からくる奴は真正の怪物。気を抜けば瞬殺。そんな相手だ。

指先が小刻みに震えるのが分かる。僅かだが自分について分かったことがある。僕はどうしようもなく臆病で弱虫。本来こんな勇者の真似事のようなことは絶対にするような人間ではない。

（柄にもないんだろうね）

まあ、そう言えるほど自分自身を知ってはいないわけなんだけど。でも、このままシャルと彼女が帰る場所を見捨ててはならない。今の僕の唯一ともいえるアイデンティティとして、そう僕の中の何かが煩いくらい主張していた。

(そういえば……)

――もし、絶対に勝てぬ相手にあったら尻尾を巻いて逃げよ。でも、もし己の信念により戦わなければならない時がきたなら、圧倒的な強者をイメージせよ。そしてその強者になりきって行動しろ。

そう昔に言われたような気がする。

(馬鹿だな……僕は……誰に言われたのかも覚えちゃいないってのに……)

でも恐怖を消すには、それは最適な行為だ。

(僕にとって最強の存在か……)

唐突に頭に浮かんだのは意外にも平凡な灰色髪の少年だった。

(どうして、こんな大して強そうに思えない奴が僕にとっての最強の存在?)

思わず口から乾いた笑みが漏れる。一見してそこらへんの魔物にも敗北しそうなほど弱そうだ。だけど、どうしてもその灰色髪の少年が負けるところが僕には想像がつかなかった。

(そうだな。なりきってみるか。どこの誰かも分からない誰かさんに)

僕はその少年をイメージする。胸の中心に熱い塊が生じ、それらが急速に広がっていく。あえて言葉にすれば肉体の内部がグツグツと茹で上がるような感覚だろうか。普通に考えれば異常極まりない感覚なはずなのに、この時の僕はなぜか妙な心地良ささえ感じていたのだ。

僕はイメージに没頭していく……。

しばらく、灰色髪の少年のイメージをし続けていた時、森の奥から何か強烈に嫌なものがこちらに向かっているのに気付く。悪臭の塊が近づいてくると言えば分かりやすいだろうか。予知夢ではそもそも一切何も感じなかったんだが……。まあ、しょせん夢。そこまでの正確性を求めるのもどうかと思うけどさ。

ともかく、あれがあの夢の中の白服の女なのは間違いない。能力制限の杭を発動させてから、すぐに奴を一撃のもと殺す。それが最良だが……そう上手くいくものかな。

さらに嫌な感じは近づいてくる。だが、変だな。夢の中では瞬殺だったのだ。もっと恐怖を感じてもよさそうなものだが、なぜか大した脅威に感じない。もちろん、激しい不快感はあるんだけど、危機感はさほど覚えない。

混乱した感情の中、身を隠していると、遂に森の奥から白色の布で両目を隠した豪奢な装飾の施された白服を着た女が姿を現す。

やはり、夢に見たあの白服の女だ。

猫背気味の格好で現れた白服の女は、両手を上げて佇むターマとアシュに、

「魔物風情が一丁前に降伏ですか？　それにこれは罠のつもりですか？」

白服の女はグルリと周囲を見渡して、小馬鹿にしたように呟く。そして――。

「こんな低俗な罠を張るクソ虫に、この私の信仰が汚された。そういうわけですかっ！」

白服の女が額に無数の青筋を腫らしていき、ターマとアシュを睨みつける。

一睨みされただけで、ターマは真っ青な顔でカタカタと全身を小刻みに震わせる。

「ボクは知っているのだっ！」

アシュが意味不明な台詞を叫んだ刹那、白服の女の両手の長い爪はアシュの目と鼻の先で止まっていた。

「知っている？　それはまさか、蠅の怪物ですかぁ？」

顔を近づけてその意思を確認する白服の女に、

（いまだっ！）

杭にありったけの魔力を込める。

（うおっ！）

己の右手から放出されるあまりに濃厚で濁流にも似た量の魔力に思わず、小さな驚愕の声が漏れる。

「二人とも離れてっ！」

白服の女を取り囲むように三角の魔法陣が地面に浮かび上がり、黒色の鎖がその全身に巻き付いていく。

暫し、白服の女は呆けたように、己の全身に巻き付いた黒色の鎖に目を落としていたが、

「罠か……くくっ！　ふざけやがってぇっーー！」

耳を弄するがごとき絶叫を張り上げて、黒色の鎖を引きちぎろうとする。だが、ビクともせ

ずに、逆に拘束されていく。

「この私を──下等な魔物ごときがぁっ！」

怨嗟の声を上げる白服の女。その時──。

『あら、それって珍しい旧世代の玩具じゃない。でーも、残念でーーしたぁ』

女の甘ったるい声とともに、黒色の鎖はあっさりと引きちぎられてしまう。同時に三角の魔法陣は霧散してしまった。

くそっ！　途中で白服の女が宝具を無理矢理、強制解除した？　いや、今の白服の女からは大した脅威を感じない。効果はあったと考えるべきだろうか？　でもそれは発動前からのような……。

（今は深く考えるなっ！）

ともかく、少なくともあの夢の中では絶対に敵うことのない怪物のように感じていたはず。その夢と比較すれば今はそんな感じが全然しない。こうして改めて見れば発動前よりも弱くなった……ような気がする。やっぱり、あの杭に一定の効果はあったと考えるべきだ。

「愚劣で邪悪な魔物がぁ、この私を侮辱したなぁっ！」

我を忘れて怒り狂う白服の女に向けて全力で地面を蹴る。周囲の景色が高速で背後に流れ、一瞬で白服の女との距離を食らいつくした。

「は？」

素っ頓狂な声を上げる白服の女の腹部に右の掌を置くと、

「【炎指弾《フレイムバレッド》】おおっ！」

僕が最も得意とする術──【炎指弾《フレイムバレッド》】を発動する。掌から黒炎が放出されて白服の女の全身を貫く。それだけではない。

「くごおおぉぉぉぉッ!?」

その衝突の衝撃により白服の女はぐるぐると何度も回転して木々をなぎ倒しつつ、遠方に吹き飛んでいってしまう。

「なんだこりゃ？」

流石に今までの僕にこんな威力の魔法は扱えなかったはずだ。そもそも、炎の色自体、赤から黒に変わってしまっていたし。もしかしたら、あの杭は対象者の弱体化とともに発動者に力を付与する効果でもあったのかもしれない。ともかく、白服の女の動きは夢の中のものとは異なり、鈍重なものへと変わっている。あの杭は十二分に効果を発揮していたのだろう。

「ギ、ギル？」

背後で困惑気味の声を上げてくるターマと、

「ギル、やっちゃうのだっ！」

興奮気味に右拳を振り上げるアシュ。

「相手の動きが大したことがない。二人とも今のうちに洞窟の中に避難するんだっ！」

「……」

やはりおろおろと動揺を隠せずにいるターマ。

「分かったのだ！」

そんなターマの代わりにアシュが大きく頷くと、ターマの手を強引に引いてカイトのいる洞窟へ走り去っていく。

「許しません……」

白服の女がよろめきながらも立ち上がると、自身の両眼を覆っていた白布を引きちぎり真っ赤に血走らせた両眼で僕に射殺すような視線を向けつつ、

「殺してやるッ！」

そう怨嗟の声を張り上げる。弱体化しているとはいえ、相手は明らかに格上だ。いつ弱体化が消えるか分からない。だったら、ここで一切の余裕すら与えず畳みかけるべきだ。

「貴様は生まれてきたことを後悔するほどの――」

白服の女が何やら宣っているのを尻目に、僕は自身に己の有する最高の魔法である【身体強化（上）】の魔法をかけると地面を全力で蹴り上げて、再度白服の女までの距離を詰める。

ピクリと動くことすら許さず、その顔面に渾身の力で右拳を叩きつける。木々をなぎ倒して吹き飛ぶ白服の女に追随して、右回し蹴りを食らわせる。

僕の右足の脛が白服の女の頭部にクリーンヒットして、バキボキと骨を砕く音が聞こえる。そのまま僕は右足を振りぬいた。今度は凄まじい速度で洞窟の方へ向かっていく。

さらに白服の女に向けて地面を蹴るとあっさり追いつき、追い抜く。そして、上空へと蹴り上げ、さらに、洞窟の壁を足場にして上空へ移動する。

「ちょ――まっ――」

白服の女が何か言いかけていたが、そのまま踵を全力で振り下ろした。

――メキョッ！

頭蓋骨を粉々に砕く音とともに、白服の女は洞窟前の地面に落ちていく。

地面に衝突し、破裂音が鼓膜を震わせる。

土煙が上がり、そこには巨大なクレーター。その中心には白服の女らしきものが大の字で伸びていた。

やったか？　ピクリとも動かないが、油断は禁物。特に能力制限の効果が解除されれば、瀕死の重傷を負っていても、僕などおおよそ瞬殺だろうし。

念入りに燃やしておくとしよう。僕は右手の掌を向けると、

「【炎指弾《フレイムバレッド》】おおっ！」

【炎指弾《フレイムバレッド》】を連続射出する。僕は奴の肉体を一片も残さず燃やし尽くすべく、無数の黒炎を放ち続けた。

◇◆◇◆◇◆

洞窟前でギルが白服の女を遥か上空に蹴り上げて跳躍し、その脳天に踵を打ち落とす。地面を爆砕してめり込んだ状態で仰向けに倒れ、ピクリとも動かない白服の女。

そこにギルは両手を向ける。

「あいつ、まだやるつもりか……」

呆れたような、そしてどこか恐怖さえ含んだチャトの呟きを契機に、ギルは両手から悪質な黒炎を無数に出して燃やし尽くしていた。

「どうやら勝利したようだな」

なんとかキージはその言葉を絞り出す。相手は既に全身グシャグシャでとても息があるようには見えない。そこにあれほどの熱量の黒炎を放ち続けているのだ。もう誰が見ても勝敗は決している。

「なぁキージさん、今の見えたかよ?」

チャトが大きく息を出すと隣のキージに尋ねてきた。

キージも顔中に張り付いた滝のような汗を拭いながら、首を左右に振る。

「いや、全く」

「あの杭って能力制限だったんだろ?」

「少なくともあいつは去り際に、そう言っていた。しかし、あれは能力制限というより……」

そうだ。あれは能力制限云々とかいう次元ではない。あの二人のいや、ギルの動きに全くついていけなかった。辛うじて見えたのはギルが攻撃する時のタメの一瞬のみ。次の瞬間、あの白服の女が爆砕していたのだ。

あの杭にあったのは能力制限ではなく、能力向上。そう考えるのがよほど自然だ。だとすると辻褄が合わないことがある。あの地面に浮き出た魔法陣から出た黒色の鎖はギルではなくあの白服の女に向けられていた。魔法には疎くてよく分からないが、あの状態で果たしてギルに能力向上など付与されるものなのだろうか。いや、今の現象はそう考えるしかない。

しかし――。

思考が迷宮に迷い込み始めた時――。

「終わったよ。念入りに骨まで燃やしたし、ここまでやれば、もう復活はできないだろう」

ギルが振り返って、そんな見当違いな発言をしてくる。

「復活って人にそんな復元能力あるわけないだろう……最後の踵落としで完璧に死んでいた」

「そうだぜぇ。首なんて明後日の方に向いてたしな」

シープキャットは遠目がきく。チャトの言う通り、首は折れ曲がり、両手両足はもちろん、胴体自体が捻じれていたし、あれで生きていられる生物などいない。

「かもね。でもさ、万が一あれが本来の強さを取り戻していたら、勝敗はあっさりひっくり返っていたよ」

「本来の強さ？」

キョトンとした顔で問いかけるチャトに、ギルは肩を竦めて、

「だからあの杭の能力制限だよ。あれがあったから勝てたけど、なかったら危なかった」

「いやいやいや、違うだろ！　それは――」

「チャト、もういい。勝ったことだしな。それにこれで奴らも打ち止めだろう。俺の予想が正

しければ、シャルムは直に戻ってくる」

「そう願うよ。あれ……？」

突然ギルは脱力すると地面に倒れ込む。

「ギル！」

「お、おい！」

駆け寄って抱き起こすと寝息を立てているのを確認してホッと胸を撫でおろす。

「戻るぞ。皆に勝利宣言をせねばならんし」

「キージさん、そんな必要ねぇみたいだぜ？」

口端を上げつつも、チャトが親指を洞窟の方へ向ける。そこには同じシープキャットの仲間たちが洞窟の中からこちらを眺めていた。キージも微笑を浮かべて、ギルを抱えながら右手を高く上げる。

「俺たちの勝利だっ！」

その叫びにより、大きな歓声が辺り一帯に響き渡ったのだった。

◇◆◇◆◇◆

キャット・ニャーから北西部の丈の長い草木が生い茂る藪の中。その中にぽっかりと円状に伐採された巨大なサークルの中心で、待機していたアスタの下まで私は歩いていく。

そして今の今まで抑えていた歓喜を爆発させて、

「くは！　きははっ！　きはっははははっ！　全く、私の予想通りの結果だっ！」

堰を切ったように笑い出していた。それもそうだ。あいつが私の期待通りのパフォーマンスを見せたのだから。

「あり得ないのである……」

対してアスタは珍しく狼狽を顔に漂わせていた。

「ほら、私の方が正しかったであろう？」

アスタの奴、やけに馬鹿王子《ギルバート》を過小評価していたが、あいつはあれでも王族。幼少期からあの怪物宰相から戦術と戦略に関して英才教育を受けていた。しかも、奴は一〇〇年に一度の魔法の天才。ギルバートが魔法を使用すれば、あんな本性すら見せていない雑魚ナメクジなど瞬殺してしかるべきなのだ。

「マスター、貴方があれに何かしたのであるか？」

「うん？　何かって何をだ？」

意味不明なことを言う奴だな。アスタの質問の意図が全くわからん。

「ご存じない。だとすると、ギリメカラであるか？　いや、奴がそんなマスターに黙ってそんなすぐバレるようなことをするわけがない。だとすると、これは……」

形の良い顎を右手で摩りながら思考の海に飲まれているアスタに、

「この試練はクリアだ。皆にもそう伝えておけ」

第一試練の終了宣言をする。

「ところで、あのナメクジを操っていたクズ虫はどうするつもりであるか?」

「もちろん、今から歓迎会だ。途中茶々を入れてくれた礼はたっぷり、返さなくてはなぁ」

あの黒色の鎖を引きちぎったのはあのナメクジではなく、外部のものだ。観戦を決めこむ程度なら、多少の制裁を加える程度で終わらせる選択肢もありえたが、介入してきた以上、その咎は負ってもらう。

「マスター、一ついいであるか?」

「うん? なんだ?」

「マスターはあれのあの闘争を予見していたのであるか?」

「ああ、概ね予想通りだぞ」

まあ、あの雑魚ナメクジが本性を見せる前に倒すとまでは思わなかったがね。だが、戦闘で重要なのはいかに己の得意を押し付けるか。相手に何もさせず倒す。それはある意味戦闘の理想形だ。だから、この第一試練はあの馬鹿王子《ギルバート》の勝利でよい。

「己のその狂った常識を世界にすらも押し付けるのであるか。マスター……貴方は本当に恐ろしい御方である」

アスタは大きなため息を吐くと、しみじみとそんな人聞きの悪いことを呟く。

「それで、シャルムは?」

「もちろん、丁重に保護しているのである」

パチンと指を鳴らすと、木製のベッドとその上で眠っているシャルムの姿が出現する。

「この試練は終わりだ。すぐにでも、彼女を元の場所に帰しておけ。あー、結界の調整もしておけよ」

「イエス、マイマスター！」

姿勢を正して私に一礼すると、シャルムごとアスタはその姿を消失させたのだった。

◇◆◇◆◇◆

ひと際大きな木の小枝に留まる一羽の黒鳥。この黒鳥は天軍少将、ヴェイグが下界で活動するために魂の一部を降ろした現身《うつしみ》。この身体は戦闘能力など皆無に等しいが、黒鳥内のヴェイグの魂の一部を介して神の奇跡を起こすことができる。この力でサウドのような俗物を操り、つかの間の暇つぶしで観察していたのだ。

「何、あれ？」

ヴェイグは己のマリオネットを破った正体不明の生物につき、疑問の声を上げていた。当然だ。ヴェイグが直々に神力を与えて改造したのだ。少なくともこの世界の土地神クラスはあった。それがああも一方的に倒されてしまう。もちろん、あの金髪の男がこの世界の神格を有する神なら話は分かる。だが、あれはただの人間の子供。少なくとも少し前までは力のない人間《羽虫》

だったのだ。それをこの短期間でヴェイグの玩具を壊す程度まで改造する。それは上級神程度にできるものではない。それは件の蝿の――。

「じょ、冗談じゃないわっ！　こんな世界、これ以上関わってたまるものですかっ！」

まさに最悪ともいえる結論に達し、ヴェイグはこの世界との接続を切断して天界《パラダイス》に意識を戻そうとする。

「え？　ええっ⁉」

しかし、それは実にあっさり拒絶される。

「な、なぜ、帰還できないのっ⁉」

半狂乱で帰還のトリガーとなる詠唱をするも、やはり全く反応すらしない。

『至高の御方《おんかた》がお呼びでちゅ。くるでちゅ』

その擬音染みた声とともに、視界が黒色に覆われる。瞼を開けると、そこは周囲を藪で囲まれたサークル状の空間だった。

そのサークルの中心には小さな岩があり、灰色髪の少年が両手を組んで腰を掛けていた。その隣で佇立している紫色の衣服を着た紫髪の女。そして――。

『――っ⁉』

その灰色髪の少年の前に恭しく跪いて首《こうべ》を垂れている三柱の者たちを目にして、思わず悲鳴を上げそうになる。

一柱は二足歩行の象の怪物。

もう一柱は獅子の頭部を持つ鎧を着た男。

そして、その隣に跪く怪物を目にして、

『嘘でしょっ⁉』

ヴェイグは自らが何の尾を踏んだのかを明確に理解した。

そう、それは件《くだん》の蝿の怪物だったのだから。しかも――。

（何よ、こいつらのこのふざけたプレッシャーはっ⁉）

この圧倒的ともいえる威圧感《プレッシャー》、これはヴェイグの主神たるオーディン様と同種類のもの。しかもそれは蝿の怪物だけではない、象の怪物と獅子の怪物からも感じていた。

（ど、どこの勢力よッ⁉）

最も考えられるのは悪軍の六大将だが、誰一柱として思い当たるものはいない。

唯一分かっているのは、ヴェイグ程度では勝利することはもちろん、逃げることすらできやしないということ。

（だ、大丈夫よ！　私の魂の大部分は天界にあるしっ！）

仮にここでヴェイグが殺されたとしても、本体が少し傷つく程度に過ぎない。問題は魂が捕らわれて嬲られ続けることだが、こんなこともあろうかと一定期間の経過でこの魂の一部を破棄する術式を編んでいる。つかの間の地獄を耐えきれれば、天界にある自室へと自動的に転送される。

「この残りカスでは話にもならん。アスタ、そいつを私の前に引きずり出せ」

『承ったのである』

アスタと呼ばれた紫髪の女は灰色髪の少年に一礼すると、ヴェイグを興味なさそうにチラリと見る。そして指をパチンと鳴らす。刹那、足元に出現する赤色の魔法陣。そこから迸る濃密な赤色の魔力。それは一瞬でヴェイグを包み込む。

瞼を開けた時、ヴェイグは天界《パラダイス》にいるはずの神として完全な肉体で立っていた。その事実を明確に認識してサーと、急速に血の気が引いていく。

「これでもう逃げられん。お前はあの教会のクズ虫を扇動して私の試練を妨害した。その責は負ってもらう。まあ、お前あのクソ女がガルーダ族の人形へ拷問するところを喜んで鑑賞していたようだし、自業自得だろうよ。なあ、お前たち？」

灰色髪の少年の問いに、

「因果応報、死刑である！」

『うむ。同感だ。弱者しかいたぶれぬクズには相応しい死をくれてやればよいっ！』

『死刑？　生ぬるいぞっ、アスタロス、ネメアっ！　御方様に背いたこの天のクズは我の領域で永劫の悪夢を見せてやるっ！』

『バブの敬愛する御方様を不快にさせた罪、万死に値するでちゅ。バブの蛆の苗床にするでちゅ』

各々、怒号を上げる。そう、奴らが上げたのはただの怒りの咆哮。たったそれだけ。その際に生じた魔力の暴風により、ヴェイグの肉体は羽のように遥か遠方に吹き飛ばされてしまう。

グルグルと視界が天と地を行き来して地面に放り出された。

「こんな馬鹿なことがぁ……」

今のはただの怒りに任せて奴らが魔力を放出しただけ。たったそれだけで、ヴェイグは少なくないダメージを受けてしまった。他でもない、この天軍少将、ヴェイグがだ！

「ふーむ、簡単なゲームでもしようと思っていたんだが、この体たらくでは成立すらすまいな……」

無様に四つん這いになりながら顔を上げると、眼前に灰色髪の少年が顔を不快に歪めながら、ヴェイグを見下ろしていた。そのまるで虫を見るような冷たい目に、ガチガチと歯を打ち鳴らす。

（こいつだ、こいつがタルタロスを殺《や》ったんだ！）

六天神最恐のタルタロスの無残な死、そして暗躍する蝿の怪物。到底あり得ぬいくつかの事実が、全てこの怪物が元凶だと考えれば、すんなり理解できる。

「わ、私はただ、オーディン様に命令されただけなんですっ！」

必死だった。必死にこの絶望的ともいえる状況を打破しようと声を張り上げる。

「うん？　命令されたからどうだと言うのだ？　お前が中央教会のクソ虫をそそのかしてガルーダ族を拷問させたことに違いはあるまい？」

「それはサウドが勝手に――」

「お前、息を吸うように偽りを述べるのな」

凍えるような冷たい声とともにヴェイグの口に凄まじい衝撃が走り、再度、その体は木々を、大岩を破壊しながら吹き飛ばされていく。

「あ……が……ぐ……」

全身がバラバラになるような激痛に指先一つ動かせない己の身体。灰色髪の怪物に蹴られた。それだけは辛うじて分かった。

「軽く蹴り上げただけで既に虫の息か。こんなゴブリン程度の力で、私のゲームにちょっかいを出してきたってわけか……」

灰色髪の怪物はそう嫌悪たっぷりの口調で呟くと、背後を肩越しに振り返る。その視線の先には三体の怪物が跪いていた。

「ギリメカラ、これ以上外野に引っ掻き回されるのを私は好まん。天の軍とかいう不快な雑魚集団が介入してくるようなら潰せ。手段は問わん」

『はっ!』

象の怪物の姿が黒色の霧となって、その姿は消失する。

「それとアスタ、サウドとかいう中央教会のクズは捕獲しているか?」

「ご指示通り、あのお猿さんに燃やされる前に捕らえているのである」

即答するアスタに、灰色髪の怪物は満足そうに大きく頷くと、

「ベルゼ、こいつとサウドとかいう中央教会の虫から私のゲームにちょっかいを出してきた馬鹿を聞き出せ。もちろん、そいつらに十分な挨拶もしてやれよ」

まるでお使いでも頼むかのような気軽さでヴェイグにとって破滅同然の命を出す。

『承りましたでちゅう』

蠅の怪物が首を深く垂れて、

「だずげ――」

その懇願を最後に、ヴェイグの視界は真っ黒な闇に覆われ、その意識は失われる。

◇◆◇◆◇◆

重い瞼を開けると、まだ幼さが抜けぬ黒髪の少女が心配そうに僕を覗き込んでいた。

その可愛らしい容姿に頬から伸びる数本のヒゲ。この少女はよく知っている。そうだ。僕らしくなく命を懸けてでも助けたかった少女。

「シャル、おはよ」

目もくらむような安堵感が身体中に広がり、笑顔で挨拶をすると、

「よかった。起きたよぉ」

シャルは僕に抱き着いて、胸に顔を埋めると動かなくなってしまった。どうやら相当心配させてしまったようだ。シャルの後頭部を撫でようと右手を挙げようとするが、

「いずっ!?」

バキバキと右腕の骨が軋み筋肉が悲鳴を上げる。左腕、両足ともに同じ。指先一本動かせな

いようだ。

「僕、どうなったの？」

「ギル、三日三晩眠ってたの」

シャルは右腕の袖で涙を拭うと即答する。

「そうか……」

分からないことも多いが、とりあえずシャルが戻ってきた以上、一難は去ったと思っていいだろう。少なくとも中央教会連中の襲撃を仕組んだ黒幕はこの件からは手を引いた。そう考えていいはずだ。もっとも、依然として相手はそもそも正体どころかその目的すらも不明なのだ。今後も似たような事態は繰り返される恐れはある。それでも——一つの危機を乗り切ったのは違いない。それにしても——。

「僕って地下牢にいないけどいいのかい？」

変に僕の治療に拘ってシャルの立場が悪くなるのは避けたい。僕自身ですら、自分が完全には信用できちゃいないんだし。

「心配いらん。全員一致でギル、お前をこの里の住民として迎え入れることが決まった。今後は自由に出入りしてよい」

声が漏れていたのだろう。部屋の扉が勢いよく開き、左頬に傷のある赤髪に猫顔の男キージが桶のようなものを抱えて入ってくると、そんな意外極まりないことを口にする。

「へ？　どういうこと？」

「だから、お前は正式に我らシープキャットの同胞となった」

「僕を仲間とみなす……ってこと？」

「ああ、そうだ」

「いいのかい？　僕は人間だよ？」

少し前まで人族の僕を殺そうとするほど僕を激烈に警戒していたのに、なぜこんなにあっさり仲間と認めてくれたんだ？

「人かどうかは関係ない……わけではないが、お前を警戒しても無意味と皆、悟ったんだろうさ」

「無意味、どうしてさ？」

キージは僕の問いに呆れたように肩を竦めると、

「あんなふざけたことをできる奴が敵となったら、どのみち、俺たちは一瞬で滅ぶ。警戒するだけ無駄だと皆が理解したんだろうよ」

「いやだから、あれは多分あの杭の効果で――」

「おそらく、杭にそんな効果はない。あの戦闘はお前の純然たる力によるものだ」

「杭にそんな効果がない……か」

確かに僕の動きに違和感はまるでなかった。そんなに極端に能力が向上しても動体視力、何よりも感性がすぐに向上するわけがない。あの時僕はあれが普段の動きと認識していた。まあ、その分、全身はこのようにバキバキで身動き一つできないわけであるが。

「ともかくだ。今回俺たちはこの里の致命的な危機を認識した」

「結界頼みではダメってことだね？」

「ああ、此度はお前がいたから乗り切れたが、今回のようにシャルムが攫われる事態になれば、里は間違いなく終わりだ」

そう。シャルの結界に頼りきっていることこそが、この里の致命的ともいえる欠点。何せ今回の相手はその結界内のシャルを攫うほどの相手だ。他の防衛の手段を考えなければ、あとはない。

それはそうと――。

「シャル、君は攫われた時の記憶はあるの？」

まあ、聞くまでもないだろうけど。

「ううん……全く覚えていない。気が付いたら家のベッドで寝ていたの」

やはりな。完全に黒幕の思いのままに事態は動いたってわけか。

きっと、黒幕にはシャルに危害を加える意図はなかったんだと思う。あくまでこの里を試していた？　いやそれも違うか。黒幕は教会の連中の襲撃まで時間を与えてこちらに対策を立てる猶予を与えた。あれがなければ、そもそも最初の襲撃でこの里は終わっていた。

もしかしたら、本当に遊んでいるだけなのかもな。この里キャット・ニャーという場所を使っての遊戯。だとすると、今後もまだある可能性が高い。それはキージなら薄々感じているはず。

「里の防衛力を増強しなければならない。そういうわけかい？」

「ああ、その通りだ。ここは俺たちの里だ。俺たちの手で守らねばならない。それでだな……」

「分かってる。どのみち僕も行く当てもないし、微力ながら協力させてもらうよ」

口籠るキージに僕はさっきから筋肉痛を訴えている右手を挙げて了承の言葉を吐くと、

「ギル、ありがとうっ！」

シャルが僕に力一杯抱き着き、僕は口から言葉にならない悲鳴を上げたのだった。

◇◆◇◆◇◆

天上界――ジョイハウス、そこは六天神の一柱、オーディンの居城。

真っ白な床に絢爛な装飾のなされた白色の柱と壁からなる宮殿の中心には、全身黒色の鎧で覆われた小柄な神、オーディンが佇んでいた。その視線の先にあるのは床に置いてある一鉢の植木鉢。

「……」

オーディンは六天神の中でも数少ない旧世代の戦の神。デウスに次ぐ序列を有する天上界のものならば誰もが知る神であると同時に、戦闘能力や戦闘技能などほとんど知られていない天軍の中でも謎多き大神。当然その側近たちも旧世代のもので固められている。まさに天上界最高の猛者たち。動揺どころか滅多に眉一つ動かさぬ神々たちが、一言も発せず驚愕に目を見開いてその植木鉢を眺めていた。

その植木鉢に生えているのは、同胞の生首。そのヴェイグの生首は強烈な恐怖に顔を歪めて鼻水と涙と涎をだらしなく垂れ流しながら、ケタケタと笑っていた。

『狂ってやがる……』

オーディンの側近であり、狼の頭部を持つ神、フレキがそう吐き捨てた。

「どうやら、思い違いをしていたね……」

オーディンは額の大粒の汗を拭って、そう声を絞り出す。

オーディンを始め、あの場にいた誰もがことの深刻さにつき誤解していた。そう、あの会合を開催したデウスすらもここまでとは夢にも思ってはいないだろう。

ここは天上界のオーディンの居城。この天界でも最高のセキュリティが張り巡らされている場所。ここならば虫一匹たりとも侵入は不可能。そう考えていた。今こんなものが届けられるまでは。

「悪軍でしょうか？」

戦女神の一人が、そんな頓珍漢な疑問をぼんやりと口にする。

『悪軍？　馬鹿か、お前！　もし悪軍にそんな真似できるなら、とっくの昔に俺たち天軍はこの世から消滅しているぜ！』

フレキの台詞が全て。此度天軍が敵とみなした輩は、いとも簡単にこの天軍最高のセキュリティを突破して、この悪質極まりない土産を送り付けてきた。つまり、これは『どこに隠れようとも無駄だ』という奴らからのメッセージであり、それはこのうえなく正しいということ。

『オ、オーディン様っ！』

丁度、思考の渦に飲まれそうになった時、配下の巨神から焦燥たっぷりの声が上がる。

不気味な笑い声を上げるヴェイグの口が大きく引き裂かれて、口の中に光る真っ赤な複眼が垣間見える。

「退避っ！」

暫し忘れていた強烈な危機感に、声を張り上げると後方に懸命に跳躍する。一斉に後退するフレキ、戦女神に、巨神。まさに、それは紙一重――。

「はれ？」

ヴェイグの口の中から出てきた巨大な顔により、一瞬逃げ遅れた配下のものたちは間の抜けた声とともに食い散らかされる。

血肉が舞う中、

「総員、戦闘態勢っ！」

オーディンの叫びとともに、闘争は開始される。

オーディンのグングニルが複眼の巨大な顔の怪物に突き刺さり、サラサラの塵となり消滅する。

此度はオーディンが参戦しているし、側近のフレキたちもいる。勝敗は動きようもない。実際、あっさり敵の殲滅には成功した。

もっとも、戦闘の余波で美しかったジョイハウスは、壁、柱などいたるところが破壊されて見るも無残なものとなっている。さらに、床には戦闘で死んだ配下たちの血肉が散乱していた。

むろん、オーディンが真の力を出せば犠牲など一切出さずに一瞬でケリがつく。そうしていれば被害は最小限に抑え込めたとは思う。だが、敵が今回ヴェイグを介して送り込んできた目的は、こちらの戦力を把握するための諜報もある。容易にこちらの力を見せるわけにはいかなかったのだ。

『オーディン様、どうするおつもりで？』

フレキの極めて難解な問いに、

「決まってる。おそらく我らは此度、奴らの忠告を無視して明確に敵対してしまった。今更我らが手を引いても無意味だろうさ」

既に賽は投げられた。他ならない天軍自身の手で。もはや、蝿の怪物との衝突は避けられまい。

今更日和っても駆逐されるだけ。そんなのはまっぴらごめんだ。

生き残った百戦錬磨の配下たちをグルリと見渡すと、

「敵はかつてないほど強大で、常識が通じない。当面はレムリアへの調査は中止。こちらの戦力増強を最優先とする」

強い口調で命を出す。

おそらく、あの顔の怪物は奴らにとって単なる使い捨ての鉄砲玉。それ以上の価値などない。つまり、奴らはオーディンの居城にいつでも侵入できる力があり、使い捨ての駒でも配下を容易に殺すだけの力があるということ。こんな真似、もし悪軍にできるようなら、天と悪のゲーム自体が成立していない。蝿の怪物は、悪軍を超える化物の可能性が極めて高い。

「ベルゼバブ……」

戦女神がボソリと不吉極まりない名を呟く。

『馬鹿馬鹿しい――と今までの俺なら一蹴していたところだが、確かにあり得るかもな。というか、そんな蝿の怪物がそうポンポンいてたまるかよ！　だがよぉ、それは……』

口籠るフレキの言いたいことは痛いほど分かる。それはあの最悪のダンジョンの封印が解かれたということを意味するから。だとすると、到底あり得ぬ最低最悪の結論を認めざるを得なくなる。

「我らが偉大なる御方《おんかた》か……」

デウスはその蝿の怪物がそう宣言したと言っていた。ベルゼバブは神々の帝王。帝王に相応しい矜持とプライドを持っている。故にデウスも、オーディンも、いや奴を知る旧世代の者なら、誰もが屈服させることは不可能と断言する。だからこそ、デウスは蝿の怪物をベルゼバブと違う何かだと結論付けたのだ。

しかし、もし、もしもだ。数々の伝説を残した旧世代の大神を力ずくで魂から屈服させるものが存在したら？　そんな怪物があのダンジョンの封印を解いて現世に解放されたとしたら？

「くはっ！」

思わず自嘲気味に笑い声を上げてしまっていた。もはや、ここまで絶望的だと笑うしか術はない。ベルゼバブ以上の怪物が敵となる。そんな相手ならばタルタロスが弄ばれたのも頷ける。おそらく、此度オーディンたちが敵とみなした相手は天軍の総大将たるあの柱《ひと》と同じ部類の生き物なのだろう。

「この件をデウスや他の六天神に伝えろ。ここから慎重に事を運ばねば、駆逐されるのはボクらの方だ」

フレキたちにそう指示を出すと修練の間へと足を運ぶ。

なまった魔力を元に戻さねばならない。少なくともベルゼバブとドンパチやれるレベルまで。ベルゼバブは怪物ぞろいの旧世代の中でも最強を誇った怪物。というより、強すぎてあらゆる勢力が奴と関わるのを止めた文字通りの災厄だ。今の温い思考と魔力ではオーディンでもあっさり敗北しかねない。

ここから先は少しでも道を誤ると破滅一直線だ。もはや起死回生の手段は一つだけ。それは――。

◇◆◇◆◇◆

エンブレイド――そこはレムリア最大宗派中央教会の総本山。中央教会は人類に至上の価値を置く聖武神アレスを主神として信仰し、独自の経済、武力を持つ宗教である。まさに、宗教によって人類全体を支配している巨大権力の一角だ。故に、エンブレイドはこの世の財を集めたような絢爛豪華な造りとなっている。

このエンブレイドの中心にあるコリク大聖堂内の一室で、四大司教シュネーから報告を受けていたパンドラは、

「は？」

間の抜けた声を上げた。

非の打ちどころがなく、いつも沈着冷静な彼女のそんな態度にも誰も違和感を覚えない。当然だ。誰もがパンドラと同様、その報告の内容につき耳を疑っていたのだから。

「す、すいません。もう一度繰り返してもらってよいでしょうか？」

そのパンドラの求めにシュネーは、

「サウドが死んだよ。いや、一応、息はあるんだけど、僕はあれを生きているとは認めたくはない」

そう声を絞り出す。シュネーの顔は死人のように蒼ざめ、血の気の引いた唇を固く結んでいる。

「あれ？」

聞いてはいけない。全身に無数の虫が蠢くような強烈な悪寒がそう主張する中、パンドラは

オウム返しにシュネーに尋ねていた。

「……」

シュネーは親指を背後に向ける。背後の魔導通信機の映像が映し出される。

「――ッ⁉」

その光景を目にして口から出そうになった悲鳴をどうにか飲み込む。そこにあったのは植木鉢。その鉢の赤茶けた土からは、頭部だけとなったサウドが生えており、ケタケタと笑っていた。

「ぐげっ⁉」

急に酸っぱいものが込み上げてきて、床に吐しゃ物をまき散らす。

視界が涙で歪む中、何度も何度も嘔吐をしてようやく気持ちの整理がついた。

「相手は悪神……ですか……」

それ以外考えられない。誓っていい。これをやった存在は人ではない。魔族でもなければ、精霊、幻獣、竜などの超常の生物でもない。そんな生易しい存在ではないんだ。この人の尊厳を全力で否定するやり口は、御伽噺に出てくる悪の神が最もしっくりくる。

サウドには蝿の怪物の調査を指示していた。その結果がこれだ。きっと、パンドラたちは――。

「甘かった。いや、想定が甘すぎました」

どうにかそう声を絞り出す。サウドは性格にかなり難があり、聖職者としては失格もいいところだが、その実力だけは図抜けていた。それが、手も足も出ずに玩具になってしまう。もはや我らが父の助力程度ではどうにかなるものでもない。

本来ならばこれは、すぐにでも手を引かねばならない事案だ。下手をすれば人類という種全体が、サウドと同じ目にあう危険性すらある。

しかし、悪の神《奴》がサウドの生首をシュネーに送り付けてきた以上、既にパンドラたちの敵意も動向もかなり正確に知られてしまっている。

「普通こんなの想定しませんよっ！」

金切り声を上げて自身の髪を掻き毟る。

事態は他ならないパンドラの手により、最悪といえる方向へ動き出してしまっている。もはや後戻りはできない。

ガクガクと情けなく笑う膝を叩きながら、

「シュネー、サウドを土に還してから、他の大司教を連れてエンブレイドに集まりなさい。今後の打開策を考えます」

席を立ち上がって強い口調で指示を出す。

「承知したよ」

シュネーの通信がプツリと切れる。

「やってやりますっ！」

もはや、パンドラが勝利するには最強の神、アレス神をこの地に降ろすしか方法はない。

もっとも、神降ろしの儀式は神に対する冒涜であり、まさに禁忌中の禁忌。何より、なしうる可能性はないに等しい。それでも――。

「やるしかない……我ら人類に生き残る術はそれしかない」

そう固く誓うとパンドラは絶望を振り払うように、歩き出した。

第二章　魔王襲撃遊戯

霧の魔王プロキオンにより占領された闇国の軍の中央実験収容施設はまさにこの世の地獄の様相を呈していた。

金属の台に置かれた腐食臭たっぷりの肉の塊。そこにはいくつもの目や口が浮き出ている。

「うーん、どういうこと？」

「元闇国大老イエティが複数の類似した孤児の娘たちを使って闇国から脱出させていたようで――」

カイゼル髭の大男、パンピーは片膝を突きつつ、返答に口籠る。

「ブラフを掴まされたと？」

道化師姿の男、ロプトの問いが一オクターブ低くなる。

「はっ！　申し訳ございません」

返答すると同時に、パンピーの左腕が粉々に吹き飛ぶ。激烈な痛みにも微動だにせず、パンピーは首を垂れ続ける。

もちろん、この程度のことは想定の範囲内。もし、アシュメディアの妹、ミトラの所在を知っていたらロプトなんぞに知らせず、保護しだい全力で逃亡を図っている。今ここに来ているのはパンピーにもミトラの所在が不明だからだ。

「波旬《はじゅん》の足取りも掴めないし、人間モドキの姑息な手にいいように引っ掻き回されてるとはね。ホント、マーラの部下は使えないねぇ。マーラが君らを処分したがっていた理由がよく分かるよ」

変質にしてしまってもマーラ様はパンピーたちにとって至上の主。そのマーラ様に対する侮辱に血が滲むほど右拳を握り絞めていた。

「申し訳……ございません」

痛みで震えていると勘違いでもしたのだろう。ロプトが侮蔑の表情でパンピーに唾を吐いた時、

「恐れながら、申し上げます。我々は先代魔王アシュメディアの遠縁の娘を捕獲しました」

同じく部屋の隅で跪いている四本腕の巨人、ドルチェがそんな進言をする。

(大馬鹿野郎がっ!)

自滅の台詞を紡ぐドルチェに内心で罵詈雑言を叫びつつも、パンピーは打開策を考えていた。

ロプトにとってドルチェなど悪軍をこの地に呼び寄せる養分以上の意味はない。奴らのやり方を見ていれば嫌でも分かってしかるべきだろうに。

(いや、知っているのかもな……)

短い付き合いだがドルチェという魔族は決して馬鹿ではない。おそらく彼の望みは闇国のためでもなければ、自分自身のためでもない。ただこの世の全てを憎み、完膚なきまでに破壊し尽くしたいだけ。その意味でドルチェの望みは悪軍のそれと合致してしまっているんだ。

（恐ろしいものだ）

ドルチェのこの悪の思想を作ったのはこの世界の神アレス、それを信仰する人間たちと伝説の勇者。奴らへの強烈な憎しみがドルチェという魔族を狂わせている。その結果、この世界の全ての生きとし生けるものが破滅することになる。

同じ闇国の兵士たちに抱えられ、泣き叫びながら運ばれてくる黒髪の少女。

「その女ならば俺を真なる魔王《トゥルース・アークエネミー》まで進化できるのかっ！」

身を乗り出すプロキオンにロプトはニタリと笑みを浮かべると、

「どうだろうねぇ。とりあえず、儀式に使ってみてから判断するべきだろう」

パチンと指を鳴らす。

泣きながら助けを求める魔族の娘をドルチェの部下たちは、中心にある台座の上の肉の塊まで連れて行き、背中を強く押す。

魔族の娘が台座の肉に接触するやいなや、肉塊に大きな口が出現して少女をボリボリと食べ始める。そしてゲップをすると、ボコボコと盛り上がっていき、悪質で濃密なオーラを放出し始めた。

「うん？　ちょっと待ってよ、この魔力って⁉」

魔力の暴風にロプトは驚愕と歓喜が入り混じった声を上げる。

四方に漏れ出した黒色の魔力は床を蜂の巣状に抉る。盛り上がった肉片は次第に人型を形作っていく。

そこには、長い耳に長い角を額に生やした男が佇んでいた。黒髪をオールバックにした目つきの悪い形相、悪の軍勢ならば一度見れば忘れはしない。

（さ、最悪だっ！）

ことが最悪の一途をたどっていることを実感していた。

（よりにもよって、この男かっ！）

参謀長バアル。悪軍の頭脳であり、階級は悪軍でたった二柱の上級中将であり、権限と強さは六大将と大差ないと称される悪の大神である。

「やあ、バアル君、まさか君が受肉できるとはね！」

ロプトの歓喜の声に、バアルは眼鏡を右の中指で押し上げると、

「ロプト殿、天軍との全面戦争の件、また貴方の悪質なデマかと思っておりましたが、この我が受肉したということは、どうやら真実のようですな」

左手のステッキをクルクルと回しながら、グルリと周囲を見渡す。

「バアル君、丁度いい、君、この手の改造得意だったよね？　それ、改造してくれる？」

左手の指先をプロキオンに向けると、そう指示を出す。

「承った」

そう口にした途端、バアルは無造作にステッキの先をプロキオンに向ける。

「へ？」

プロキオンの立つ床に魔法陣が出現して、そこから黒色の泥が湧き出てくると一瞬で包み込

む。

　グシュ、グシャッと肉が拉げる音が部屋中に鳴り響きながら、プロキオンを飲み込んだ黒色の泥の塊はボコボコと泡立ち、次第に小さく収縮して黒色の球体を形成していく。黒色の球体が割れて中からプロキオンが出現する。

「……」

　茫然と立ち上がるプロキオンに、

「プロキオン君、おめでとう！　君の望みは叶えられたっ！　君は晴れて真なる魔王《トゥルース・アークエネミー》さ！」

　ロプトが片目を瞑って宣言する。

「俺が……真なる魔王《トゥルース・アークエネミー》？」

　プロキオンは白霧となって壁まで移動すると白色の魔力を纏った右拳を壁に叩きつける。轟音とともに半壊する研究室。瓦礫もプロキオンの白色の魔力によりサラサラの砂と化していく。

　プロキオンは興奮で顔を上気させながら、

「これが俺様の新たな肉体ッ！　何とも力に満ち満ちている！　素晴らしいぞぉっ！」

　歓喜の声を上げる。

「あとは、アシュメディアの双子の妹の所在だよね」

「恐れながら、アシュメディアの血縁を尋問した結果、ノースグランド内にある人間どもの隠れ里に魔王アシュメディアの妹ミトラは暮らしているとの情報を得ました」

ドルチェの報告に、

「よーし！　よし！　ドルチェ君、君マジでムシケラ《魔族》にしておくには惜しいね。親族一人でバアル君が現界できたんだ。アシュメディアの妹が手に入れば、僕ら六大将複数の現界も可能だろうさ！」

ロプトは髑髏の椅子から立ち上がって捲し立てる。

「魔族一匹で我を受肉？　それは誠なのか？」

胡散臭そうに眉を顰めて尋ねるバアルに、

「ああ、前にも言ったろ。この世界の闇国の魔族は特別なんだ。バアル君、君はバルトスとともに、その隠れ里やらに赴きミトラという娘を攫ってきて欲しい」

「我やバルトスが動いて大丈夫なのか？　貴殿の見立てでは六天神が複数この地にいるのであろう？」

「いるさ。おそらく、このノースグランドにもね。だから、表向きには覚醒したプロキオン君に、魔王軍を率いて攻めてもらう。君らは魔王軍が蹂躙するどさくさに乗じてミトラという娘を攫って欲しい」

「いいだろう。お主もそれでよいな？」

「ああ、丁度この進化した肉体を試したかったところだったんだっ！　じゃあ、俺も軍備を整えてすぐにでも出立するぜっ！」

狂喜に顔を歪めながら、プロキオンは頷くと半壊した実験室から出ていく。

（くそっ！ なぜこうも悪い方向に事が運ぶんだっ！）

だが、全てが悪い結果というわけでもない。アシュメディアの妹の居場所が此度判明した。後は奴らよりもはやく保護して隠れるだけだ。

急く気持ちを全力で抑えながら、パンピーはロプトに敬礼をして部屋を退出する。

◇◆◇◆◇◆

……討伐図鑑からの通告――ギルバート・ロト・アメリアの正当眷属の仮登録により、封印中の記憶の一部が解放されます。

――記憶五％解放

そこは絢爛豪華な一室。そこの豪奢な椅子を蹴り上げて僕は憤慨していた。

「僕は次期国王だぞっ！ 本来、下郎が口を利くことすら許されるものではないんだっ！ それをあの無能者めッ！」

赤子のように滑稽に地団駄を踏む僕に、筋骨隆々の無精髭を蓄えた青髪の男は憐れむような視線を向けると、

「王子、まだ王選は開始されたばかり。まだ、貴方は次期国王ではありませんよ」

僕にとって最大の拒絶の言葉を吐く。

「アル、貴様、僕があんな出来損ないどもに負けるとでも言いたいのかっ⁉」

青髪の男、アルは小さなため息を吐くと席を立ち上がる。そして——。

「ええ、今のままでは貴方は、真っ先にこの王選から脱落します」

「僕が負けるッ⁉　あんなクズどもにかッ⁉　不快なことを言うなッ！」

「王子、現実は元より思い通りにはいかぬものです。誓ってもいいが、王子がこのまま己を顧みなければ、貴方はきっと魂から後悔します」

アルは噛みしめるように断言する。アルは僕の剣の師であり、今まで苦言を述べることはあっても、こんな僕を全否定するような発言をすることはなかった。

「僕が後悔するだとっ⁉　僕が何に後悔するってんだッ！」

アルは瞼を固く瞑って首を左右に振り、

「いや、違うな。後悔してからでは手遅れだ。貴方は既に色々なものを裏切っている。姉君を裏切り、己の命に付き従った家臣を見捨てた。非情なだけの主には誰も付いてきやしない。友を見つけなさい。今の腐りきった空っぽの貴方でも、手を取り合ってくれる心を許せる仲間を」

憐憫の表情で王族の僕に対する最大級の侮辱の言葉を吐く。

「アル、貴様……」

その諭すような言い方に、怒りが沸々と湧き上がるも、

「私が言えることはここまで。ここから先は王子自身で掴み取っていくしかない。願わくば、それが王子にとって幸ある未来であらんことを……」

そう寂しそうに、そして、自らに言い聞かせるように呟くと背を向けて部屋を出て行ってしまう。

場面が変わる。

「僕の騎士に無能などいらぬ。殺せ！」

「テ、テトルは王子の昔からの従者ですぞ⁉」

側近である年配の騎士からの必死の問いかけに、

「だからどうしたっ？　役に立たない従者ほど足手まといなものはない！　もう一度言う、殺せ！」

強い口調で繰り返す。側近の騎士は悔しそうに下唇を噛みしめると、一礼もせずに部屋を出て行ってしまう。

「いいんですかい？　聞くところ一人は昔からの家臣なんでしょう？」

最近雇ったばかりのどじょう髭の元傭兵からの疑問に、

「僕は不要な駒を持つつもりはない。それは貴様らも同じことだ」

当然の事実を即答する。

「怖い、怖い、王子は怖いお人だ。だが、それでこそ王に相応しい」

どじょう髭の男は胸に手を当てて、そんな僕にとって当然のことを口にしたのだった。

そこで、視界がぐにゃりと歪む。

そうか、これは夢。どうしようもなく救いのないクズ野郎についての夢。己を特別と信じて疑わない無様な道化。滑稽だ。本当に無様で滑稽だ。だってそうだろう？　周囲を価値のないと判断して切り捨てたこいつが、実のところ一番この世に必要のない奴だったんだから。

瞼を開けると最近見慣れた天井が視界に入る。窓の外はまだ青白く、日が昇りきっていないことが一目で確認できた。

随分長い、そしてリアルな夢を見ていたような気がする。最後あたりしか思い出せないが、裏切り続けた最低なクズ野郎についての人生。

「夢にしては妙にリアルすぎるし、あれって僕の記憶？」

そう自分で呟いてみて、思わず吹き出してしまう。あれはある意味感服するまでの外道。僕も善人ではない自覚はあるが、流石にあそこまで下種でいられる自信はない。キージの予想からも僕の過去は冒険者。だとすれば、馬鹿王子の護衛の時の記憶か何かだろうさ。

ともあれ、あんな己すらも見えてない最低野郎に国を委ねればまず滅ぶ。あのアルという青髪の男の言葉通り、こんなクズは早々に排除されることだろう。

モヤモヤするのは確かだが、どこの誰だか分からんクズに頭を悩ませているほどバカバカしいことはない。僕もそこまで暇じゃないのである。

中央教会襲撃事件から一か月ほど経過する。襲撃者を無事撃退してこのノースグランドに平穏が訪れたかというと、決してそうではない。むしろ、ノースグランドの魔物たちにとって、より頭の痛い問題が発生していた。

　即ち、北の魔族どものノースグランドへの侵略である。奴らはノースグランドに侵略拠点として基地を作って、そこを拠点として魔物たちの集落を次々に襲っている。その魔族どもの侵攻に対して基本個人主義の魔物は部族ごとに対処するしかなく、一方的に蹂躙される結果となっている。

　このまま手をこまねいていれば近い将来、奴らはこのキャット・ニャーにも侵攻してくる。キャット・ニャーも今迅速な対応が望まれているのである。

　そんな時、勢いよく駆け上がってくる階段の音とともに、

「ギル！　起きて！　朝だよッ！」

　黒髪の少女が部屋の扉を勢いよく開き、入ってくる。

「おはよ、シャル」

　大きな欠伸をしながら右手を挙げて朝の挨拶をする。

「今日は里の重要な会議なんでしょ!?」

「そうだね」

　一度大きな背伸びをして立ち上がる。今日は今後のキャット・ニャーの行動指針を決める重要な会議がある。

　このままのシャル一人頼みではもうこのキャット・ニャーを守れない。シャルを攫った黒幕を今回排除できたわけじゃないんだ。最悪なのは魔族どもの襲撃の際にまたシャルが攫われる

こと。そうなればこの集落は今度こそ滅びる。すぐにでも対策を立てなければならないのだ。

そこで、今回僕から会議の招集の提案をしたのだ。その言い出した僕が遅刻したのでは示しが付かない。

「それにしても、夜も昼も同じ服では不便だね。これも対策を立てるとしよう」

筋肉痛で動けぬ間に、僕の力の検証は済んでいる。この僕の力を効率よく使用すれば、里の防衛はもちろん、この里の生活の向上も十分可能だ。

「早く！　早く！　ごはんを食べる時間なくなるよ！」

シャルが部屋の扉の前で、両腰に両手を当てて頬を膨らませる。

「ごめんごめん、すぐに行くよ」

苦笑しながら、僕は一階へ向けて歩き出す。


——この妙にリアルで、そして断片的につなぎ合わされた光景の連続。思い返せば、そのあまりに現実離れした吐き気をするような内容に、もしかしたら、この時僕は奇妙な懐かしさのようなものを感じてしまっていたのかもしれない。そして、それがどうしようもなく怖くて、あっさり自身の関心から排除してしまっていたのだと思う。

「これが僕の提案するキャット・ニャー開発計画さ」

この数日間、睡眠時間を削って練るに練った計画を提案するが、

「……」

誰もかれも無言でポカーンと半口を開けるのみ。

「うん？　何かまずかった？」

流石に不安となって尋ねてみるが、

「いや、マズイというより、なぁ？」

チャトが隣のターマによく分からない同意を求めるが、

「ええ……」

やはり、微妙な表情で顎を引くのみ。キージは暫し、両腕を組んで僕を凝視していたが、

「多分皆、疑問なのは、『そもそも論として、そんなことが可能なのか？』ということだ」

皆のこの態度を上手く翻訳してくれた。

「多分僕の能力ならできると思う」

この数日間の検証で、それは実証されたと言ってよい。

「シャルムに頼らない防御結界の構築。さらに、いくつかの魔法が付与された、効果が持続する防衛系アイテムを開発し、各所に設置する。さらに里自体の大幅な生産性の向上を図り、生活の質を底上げする。もしこんなことが可能なら……」

キージはブツブツと呟きながら何やら試案を始めてしまう。

「ともかく、了解さえもらえればすぐにでも取りかかるよ。それよりも決めて欲しいことがある」

「さっきのお主が言った他部族との協力か……」

猫顔の老婆のこの言葉に、皆の顔には濃厚な不安が張り付く。

「私は反対です！　過去にあいつらに同胞がどれほど犠牲になったかご存じでしょう？」

黒髪をおかっぱにした猫の頭部の青年が即座に強い拒絶の台詞を吐く。

「じゃが、魔族どもが破竹の勢いで南下してきよる。このまま個別で応戦しとったら我ら魔物は全て駆逐されてしまう。それは紛れもない事実じゃ」

猫顔の老婆が首を左右に大きく振って噛みしめるように口にする。

「だからって、あの野蛮な豚どもや鬼どもと手を取り合うだなんて、上手くいくわけがないわっ！」

ターマが右拳を床に叩きつけるが、

「そうだね。手を取り合う目的なら、彼らのような戦闘狂とは上手くはいかないよ」

不思議だ。記憶のない僕に戦闘狂の知り合いなどいないはずなのに、これだけは断言できる。奴らと仲良く手を取り合おうなど考えるだけ無駄だ。奴らにあるのは己より強いか弱いか。それだけだから。僕らが弱いとみなされている以上、こちらの言葉を聞くことは決してない。

「おいおい、お前まさか奴らと戦争でもするつもりか？」

「殺し合うつもりまではないから戦争ではないさ。ただ、徹底的にぶちのめすのみ」

完全に屈服させたうえで手を差し伸べる。それが奴らと対等に話す唯一とも言える方法。

「徹底的にぶちのめすって簡単に言うが、相手はこのノースグランドでも一、二を争う武闘派部族だぞ？」

「関係ないさ。闇国が霧国に制圧された以上、かつてないほど魔族どもは強大となっている。それはノースグランドの北部がほぼ占領されたことで実証されたと言ってもいい。このまま戦力を分散させていれば、まずこの南部も魔族に占拠される」

「いや、そういうことじゃなくてだな。それができるかどうかが問題なんだよ！」

チャトの至極当然の指摘に、

「できるかできないかじゃない。やるしかないんだ」

強い口調でそう断言する。

このキャット・ニャーを観察対象としている黒幕は、悪質な思考の持ち主で、しかもあまりに強大だ。今回の件ではっきりしたことがある。黒幕には、僕らを特段滅ぼす意思もなければ救う意思もない。

多分、黒幕は僕らに難題を押し付け無事クリアできるかを観察しているんだ。クリアできれば、次のステージに進む。敗北すればそれまで。そんなゲームでもやっているんだと思う。

だからこそ、このまま手をこまねいていれば十中八九、僕らは敗北する。そして僕らの敗北は死を意味する。ならば、今は危険を冒してでも動くしかない。

しかも、奴らが利用しているのはあの魔族ども。もしかしたら、黒幕にとっては世界でも一、二を争う戦闘種族である魔族でさえも、単なるゲームの駒に過ぎないのかもしれない。

そんな神のごとき絶対的存在が裏で糸を引いている以上、昔からの柵《しがらみ》による躊躇などは奴らのゲームでの敗北を意味する。

「結局そこだよな。こうして、今も首を絞められている状況ではそれしか手段はないか。俺もギルの言う通りだと思う。キージさん、俺はギルの提案を押すぜ！」

チャトはため息交じりに肩を竦めて、神妙な顔で言い放つ。

「道はないか…。現状を鑑みれば確かにそうかもしれないわね。私もギルに賛同する。皆もこのままじゃダメだって、もう分かっているでしょ？」

ターマも頷き、皆に同意を求める。一同、苦虫を噛み潰したような顔で小さく頷く。

「やるしかない……のだろうな。どのみち、このままではこの里に、いやこのノースグランドの魔物に未来はない」

キージの宣言にも似た言葉を契機にキャット・ニャーは次の段階《ステージ》へと進む。

◇◆◇◆◇◆

ここは闇国の事実上の支配者であるドルチェがノースグランドに秘密裏に作り出した実験収容施設。

ホブゴブリン村の族長の息子——ゴブーザは他の村の同胞たちとともに部屋に連行された。

そこは木製の建物の中のひと際大きな部屋。

その部屋の隅の椅子には、四本腕の巨人が座っており無表情で部屋の中心を眺めている。

「ドルチェ様、いい感じにできあがっているっス！」

黒色の闇国の軍服を着ている妙に目がギョロッとした坊主の男が、四本腕の巨人ドルチェに姿勢を正すと、そんな軽い口調で報告する。

実験室の中心には、辛うじて人の形を保っている肉の塊が置いてあった。

「い、いやだぁっ！」

そしてその肉の塊の前に同じ村の二歳年上のホブゴブリンの兄ちゃんが、屈強な闇国の魔族の兵士に引きずられていく。魔族の兵士たちが肉の塊に向けて突き飛ばすと、その肉の塊にいくつもの目と口のようなものが開き、かぶりつく。

『ぎゃあぁぁぁぁっーーー！』

絶叫と生理的嫌悪のする咀嚼音の中、家族同然に育った兄ちゃんはあっさり肉の塊の腹の中に納まってしまう。

『ゲフッ！』

肉の塊は大きなゲップをすると、顔のようなものをぐるぐると回転させ始めた。

「そいつらは神をこの地に降ろすためのエサだ。このまま続けろ」

ドルチェはそう命を下すと椅子から立ち上がって部屋から出ていく。

「了解っス！」

坊主の男が目で合図すると、次々に同胞たちは肉の塊に放り投げられ、食われていった。

「おい、次！」

遂にゴブーザの番となり、死刑執行の指示が飛ぶが、

「レラド様、どうやら実験体は今日、これで打ち止めのようです」

坊主の男レラドは小さな舌打ちをすると、

「戻しておけ」

レラドは不機嫌そうな顔を隠しもせず、部屋を出て行く。

九死に一生を得て腰が抜け歩けなくなり、兵士たちに引きずられて牢へ放り込まれた。

この時ゴブーザにあったのは、同胞を殺されたことに対する怒りでもなければ、家族同然の仲間を失ったことに対する悲しみでもない。己の命が助かったことに対する安堵感だった。それが、ひたすら悔しく、情けなくてゴブーザは声を殺して泣き続けた。

◇◆◇◆◇◆

――ノースグランド中央部ドルチェ軍収容所　小鬼収容所
薄暗い建物内を蠢く複数の人の影。

「ん？　今何か通らなかったか？」

眠たそうな目で欠伸をしながら、見張りの闇国の魔族の兵士が建物の外に出て行くが、

「がっ⁉」

黒色の影がその傍を過ぎ去ると、白目を向いて地面に横たわる。

「おい、さぼんなよ！　俺が上からどやされるだろうが！」

不機嫌そうにもう一人の見張りが顔を顰めながら建物の扉から出ようとすると、背後に現れた黒装束により腹部にワンパンされて一撃のもとに悶絶する。

音もなく現れる巨大な鼻の長い怪物と紫色のスーツを着た女に、黒装束は踵をそろえて敬礼すると、闇夜に走り抜けていく。

『どこまでも不快な奴らだ……これでは悪軍とやっていることが大差ないではないか。本当に彼奴《あやつ》等はアシュ嬢の元部下なのか？』

「そのようであるな」

吐き捨てるようなアスタの返答に、

『ロプトに洗脳されている可能性は？』

「ないようである。正気であるよ。あの男は正気でこの世界を破滅させようとしている」

『恨みか……』

憎々し気に象の顔を歪めるギリメカラに、

「ともあれ、ロプトはあれを上手く使って悪軍をこの地に呼び出そうとしているのである」

淡々と答えるアスタロス。

『アシュ嬢の妹君がいるというアレのことか……我らの流布した情報に踊らされているとはつゆも知らず滑稽だな』

「同感である。全ては我がマスターの掌の上。悪軍どもの不幸は、この世で最も悪質な怪物に丁度良い玩具であると認定をされてしまったことである」

『心底恐ろしい御方よ。まさか、悪と天の軍の両者をゲームの道具として用いるとは夢にも思わなんだ』

「我がマスターを不快にさせてしまった以上、奴らの行き先はもはや決定している。吾輩アスタロスが宣言するのである。奴ら悪軍はこの地に受肉し、無残にそして残酷に死んでいくのである」

『我が主《あるじ》をも愚弄したクズどもめ！　塵も残さず消してやるっ！』

ギリメカラの三つ目が怪しく光り、地面が抉れてクレーターが形成されていく。

「ギリメカラ、それ以上やると気取られるのである」

『そうだったな。ともあれ、これ以上神民を減らされてはたまらぬ。逃がす手筈はどうなっている？』

「もちろん、ゴブリンたちも南の指定の場所まで逃げる手筈となっているのである」

「そうか。では我もゲームの次の仕込みへ動くとしよう』

その言葉を最後にギリメカラは黒色の霧となって姿を消失させる。

アスタは胸に手を当てると恭しく一礼して、

「マスター、貴方の御心のままに」

独り言ちたのだった。

◇◆◇◆◇◆

泣き疲れていつの間にか眠ってしまっていたのだろう。気が付くと牢の鉄格子の窓の奥には大きな月が覗いていた。そんな月明かりの中、金属の軋む音とともに、鉄格子がゆっくりと開いていく。

「あ、あれ？」

ゴブーザは小さな疑問の声を上げる。この鉄格子の鍵はゴブーザたちを押し込めたあの魔族どもが鍵をしていたはず。いや、そもそも鉄格子にあったはずの錠前がなくなっている。

(起きてッ！)

ゴブーザ同様、九死に一生を得た仲間たちの身体を揺らして起こす。

(扉が開いている？)

ゴブーザの幼馴染であるゴブミィがボソリと呟く。

(ああ、皆、早くここから逃げようっ！)

(そんなの無理に決まっているわッ！)

子声で泣きべそをかくゴブミィの頭を撫でて落ち着かせると、

(どのみち、オラたちは明日、食われる運命だ。それに餌のオラたちは明日までは殺されないよっ！)

皆をグルリと眺めて言い放つ。

今ゴブーザが生きているのはあの肉の怪物に限界が来たから。明日まではたとえ捕まっても殺されはしないはず。捕まれば痛めつけられるとは思うが、危険を冒す価値はある。

(ゴブーザ坊ちゃんの言う通りだ。俺も逃げるのに賛成だ)

年配のホブゴブリンの男性が大きく頷くと、立ち上がる。

(そうだな。ここにいても死ぬだけ。一か八か、逃げてみるか……)

筋肉質なホブゴブリンの青年も同意する。

薄暗い地下牢にいた全てのホブゴブリンがお互い肩を取り合って脱出を試みるべく、牢の扉をくぐる。


どういうわけか、見張りの魔族はいなかった。ただ、黒色の霧が立ち込めるのみで、周囲は奇妙なほど静寂に包まれており、魔族の誰一人として出会うことなく、この施設を抜けることができた。

ノースグランドの北部は既に魔族に占領されて地獄が広がっている。逃げるなら南だ。

南には豚頭族のハイオーク族や一つ目の巨人族の上位種サイクロプス族、ハイオーガ族、牛頭のレッドミノタウロス族など、まだ強力な戦闘部族が多数残っている。

普段なら絶対に手を取り合うことはないメンツではあるが、闇国の南下が進めばゴブーザたち同様、あの肉塊の餌になるのは目に見えている。ならば、一時的にでも手を取り合うことは可能なはずだ。

「もう、アタイ限界……」

立ち竦んで泣きべそをかくゴブミィの手を取り、

「もう少しだ！　明るくなったら一度、身を隠して休憩を取ろう！　だからもう少しだけ頑張って歩いて」

力強く励ましの言葉を吐く。今逃げ出せているのはある意味奇跡。だが、きっとすぐに追手はやってくる。捕まれば待つのは確実な死。今はできる限り遠くに行くのが最善だ。

「う、うん！」

もう少しで休憩と聞いて元気が出たのか、ゴブミィは歩き出す。


どのくらい歩いただろう。もう一歩も動けない。一同、体力に限界がきた時、密林が開けて広場のような場所に出る。

朱鷺色の朝の光が染める中、その広場の中心には一本の巨大な樹木が荘厳に立っていた。

「ここで休憩しようよ」

この人数だし、敵は追手の魔族どもだけではない。森をさ迷う野獣も今の疲労しきったゴブーザたちには十分脅威。ならば、野獣が蠢く森の中よりもここの方がまだ短時間なら生存確率が上がるというもの。全員が大木の木陰で休もうと腰を下ろした時——。

「なんだ、これ？」

素っ頓狂な声を上げる筋肉質なお兄さんホブゴブリンが、自身の足に巻き付いている蔓のようなものに眉を顰めて呟く。刹那――足に絡まった蔓が持ち上がり、お兄さんの身体を逆さまの状態で上空に浮き上がらせる。

「マズイ！　マダガスカルだっ！　離れろッ！」

年配のおじさんが叫ぶやいなや、大木が四方八方に裂けて鋭い牙を持つ大きな口のようなものが形成される。

「きゃあ！」

隣のゴブミィの胴体にも蔓が絡みつき、全身が上空に持ち上がる。

「ゴブロ兄ちゃん！　ゴブミィ！」

咄嗟に二人に駆け寄ろうとするが、

「いけねぇ！　坊ちゃんまで食われちまう！」

おじさんに背後から体を押さえつけられて制止される。

「でも、ゴブロ兄ちゃんが！　ゴブミィがっ！」

マダガスカルはゆっくりと二人を高く持ち上げて、口のようなものの上空まで持っていく。

(どうしてさッ⁉)

よりにもよってマダガスカルの巣で休憩をしてしまうなんてっ！　なんで、こうもついてないんだ！　故郷での平凡な暮らしをあの魔族どもにあっさり壊されてから、ゴブーザたちはこんな悪夢の中にいる。

（オラが願ったから悪いのか？）

確かにこんな何も変わり映えがしない生活など退屈。ゴブーザはそう思っていた。だから、口物語で過去に母が語ってくれたような、魔物たちの伝説の英雄にずっと憧れていた。

それは魔物たちの意思を束ね、悪神に抗ったある英雄の物語。

でも、そんなのが、ただのおめでたい夢物語に過ぎないことは、あの薄汚い魔族たちにあっさり占領されて骨の髄まで理解した。

――分かっている！

そんなピンチの時に助けてくれる都合の良い英雄などいやしない。この糞のような世界は弱肉強食。弱い者は淘汰され、強い者だけが己の意思を通せることを！

――分かっている！

北の戦闘部族が次々に占領され餌となってしまったのだ。ゴブーザたちは限りなく今のノースグランドでは無力に等しい蟻に過ぎないということを！

（でも、オラは嫌だッ！）

このまま幼馴染の二人を見捨てて尻尾を巻いてこの場を逃げればもしかしたら、ゴブーザは助かるかもしれない。でも――。

――そんなものは、ゴブーザの望む未来じゃない！

「ゴブーザ！」

ゴブミィの助けを求める叫び声が鼓膜を震わせて、

（そうさ！　そんなことできるわけないっ！）

強烈なマグマのような感情が爆発した。

このまま泣き寝入りだけは絶対にしちゃいけない。これ以上、もう大切なものを奪われてたまるものかっ！

「おい、坊ちゃん！」

おじさんの手を振り切り、道中拾った棒を握りしめ振り上げて、

「ゴブロ兄ちゃんとゴブミィを離せッ！」

マダガスカルへ向けて突進する。

蔓のような触手がうねりながら高速で横なぎにすることによって、ゴブーザの身体はまるで小さな木の実のように大地を弾み、背後の大木へと激突する。しばらく息ができず、身体がバラバラになるかのような激痛が走る。そんな中、ゴブーザは右手に握る木の棒を持って立ち上がる。

霞む視界の中、二人がマダガスカルに食われようとしているのが見えた。

「おおおぉぉぉっ！」

獣のような唸り声を必死に喉から絞り出し、再度突進しようとするが無様に躓き顔面から地面にダイブする。

即座に顔を上げると、ゴブミィとゴブロ兄ちゃんが口の中に落下するのが見えた。

「止めろぉぉぉーーー‼」

あらんかぎりの声を上げた時、二人は口の中に落ちていってしまう。

「くそぉ……」

助けられなかった。また、ゴブーザは大切なものを失ったんだ。

とびっきりの無力感と喪失感により、右拳を地面に力なく打ち付ける。

「ぼ、坊ちゃん！」

裏返ったおじさんの叫び声に顔を再度上げると、

「え？」

植物らしき残骸とその前で二人の襟首を掴んでいる、真っ白の翼を生やした黒髪をツーブロックにした青年が視界に入る。

「ギル、キージ、無事助けたぜ」

黒髪をツーブロックにした青年はゴブーザの背後に視線を向けながら、叫ぶ。

「ご苦労様。それにしても、カイト、君、強すぎでしょ」

「ああ、全くだ。俺には今槍の軌跡が空中に走ったようにしか見えなかったぞ」

ツーブロックの青年の視線の先には金髪の猫顔の男と、左頬に傷のある赤髪に猫顔の男が呆れたような顔でそんな感想を述べる。

「ま、まあ、日頃から鍛えているからな。少々、速さには自信があるんだ」

ツーブロックの青年はまるで取り繕うように早口で答えると、地面にゴブロ兄ちゃんとゴブミィをそっと下ろし、

「ナイスファイト！　こいつらは無事だ。もう大丈夫。心配するな」

そう力強く宣言する。そのやけに頼もしい言葉を契機にゴブーザの意識は深い闇へと落ちていく。


身体を揺らされて重い瞼を開けると、不安そうな顔で覗き込んでいるゴブミィの顔が見えた。

「よかった！」

ゴブーザの胸に抱き着いて泣き出すゴブミィを少しの間ぼんやりと眺めていると、

「気が付いたか。なら、こっちに来て食べなさい」

背後から声を掛けられる。

その記憶にない声の主を確かめるべく振り返ると、焚火の前には村の仲間たちに交じって数体の魔物たちが暖をとっていた。

「貴方たちは？」

勧めてきてくれた左頬に傷のある赤髪に猫顔の男に尋ねる。

「僕らは新都市キャット・ニャーの者さ。旅の道中たまたま、マダガスカルに襲われている君らに遭遇したんだ。可能ならば君らの現状を教えて欲しい」

金髪の猫顔のお兄さんはそう名乗ると席を立ち上がって、ゴブーザとゴブミィを焚火の前まで案内してくる。

「は、はい」

戸惑いながらも頷いて焚火の前に腰を掛ける。

マダガスカルに食われたはずのゴブミィとゴブロ兄ちゃんが無事なことからも、この魔物たちがあのマダガスカルを倒してゴブーザたちを助けてくれたのは間違いない。だが、だとすると目的はなんだ？　魔物は個人主義、目的もなく他種族を助けたりはしない。

「どうしてオラたちを――」

「いいから、腹減っているんだろ？　食え。話はそれからだ」

黒髪をツーブロックにしたガルーダ族らしき青年に肉付き串を強引に渡される。その目と鼻の先にある肉の焼ける香ばしい匂いにグゥーと腹が鳴ってゴブーザは数日ぶりの食事にありついた。


食事をとりながら、助けてくれた魔物たちはゴブーザの話に耳を傾けていた。

助けてくれた魔物たちは、全員顔を怒りと嫌悪感に歪ませていたが、

「そうか……だからあいつら……」

自らをカイトと名乗るガルーダ族の青年が小さい声でボソリと呟く。据わった彼の目の奥に宿る狂気にも似た激烈な感情にうすら寒いものを感じ、生唾を呑み込むと、

「カイト、奴らの目的に思い当たる節でもあるのか？」

隣の左頬に傷のある赤髪に猫顔の男、キージの疑問に、

「いや、なんでもない」

カイトはそれ以降口を固く閉ざして、串肉を食べ始める。

「まさか、ここの近くまで魔族の手が伸びているとは。やはり、南下する魔族に対抗するためには各部族が手を取り合う必要がある。でなければ、このノースグランドの魔物は奴らに全て滅ぼされる」

金髪の猫顔の青年、ギルの強烈な意志に満ちた言葉に、

「もはや、我らもなりふり構っている余裕はないってわけか……」

キージがどこか迷いを含んだ表情で独言する。

「ある意味、戦《いくさ》よりも厳しい戦いになるだろうが、やるしかないだろうよ」

カイトの台詞に、ギルとキージも無言で頷く。

話の内容からも、彼らは仲間を欲している。さっきカイトが瞬殺したマダガスカルは、超武闘派の部族以外、この森の中で生きるものにとって、決して近づいてはいけない災厄のような魔物だ。遭遇したら全力で逃げる。それしか助かる方法などない。それを一瞬で倒す実力。彼らは間違いなく強い。彼らに付いて行けば、コブーザたちの生存率は上昇する。

「僕らも仲間に加えてください！」

それしか、弱小部族のゴブーザたちが生き残る術はない。

「もとより、そのつもりだよ。ねぇ、キージ、カイト？」

「まあな」

「だが、どうする？　彼らを街まで届けてから出直すか？」

キージの質問に、

「いや、今から戻ったのでは、ハイオークたちが全滅という事態を招きかねない。彼らを連れて向かうべきだ」

カイトが首を左右に振って向かうべきと主張する。

「そうだね。今は一刻一秒を争う。ノースグランドでも有数のハイオークたちが敗北すれば戦力以前に他の部族たちの心を折りかねない。このまま向かうとしよう」

ギルは小さく頷くとゴブーザたちに向き直ると、

「申し訳ないけど、今は僕らに同行してもらう。その後、僕らの街に案内するよ」

そう告げたのだった。

◇◆◇◆◇◆

説得という名の武力行使のためにハイオークの里へと僕らは出立した。

メンバーは僕、キージ、カイトの三名。ハイオークはノースグランドでも有数の戦闘部族であり、気性の荒いものたち。メンバーは厳選する必要があった。里で数少ない戦闘可能なチャトとターマたちに里の防衛を任せて僕らはハイオークの里へと向かうことになる。

道中、マダガスカルに襲われているホブゴブリンたちを助けて事情を聴く。どうやら、魔族どもが建てた施設は奴らの拠点であると同時に、悪質な儀式の実験場だったようだ。

彼らを僕らの街まで送り届けることも考えたが、魔族の動きは僕らの予想以上に速い。このまま彼らを連れ戻っても彼らの受け入れで、また街の者の説得の時間が必要となる。今は僅かな時間も惜しいので、このまま彼らを連れていくことにしたのだ。

そして、僕らはハイオーク族の集落に到着する。

石でできた城の中で、僕らは豚の頭部をもつ鎧姿の魔物たちと対峙していた。

「おいおい、お前ら、たかが、猫風情がこの俺たちに手を組めだとさ？　笑えよ？」

どっと笑いが巻き起こるが、その額に張り付く青筋から皆、怒り心頭であることが窺われた。

まっ、シープキャット族はこのノースグランドでも弱小種族。いわば格下だ。その格下から対等な同盟関係を求められれば、人族でもプライドの高い戦人なら怒りもする。だからこそ、彼らを従わせる方法は限られている。こんな手段について熟知している以上、僕は主に傭兵に近いクエストを受けていた冒険者だったのかもしれない。

「対等が嫌なら、従属しかないが、それでもいいのかい？」

「ギルさん、ちょっと待て！」

隣で縮こまっていたゴブーザが血相を変えて僕の腰にしがみ付いて制止の声を上げる。まあ、彼らからすればハイオークはまさに恐怖の対象。それはそうだろう。

「従属……だとぉ？」

ひと際大きな褐色の肌のオークが、石の椅子から立ち上がり、脇に立てかけていた大鉈を掴む。他のオークは皆、ベージュであり、赤に近い褐色の肌のオークはこの魔物だけ。きっと、ハイオークの中でも異質な存在なんだと思う。

「ああ、このままではどのみち、ノースグランドの全魔物は滅ぶ。甚だ不本意だけど、従えないのならここで潰させてもらう」

これはある意味真実だ。現在進行中の魔族は霧の魔王プロキオンの軍。これは、奴らの北部制圧の際に、僕らの街に逃げ延びてきた魔物たちから聞いたから間違いはない。地理的にノースグランドの北部に広がるのは、闇国。つまり、闇国を制圧でもしなければ、魔王プロキオンはノースグランドへ至ることはない。おまけに、北部制圧の魔族の中に闇国の兵士が混ざっていたという事実。

これらを総合すると、魔王プロキオンは闇国の魔王、アシュメディアを倒して己の絶対的支配を確立したと考えるのが妥当。仮にも四大魔王の一角を滅ぼしたのだ。奴らに単騎で対抗できるとしたら、勇者という異界から呼び寄せた化物のみ。

(あれ?)

まさに魔王プロキオンに勝てる存在を思い描いた時、脳裏にかすめる灰色髪の少年。

またこの少年か。しかし、僕は魔王プロキオンがこの少年に勝てるとは到底思えなかった。

(これはどういうことだろうね)

現実には到底あり得ないことだが、僕にとって件の灰色髪の少年は、魔王なんぞより、よほど怖ろしく、強い存在だと認識しているようだった。

「猫風情がよく言ったぁ。褒美にその首をちょん切って、雨風に晒してやるっ！」

今の僕は能力により外見を青年風のシープキャットに変えている。

いくつかの調査によって判明した僕の能力は、『変質』。思い描いたものになる力といえばよいか。ただ普通じゃなかったのは、外見と、身体能力や魔力、技能などの中身の両方を思い描いたものに変えることができたこと。しかも、外見はそのままで中身である身体能力だけを変えるということもできた。以前の中央教会の連中の襲撃では、この中身のみを灰色髪の男へと変えて上手く撃退したんだと思う。

もっとも、これにはいくつかの条件がある。中身は僕が以前会ったことのあるものにしか変えることができない一方、外見はそんな縛りはなく、まさに僕のイメージ通りに作ることが可能。この能力で猫の顔に変えているというわけだ。

ほらさ、流石に人間よりは、同じ魔物のシープキャットの方が受け入れやすいだろ？　現にゴブーザたちも僕を魔物として心を開いてくれている。

「御託はいい。来いよ！」

左の掌を上にして手招きをして挑発すると、褐色の肌のオークの顔面にプツプツといくつもの青筋が浮かび上がり、

「いい度胸だっ！　お望み通り、ぶっ殺してやるっ！」

僕に向けて一歩踏み出すと、鉈を振り下ろしてくる。

豪風を纏って迫ってくる大鉈を、腰の長剣を抜き放つと、それで力を流して逸らす。

「んなっ⁉」

驚愕に目を見開く褐色肌のオークの懐に踏み込むと、長剣の柄で殴りつける。

褐色肌のオークの全身がくの字に曲がり、豪快に吹っ飛んで壁に背中から叩きつけられる。

(やっぱり、彼以外なら問題ない)

色々試してみたが、あの灰色髪の男に変質する以外で動けないほど身体が疲弊することはなかった。今も僕の理想とする剣の師に中身を変質させているが、全く負担なく動かせている。

「……」

褐色肌のオークは立ち上がり、重心を低くする。奴から慢心が消えている。どうやら本気になったようだ。ここからが本番ということだろう。

今の立ち振る舞いを見れば一目瞭然だ。彼は強い。舐めてかかって容易に勝てる相手では断じてない。今の僕にも負けられない理由がある。だから――僕も剣を構え、石床を蹴り上げた。


「あのハイオークの族長、ブータイに勝った?」

「すげぇ……」

観戦していたホブゴブリンたちから興奮気味の感想が漏れる。

そうだ、勝敗は決した。褐色のオークは僕の目の前に大の字で仰向けに寝転んでいる。

奴は強かった。既に僕もボロボロだ。今の僕には力を借用した師が誰かも分からないのだ。

師の実力は不明だ。でも、剣の道では圧倒的強者であることだけは分かった。その師の剣技とこの豚頭の魔物はほぼ互角だったのだ。勝利したのは、基礎的な身体能力が僅かに僕の方が上回ったに過ぎない。

まあ、あの灰色髪の男を模倣すればおそらく一瞬で勝敗はつくけども。

「殺せぇ」

ぶっきらぼうに叫ぶ。その表情には、戦い前のような僕らに対する嫌悪感のようなものの一切がなくなっていた。

僕もそのあまりに潔い姿に、どうにもこいつが魔物だとは思えなくなっていた。

「嫌だよ。君はこのノースグランドに必要な魔物だ。言っただろ？　もういがみ合っている余裕が僕らにはないって」

「南下してくる魔族どもはお前よりも強いのか？」

「ああ、多分ね」

記憶を失っても四大魔王プロキオンの恐ろしさくらいは知っている。

残忍で、人間というものを虫けら以下にしか見ていない最低最悪の魔王。吟遊詩人たちの口から紡がれる逸話は、身震いするような残虐な話で溢れていた。それはゴブーザたちから聞いた悪質極まりない実験からも明らかだ。負ければ奴らの実験動物として贄《にえ》となり、根絶やしにされる。

今のまま個々の部族で挑んでも敗北は必死。対抗するには、魔物が一つにまとまるしか方法はない。

「そうか……いいだろう。話くらい聞いてやる。だが、一つだけ条件がある」

起き上がり胡坐をかくと両腕を組み、僕を睨みつけてくる。

「条件？　もちろん僕にできることなら聞くさ」

「貴様の本性をみせろ。貴様からは魔物以外の匂いがする」

鼻をヒクヒク動かして、そう低い声で口にする。

ざわつく室内。ハイオークたちだけではない。ホブゴブリンたちも、驚愕に目を見張っている。

背後のキージとカイトを見ると、二人とも頷いている。どのみち、僕が人族であることはキージたちシープキャット族には周知の事実。いつか知られる事実だ。ならば信頼の証にさらけ出すべきだろう。

「分かったよ」

変質の能力を解除して、普段の僕に戻る。

オークたちとホブゴブリンたちの間からどよめきが沸き上がる。

「お前、人族か？」

「ああ。人族のギルさ。ま、その名前以外、どこの誰かは知らないんだけど」

人社会のことを妙に熟知していることからも、人なのは間違いない。でも、魔法が得意だったり、へんてこな能力を扱えたり、何よりこんな場所で記憶をなくしているんだ。かなり特殊で訳ありなんだろう。

「どこの誰だか、知らぬ？」

眉を顰めてオウム返しに繰り返してくる。

「そう。記憶を失った状態で彼らに保護されたんだ」

キージたちに左手を向けて、そう返答する。

「記憶を失っている人族か……いかがわしいことこの上ないな」

皮肉気味に口角を上げる褐色のオークに、

「同感だね」

すかさず同意する。こんな不審者、そうはいない。特に魔物の天敵の人間だ。すぐに受け入れたキージたちがむしろ変わっているんだと思う。

褐色のオークは立ち上がって倒れた椅子を起こし、そこに腰を下ろすと、

「話せ。全てはそれからだ」

強い口調で言い放つ。

「いいのかい？　僕は人間だよ？」

「はっ！　人だろうが、オークだろうが、猫だろうが、強いものに従う。それが俺たち一族のルールだ。それに魔族どもに好き勝手させるのはしゃくだったしな」

事実上の全面許諾の言葉に、

「感謝する。丁度、ホブゴブリンの皆にも聞いて欲しかった内容だったんだ」

安堵しながら、謝意を述べる。

「ブータイだ」

「ん？」

「俺の名だ。ブーとでも呼べ」

最初のようにぶっきらぼうに、ブーはそう告げる。僕らシープキャットは最初の戦闘部族の仲間を得たのだった。

◇◆◇◆◇◆

僕たちが新都市キャット・ニャーを作ってから、さらに数か月が経過する。

ノースグランドでも有数の武闘派部族、ブーたちハイオークの加入により、キャット・ニャーへの参加を申し出る部族が急増する。特にブーたちの強制に近い説得により周辺の小規模の武闘派部族も参加することとなった。そして、ノースグランド最大派閥の一角である牛頭のレッドミノタウロス族、魔族侵攻の生き残りの巨人族の上位種サイクロプス族も加わり、ノースグランド南部のほぼ半数の勢力を率いる結果となったのである。

「へー、中々器用なものだな」

鍛冶場で出来上がった剣に魔法を付与しているところに、カイトが入ってくるとそうしみじみと呟く。

現在、たまに見る夢の中の有名な鍛冶師と魔法技師を僕の能力で模倣して、魔法武器を作成しているのだ。

「あー、カイト、君の投げ槍も作っているよ」

「これは魔法が付与された武器だな？　どれ……」

先ほど作った魔法の槍を受け取ると、カイトはクルクルと器用に回転させる。やはり、この身のこなし、ただの魔物とは到底思えない。カイトは武器に関する知識も優れていた。正直、たとえ僕の青髪の剣の師を模倣しても彼に勝利できるとは思えない。

実のところ僕は彼がサウドから逃げのびたこと自体、偽りだと感じてしまっている。カイトは、のっぴきならない理由があって己を弱くみせている。そう思えるのだ。

もっとも、そう考えるといくつか不自然な点も浮かび上がる。カイトがガルーダ族の長《おさ》ガルガンチュアの一人息子であることを幼馴染のアシュが認めていることだ。そもそも、アシュは嘘がつけないタイプ。そのアシュがカイトと口裏を合わせているとはどうしても僕には思えない。

だとすると、カイトが己の一族を犠牲にしてまで、自らの力を隠しているということになる。まだ知り合って間もないが、カイトはそんな薄情な魔物ではない。だとすると、やはり、僕の妄想。そう考えるしかないんだろうけど、やはり、僕はどうしてもそこに強い引っ掛かりを覚えていたんだ。

「いいんじゃないか。これはあたりだな」

独り言のように呟くカイト。

「よしっ！」

思わずガッツポーズをする。これで一つ使える武器が増えた。

魔族のノースグランドへの侵略は日増しに強くなっている。もはや無視できる状況でもないんだ。

サイクロプス族の里を壊滅させたとされる四本腕の魔族の噂。

残存したサイクロプス族の口から紡がれたのは圧倒的でかつ理不尽な力で蹂躙する四本腕の青肌の巨人。青肌は闇国の魔族の証だ。だから奴が魔族なのには違いない。

しかし、単独で巨人族でも上位種のサイクロプスの里を事実上壊滅させるほどの強さを魔族が持つ。それはまさに現魔王に匹敵する力と言っても過言ではない。もし、僕らが救助に向かわねば、皆殺しになっていた可能性が高い。そんな危険極まりない相手だ。今は戦力の増強が急務なのである。

「だが、あくまで――」

「分かってるよ。全ては武器を扱う者次第。そうだよね？」

「その通りだ。俺たちは弱い。このまま闇雲にぶつかっても死ぬだけだ」

カイトは武力だけではなく、戦術や戦略にも優れていたから、最近は魔物たちの指導をしてもらったり、都市防衛の魔物たちの警備や配置についてもアドバイスをしてもらっている。実のところ、この魔法武器も僕の能力に興味を持ったカイトの発案だ。

「ギル、カイトさん、会議の時間だぜ？」

ハイオーク族の頭領ブーが部屋にどかどかと入ってくると、陽気に声を張り上げる。

「そうか。では行くとしようか」

「おうよ！」

ブーも大人しくカイトの後についていく。ブーは、魔物の英雄ガルガンチュアの息子ということで当初カイトをライバル視して、ことあるごとに突っかかっていたが、何度も手合わせして徹底的に打ちのめされ、いつも離れない舎弟のような関係となっていた。

僕も新しくできた槍を持ち、カイトたちの後についていく。


ひと際大きな石の通路には多数の魔物たちが行きかい、その脇にはレンガ造りの建物が規則正しく立ち並んでいる。大通りに面した肉屋からは食欲を刺激する香ばしい匂いと、威勢のよい勧誘の声が聞こえてきた。広場では歌が好きなセイレーンの女性たちが、美しい歌声を披露し、人盛りができている。酒場から出てくるリザードマンの二人も、ふらつきながらも帰路につく。

（ここもすっかり変わったね）

あれから魔物が増えキャット・ニャーは拡張して、人族の中規模都市レベルまで開発が進んでいる。

あの並んでいる建築物や、セイレーンたちが歌っている公園も、夢で出てきた街並みを僕の『変質』の能力で再現したものだ。

　こうして、皆が安心して暮らせるのはこの街の周囲を覆う高い城壁のおかげだ。あの城壁はノースグランドの南部の洞窟からとれた特殊な金属、アダマントでできており、強力な物理的、魔力的耐性がある。その金属を僕の能力により、特殊加工して城壁としたのだ。さらに、いくつかの防衛のアイテムも設置している。

　たとえ、プロキオンの軍であっても、この鉄壁を崩すのは至難の業だろう。まさに籠城にはもってこいの鉄壁の要塞と化している。

「あー、ギル！」

　黒髪の猫娘シャルが僕らに気付いて満面の笑みで両手をブンブン振ってくる。シャルの隣にはいつものようにアシュがいた。シャルとアシュは、種族は違うが仲がとても良く、いつも一緒にいる。また、最近気付いたが、アシュとシャルは顔の造形が似ている気がする。そう。まるで姉妹のように恐ろしいほどに。他の魔物たちがそれに気付かないのは、そもそも魔物は人とはかけ離れている外見をしているからだと思われる。人間種にそっくりな顔など皆、大差なく見えてしまい、似ているかどうかなど判断がつかないのだろう。

「シャル、走ると転ぶよ」

　案の定、こっちにパタパタと走り出すも、躓いてダイビングしてくるのをどうにかキャッチする。

「だから、言わんこっちゃない」

「……ありがと」

僕の腕の中で真っ赤になるシャルに苦笑しつつも立たせていると、

「シャルとギル、ホントに仲が良いのだ！」

やれやれといった様子で、アシュがそんな茶々を入れてくる。

本来なら否定くらいする場面なんだろうが——。

「うん、仲がいいよ！」

元気よく僕にすり寄ってくるシャルに、

「だとよ、ギル！」

ブーも僕にニヒルな笑みを浮かべつつも、背中を乱暴に叩いてくる。

「痛いって、ブー、だからいつも言っているだろ？　僕らはそういう関係じゃないって」

「お前も漢なら、気合を入れろ！」

全く僕の意見など聞かずに、豪快に高笑いをしながら、さらにバンバンと背中を叩くブー。

「ねぇ、ギル、そういう関係って？」

小首を傾げながら、そう尋ねてくるシャルに、

「それは——」

弾むような口調で爆弾発言しそうなアシュをカイトが抱き寄せるとその口を右手で塞ぐ。カイトに抱擁されて忽《たちま》ち、真っ赤になるアシュ。正直アシュこそ、分かりやすいと思うんだが。

「ねえ、ギル？」

「うん、なんでもないよ」

尋ねてくるシャルの頭を優しく撫でる。

「うー、ギル、誤魔化してる？」

「いんや。そんなことないさ」

もちろん、誤魔化しているわけだけど。

アシュといえばカイトが手を離しても、顔を胸に埋めて動かなくなってしまう。

カイトは小さなため息を吐くと僕に視線を向けて、

「ギル、あくまで仮定の話に過ぎないが、今後お前は重要な選択を迫られるかもしれない」

神妙な顔で、そんな突拍子もないことを口にする。

「突然何？」

「いいから聞け。その選択に答えのあるものならばそれでいい。だが、もし答えのない道を選ばなくてはならなくなったら、己に尋ねて悔いのないものを選ぶんだ」

初めてとも言えるカイトからの意味深な助言に、

「どういうこと？」

思わず尋ねるが、

「その時になってみれば分かる」

カイトはそう呟くと、アシュを促して再度歩き始めた。

僕らの眼前に三階建ての屋敷が見えてくる。あれは僕が知っていた凄腕の建築家を模倣して設計図を描いて作った建物。都市キャット・ニャーの会議室であり、頭脳的役割を担っている。

大会議室に入ると、長テーブルに座している各部族の長階級のものたち。彼らの視線が僕らに集中する。

僕に向けられたものは――信頼の視線、僅かな不安を含む視線、そして敵意の視線。

「人間がこの会議に出るとは、どういう了見だ⁉」

鰐顔の男クロコダスが額に太い青筋を漲らせつつテーブルを叩きつける。

ビクッと身をすくませるシャルを庇うべく、アシュが彼女の前に立って腰に手を当てて、クロコダスを睨みつける。そして――。

「てめぇ、新参者の分際で何勝手なことを言いやがる？」

ブーが憤怒の形相でギロリとクロコダスを威圧すると、クロコダスは鰐の顔を引き攣らせて、

「に、人間と仲良しこよしのお前らの方が変なんだっ！　人間は我ら魔物の敵！　それはこの世界が始まってからの永久不変の原則だったはずだぜっ！」

裏返った声を上げる。クロコダスは当初、誰に対しても横柄な態度をとっていたが、一度ブーにぶちのめされてから借りてきた猫のように大人しくなる。

「そこは私も是非、はっきりさせたいところです。カイト殿、ここは魔物の都市のはず。人間がこの地に、しかもこの都市の運命を決める場所にいる理由が知りたい」

今まで沈黙を貫いてきた髭を生やした一つ目の巨人、サイクロプス族の男が今も両腕を組んで成り行きを見守っていたカイトに声をかける。

彼、サイクロンは巨人族の戦闘部族、サイクロプスの生き残りであり、撤退作戦でカイトが率いるこの街の救助部隊に助けられた。以来、サイクロンはカイトに一目置いており、この都市の事実上のボスだとみなしている。

救助隊が魔族たちに一度全滅しかかったらしく、それをカイト、一魔《ひとり》で対処したのが原因だそうだ。おそらく、救出時にカイトが相当な無茶をしたのだろうが、救助隊の全員が既に気絶しており誰も覚えておらず、救助されたサイクロプスの誰もがその当時のことを語らないので詳細は闇の中だ。

「ギルはこの都市の一員だ。そしてお前たち以上にこの都市のために行動している。それ以上の理由が必要か？」

カイトらしくない突き放した感情の籠っていない言葉に、サイクロンは生唾を呑み込み、

「我らの地を脅かしているのは魔族！　つまり、人間種です！　その魔族と同等の生物だっ！　このノースグランドの命運を分ける会議に加わるなど納得がいきようがないっ！　貴様らもそうではないのかっ？」

立ち上がると一同を見渡して、声を張り上げる。

「確かにそれはあるかもぉ。人間って基本、下品で野蛮だしぃ」

犬顔のコボルト族の女性部族長が僕をぼんやりと眺めながら、そんな感想を口にするが、

「オイラは別に構わないっスけどね。ギルさん、人とは思えないほどオイラたちに理解あるし」

リザードマンの青年が反論を口にする。

「それはそうかもしれないけど、人と慣れあうのはちょっとねぇ……」

犬顔の女性は僕をチラッと横目で見ながら口籠る。所属する魔物の種族が増える度に、この疎外感が強くなるのは感じていた。サイクロンたちの言う通り、ノースグランドで好き放題している魔族たちも魔物たちからすれば人の近縁。人に対する不信感は相当なものなのは、考えるまでもない。

これ以上は話が先に進まない。

「僕は一足先に家に戻っているよ」

進行役のキージにそれだけ伝えるが、カイトをチラリと見て、

「いや、ギル、お前はこの会議に出るべきだ。何せ、今回の会議の目的はギル、お前と同じ人間族が目的なのだからな」

キージは首を左右に振りつつ、そう告げたのだった。

「魔王の進軍。その行き先は人間の集落か……」

ブーが僕をチラリと横目で見ながら、複雑な表情で呟いた。

「ああ、俺が得た情報では約四日後、奴らはその集落を襲撃する。ここからその集落まで丸三日はかかる。間に合うかは微妙なところだな」

カイトが両腕を組みつつ、そんな感想を述べる。

「もちろん、何もしないよな？　それ以外の選択肢などあってたまるかっ！」

　クロコダスが顔を嫌悪で歪めながら、キージの議題を強く拒絶しつつも尋ねる。

「お前、キージの今の話、ちゃんと聞いてたのかっ⁉　人間憎しで済む話でもねぇんだよっ！」

　渋い顔でブーが片目を開けてクロコダスを諌める。

「だからって、人間を――しかも、聖武神を拝める人間どもの集落を助けにいくなど正気の沙汰じゃねぇ！　なあ、そうだろう⁉」

　クロコダスが会議に参加している一同を見渡しながら声を張り上げる。

「「「……」」」

　僕に好意的な魔物たちも押し黙り、目を伏せる。同意とみてよいだろう。それほど中央教会の信者は、魔物たちにとって敵以外の何ものでもないんだと思う。

「闇の魔王の親族がその集落におり、それが奴らの神を呼び出すトリガーになるか……まさに最悪だな」

　そう吐き捨てるチャトの顔も、激しい憤りに満ちていた。それもそうだろう。同じ信徒の中央教会の連中にキャット・ニャーは滅亡の危機にさらされたのだから。

「それは俺も同じ。本来なら助けるなど拒絶の一択だ。しかし……」

　言葉に詰まるキージに、

「見殺しにすれば、十中八九、俺たちは滅ぼされる」

カイトが噛みしめるように確認する。

「闇の魔王の親族なら、迫害を受けているのだ？」

難しい顔で言うアシュの疑問に、

「いや、魔族と知りつつ、神父の一人娘として大切に育てられているそうだ」

カイトが即答すると、

「所詮、同じ人間種というわけかっ！」

クロコダスが憎しみの籠った声を張り上げる。魔物なら当然そう思うことだろう。だが、それは大きな過ち。中央教会にとって魔族も等しく生きる価値のない罪のある生物。

その人間の集落を偵察したカイトからの情報では、そもそも彼らは東の大国ブトウから逃れてきた聖武神を信仰する敬虔《けいけん》な教徒たち。

ここで、ブトウはこの世界でも数少ない中央教会の信仰が認められていない国。元来ブトウの国教は武神アース。聖武神アレスと武神アースは聖地も同じだし、教えも名前も似通っている。恩恵《ギフト》を授かることも同じ。実のところ、アレスもアースも同じ神を信仰しているのは一目瞭然だし、バベルの神学者たちもそれは認めている。ただ、西側諸国の中央教会とブトウの神武教は、己が信仰する神こそがこの世界を統べる神であると主張して譲らず、他方を排除する方針をとっている。彼らは聖武神アレスを信仰するが故にブトウから迫害を受けて、ブトウとノースグランドを隔てる険しい山を越えて、このノースグランドの東の果てに住み着いた者たち。その信仰心は相当強い。中央教会には、魔族は邪悪であるという教義がある以上、通常なら処分一択。その魔族の娘を大切に育てるなど、本来天地がひっくり返ってもあり得ない話なのだ。


「大切に育てられているのだ……」

安堵の表情を浮かべるアシュ。魔王の親族の少女の安否を気遣うようなアシュの態度に、奇異の視線が集中する中、

「どうすればよいと思う？」

改めてキージが皆に意見を求める。

「検討するまでもなく、そんな案、断固拒絶と言っただろっ！」

クロコダスの怒声に、

「ああ、検討するまでもないことだ。我らの感情に従えばな。だが、此度、天秤にかけられているのは魔物全体の存続だ。それを踏まえてもう一度尋ねる。本当に無視でいいんだな？」

キージは会議場の一同をぐるりと見渡して、意思確認をする。

「「「「……」」」」

誰もが苦渋の表情で口を噤む。魔王でさえ手に負えないのに、それらが崇める神まで出てくれば、もはや勝ち目などない。

「くそっ！」

どうしてよいかが分からないのだろう。クロコダスが立ち上がり、椅子を蹴り飛ばす。

サイクロンも両腕を組んで口を閉ざすのみ。そんな中、

「助けるのだっ！」

立ち上がり、強く主張するアシュ。

「でもね、アシュ、相手は人間なのよ？ しかも、襲われているのは今も私たちを滅ぼそうとしている魔族の娘なの」

植物系の人型の魔物、ドリアードが諭すように優しくアシュに語りかける。

「魔物も人間も魔族もないのだっ！ 困っているなら助けるべきなのだっ！」

騒めく室内で、

「確かに、魔族を育てているくらいだし、通常の人間族ではないんだろうけど……でもねぇ」

コボルトの女性が困惑気味に言葉を濁す。

「人間を助けるために我ら魔物が命を賭けるのは断固拒否だが、確かにこのまま指をくわえて滅びを待つのもなぁ……」

「お、お前ら分かってんのかっ！ 相手は霧の魔王プロキオンの大軍勢だぜ？ 勝てるわけねえだろうがっ！」

クロコダスの鬼気迫る台詞に気まずい沈黙が流れる。

「要はその魔王の親族とやらを奴らに取られなければいいのだろう？ なら答えは一つ。捕獲される前に殺すべきだ」

「それしか……ないわよね」

魔物の立場から言えば、その選択肢しかない。だから、僕はてっきり、賛同の意見が数多く出ると思っていたが、だが、実際にそれを主張したサイクロンですらも、苦虫を噛み潰した顔をしている。

「サイクロンさんの案に異論はねぇようだなっ！　ならば、その魔王の娘を殺すチームを直ちに編成すんぞっ！」

鼻息を荒くして強く主張するクロコダスに、誰も否定の言葉を紡げない。

「殺すなんて、ダメなのだっ！」

ただ一人、そんなクロコダスの意見に真っ向から拒絶するアシュと、

「軟弱な鳥女は黙ってろっ！」

噛みつくような形相で声を張り上げるクロコダス。

「黙らないのだっ！　そんなこと、絶対に認められないのだっ！」

騒然とする会議室内で、

「ギル、お前はどうしたい？」

突然、カイトが僕に尋ねてきた。

「おい、鳥野郎！　てめぇのような一族を見殺しにした臆病者のクソ野郎に、発言する権利なんてねぇんだよっ！」

クロコダスが歯を剥き出しにしてカイトを威圧する。

「お、おい、やめろ、クロコダス！」

焦燥たっぷりの声を上げてクロコダスを制止するサイクロンに、

「止めねぇで下せぇ、サイクロンさんっ！　俺がこの臆病鳥野郎をキツく教育してやりますよっ！」

クロコダスはカイトに近づこうとするが、

「小僧、少し黙っていろ。俺はギルに尋ねている」

眼球を向けて一睨みされただけで、クロコダスはまるで石になっただかのように微動だにしなくなる。それはこの場の誰もが同じ。皆、息をすることもできず、ただ僕とカイトとの会話を見守っていた。

（僕がどうしたいのか……）

もちろん、アシュと違って正義感は強くない。というか皆無だろう。それは確信をもって言える。僕にとって重要なのはシャルやギージたちやこの街そのものだ。その他がどうなろうと、割とどうでもいい。だから、冷静に考えてもクロコダスの言う通り、その魔族の少女を殺す方が、よほど成功率が高い。なのに――。

（はは……僕はどうかしてるのか？）

今、途轍もなく僕らしくないことを言おうとしている。

「僕が迫る魔王を止めてみせる。もし僕が失敗したら、その少女の殺害を実行すればいい。だけど、もし僕が一時的でも奴らを足止めできたなら、そのうちに彼女を保護して欲しい」

「ただの人間のお前が魔王を止めるぅ⁉　お前、本気で言ってんのかっ⁉」

カイトの睨みからいち早く解放されたクロコダスが小馬鹿にしたように僕に問いかけてくる。

「本気だよ。魔王軍を倒すのは無理でも、魔王軍を足止めすることだけなら話は別だ。僕には奥の手があるしね」

　もちろん虚勢はあるが、全てはったりというわけではない。僕の力をフルで使用すれば一時的とはいえ、魔王軍にダメージを与えられるはずだ。まあ、僕は異世界から召喚された怪物《勇者》ではない単なる人間である以上、魔王が出てくれば終わりだろうけども。

「ギル、お前が陽動の役を務めるから、その間にその魔族の少女を助け出せ。そういうことか？」

「いや、人間たちもさ」

「聞いたよなっ！　こいつ、やっぱり人間だぜっ！　お仲間が可愛くてこんな提案してきてるんだっ！」

「違うね。中央教会への牽制さ。僕らは既に中央教会に目を付けられてしまっている。奴らのしつこさは君らも聞いたことくらいあるだろう？　魔王軍と同時に中央教会まで相手にすれば、まず破綻する。つまり――」

「捕虜にして時間を稼ぐ、というわけか？」

「そうさ」

　もちろん、彼らはブトウからの信者。異教徒とみなされて見殺しにされることは十分考えられる。それでも、躊躇くらいするかもしれない。その僅かな間に次の対策を立てることはできよう。何より、魔物単独では魔王軍全軍を打ち破るのが不可能である以上、人間たちの助力を仰がなければならない時も必ず来る。その際に、彼らを見殺しにしてしまえば、人間との交渉の機会は完璧に消えてしまう。

キージは暫し目を閉じていたが、

「分かった。俺はギルの案に賛同する」

賛同の意を示してくる。

「キージさんが賛同するなら、俺もだ」

チャトも同意するが、

「ざけんなよ！　大軍勢なんだぞっ！　ギル一人で魔王軍の足止めなんてできるわけねぇだろっ！　考え直せ！」

ブーが血相変えて翻意を迫ってくる。

「大丈夫だよ。さっきも言ったろ。僕には奥の手があるんだ」

実際は奥の手というより、一か八かの賭けに近いけれども。多分、あの灰色髪の少年を模倣すれば一時的に霧の魔王プロキオンの軍の足止めをすることも可能だろう。その混乱の隙に、里の人間たちを救助すればよい。

「でもねぇ……」

やはり、困惑の極致にある他の魔物たち。当然だ。本来、僕の策は無謀な特攻に等しいのだから。

「俺もギルの策に賛同する。心配するな、もし、ギルが手に負えなければ俺が引き続き、その役を請け負おう」

「はあッ⁉　テメエのようなチキン野郎が増えた程度で――」

「クロコダス、黙っていろ！」

ボスと仰ぐサイクロンの威圧に、慌てて口を紡ぐクロコダス。

「カイト殿もその人間に協力する。そう考えて本当によろしいんですね？」

サイクロンは神妙な顔で尋ねる。

「ああ、もし、ギルが失敗した時は俺が責任を持って処理しよう」

「なら私も賛同する！」

サイクロンの賛同で、各部族の長たちも次々に賛同の意を示す。

「ギル……」

不安たっぷりの顔でシャルが僕の左袖を掴んでくる。

「大丈夫だよ。あくまで陽動。魔王軍の足止めにすぎないから」

もちろん、ただの虚勢だ。相手は霧の魔王。僕にとって死地になるのは間違いない。それでも起死回生の手段はこれしかない。もし、プロキオンの軍に多少の損害を与えることができれば、奴らの侵攻の時間稼ぎにはなる。結果、捕虜も確保できれば中央教会への牽制にもなり、人間たちへの交渉材料ともなる。僕らにはこれしか手段がないのだ。

「ボクも参加するのだっ！」

アシュも名乗りを上げるが、

「アシュ、お前はアシュメディアの妹の保護を頼む」

カイトが有無を言わさぬ口調で懇願の台詞を吐く。そのカイトの独特の言い回しに僅かな違和感を覚えた時、

「では策戦を開始する。ギル、カイトを中心とする魔王軍の足止めチームと人間たちの確保チームに分ける！　出立は今晩だ。いいなっ！」

キージが立ち上がって声を張り上げる。

「「「おうっ！」」」

会議室に声が響き渡ったのだった。

◇◆◇◆◇◆

会議のあと、アシュはキャット・ニャーで寝泊まりしている一軒家に戻る。ここは、ギルが描いた設計図を元に、キャット・ニャーの魔物たちに手伝ってもらって作ったアシュとカイトの二人の家。

「アシュ、戻ったか」

リビングで荷袋に数日間の食糧やら、衣服を詰めていたカイトが、手を止めてアシュに優しく微笑んでくる。その普段と変わらないカイトの姿に、急に胸が締め付けられそうになって、

「カイト…」

アシュはその背に飛びつき、服を握って俯く。

「アシュ、どうかしたか?」

冷静なカイトらしくない、僅かな戸惑いを含んだ疑問に、

「なんでもないのだ……」

どうにかそう返答する。

それは嘘だ。ここでカイトから離れれば二度と会えなくなる。この時、そんな気がしていたのだ。

「うむ、そうは見えぬのだがな……」

未だに服を握って離れようとしないアシュを、カイトはそっと抱きしめて後頭部を撫でてくれる。

「カイトぉ……」

「うん?」

「いなくなったりしないのだ?」

「ああ、俺はアシュの傍にいるぞ」

当然のごとく返答するカイトの言葉は、いつもなら安堵してしかるべきなのに、やはり、一向に強烈な不安は消えることはなかった。

カイトは強い。多分、このキャット・ニャーの誰よりも。もしかしたら、ノースグランドで最強かもしれない。あの中央教会の襲撃の時も足手まといのアシュを連れていなければ、カイ

トが逃げる必要はなかった。正直、今のカイトが敗北することをアシュは想像できない。

だから、この不安はきっと杞憂。

「本当……なのだ？」

「もちろんだ」

顔を上げてカイトを確認すると、カイトは目を見張って、

「アシュ、お前泣いているのか？」

そう尋ねてくる。

「泣いている？」

左手を目に当てると濡れている感触がする。

「アシュ、これだけは覚えておけ。いついかなる時も、俺は常にお前の味方だ。だから、お前は信じる道を進め」

カイトはアシュを抱きしめて強く噛みしめるように語る。それがとても心地よくて、

「うん、なのだ！」

いつものように元気よく答えたのだった。

◇◆◇◆◇◆

ネイルは、闇国を抜け出してきたカイゼル髭の男パンピーと合流し、ある事実を伝えられる。

それは、アシュ様の妹君、ミトラ様がいる場所が判明したということだった。

すぐに彼に導かれてノースグランドの東にある街へと向かう。

パンピーが示す場所は、高木の生い茂った密林の中にあった。

(これは隠蔽の効果か……)

おそらく、街全体に張り巡らされているのは、隠蔽の効果を有する結界。魔法が得意なネイルからしても、この結界を張っているのは人間の中でもかなりの術師であることは見て分かった。

パンピーはいとも簡単に結界に穴をあけてその中へと侵入する。結界の中をしばらく歩くと、丘の上から下に盆地があり、そこに千数百人規模の集落が広がっていた。

「あの人間どもの集落にアシュ様の妹君が――」

あの中心の教会の神父にアシュ様の妹君が育てられているらしい。

(クソどもがっ!)

あの下にいるのは聖武神を信仰する人間ども。聖職者の豪勢な暮らしや権力を守るため、かつて奴らは異世界からの怪物、勇者マシロと手を組み、闇国の無辜の民を皆殺しにした。こいつらは神の名の下、無抵抗な町村を焼き討ちにして逃げ惑う女子供を殺し、捕虜も磔にしたうえで焼き殺した。おまけに町の建物や田畑を焼け野原にし、井戸に毒を入れる徹底ぶりだ。

その事件以降、同胞でも闇国を真に愛してやまなかったドルチェは変わってしまったんだと思う。ドルチェにどれほどの葛藤があったのかは分からない。だが、奴は祖国を裏切り、遂には闇国の同胞さえも霧の魔王プロキオンに売り渡してしまう。これはネイルの勘だが、ドルチェの目的は支配や権力の獲得などではない。ただ、ひたすら人族の根絶を願い、そのためだけに生き続けている。

（お辛かったでしょうっ！　今、このネイルがお救い申し上げますッ！）

仮にも魔族だ。おそらく奴隷以下の扱いなのは間違いない。そんなネイルの気持ちを推し量ってか、

「ネイル、既にここは監視されているかもしれん。この街の住民には決して手を出すな」

強い口調で念を押してくる。

「分かっている。ミトラ様の救出を最優先で考えるさ！」

ミトラ様をお救いするのが最優先。そのためにはネイルの気持ちなど二の次だ。

「ならいいさ」

パンピーはそう口にすると街へ降りていく。

このパンピーという男をネイルたちは当初かなり警戒していたが、すぐに全幅の信頼を置くようになる。もちろん、彼はネイルたちが喉から欲する情報を提供してくれるし、弱くも脆いネイルたちに加護という力を授けてくれた。だが、疑心暗鬼となっている同胞たちが信頼した最も大きな理由は、パンピーにネイルたち同様の葛藤を見たから。

本来、パンピーはたとえ信念に反しようと、おいそれと同胞を裏切ったりはしないだろう。それは短い付き合いだが断言できる。彼はネイルたちと同様、己の命よりも大切なものがあり、

今もその大切なものの名誉を守るため、あえて裏切り者の汚名覚悟でネイルたちに協力してくれている。それは、アシュ様の誇りや大切なものを守ろうとしているネイルたちと同じもの。そんな共感故だ。

（アシュ様、きっと、妹君をお救いいたします！）

ネイルはそう心に誓って、パンピーに続き街へと降りていく。

ネイルたちはパンピーの力で増強されたネイルの隠蔽の力により、姿と気配を消しつつ、街の中心の教会へ向けて歩いていた。

（イメージと大分違う）

至る所にゴテゴテの聖武神の石像やら装飾品があり、皆が祈りを捧げているイメージだったが、実際は農作業をする大人たちに、身の回りの日用品を作る職人たちのような、のどかな田舎の風景だった。そして、農作業をする者たちの中に青色の肌の者たちが混ざるのを目にして、

（ま、魔族ッ⁉）

思わず驚愕の声を上げそうになる。あの青肌と額の角は魔族の証。それがよりにもよって魔族を最も憎む聖武神を崇める街で畑仕事をしているのだ。驚くなという方が無理な話だ。

（奴隷か何かだろうか？）

混乱する頭で何とかこの疑問に答えを見つけようとするが、農作業をする彼らの表情は希望に満ちており、悲壮感というものが感じられなかった。

（ネイル様、これはどういうことでしょう？）

小声で意見を求めてくる部下たちに、

（今はミトラ様の救出が先よ！）

そう指示を出して歩き出そうとするが、

（そうか、きっと彼らは――）

パンピーも眩しいものでも見るかのように、目を細めて人間に混ざって農作業をする魔族たちを見つめているのが目に留まる。

（パンピー殿？）

（すまない。少し昔を思い出しただけだ。行くとしよう）

パンピーも歩き出す。


街の中心にある教会の中に気配を消して入り、木陰から人気のある庭を観察する。

庭には幾人もの幼い子供たちが遊んでいた。そしてやはり、人間に混じって魔族の子供も遊んでいた。大人たち同様、虐げられているようには見えない。それどころか、同胞の子供たちの顔は皆幸せ一杯だった。

強烈な納得のいかなさを抱えながら、観察を続けると、

「皆、お菓子ができたよっ！」

教会の隣にある民家から、エプロンを着た赤髪の少女が現れると声を張り上げる。

「わーい！　お菓子！」

「ミトラお姉ちゃんのお菓子っ！」

ぴょんぴょんと兎のようにはしゃぎまくる子供たち。

(ミトラ様……あの御方が？)

赤髪の少女は美しく優しそうに微笑んでおり、奴隷のような扱いなどされているようにはとても見えない。

そして丁度、教会の入口の傍の長椅子に座って子供たちを眺めている優しそうな神父。

(どういうことだ？)

混乱する頭で自問自答していた。ネイルのイメージでは威張りちらす神父と、抑圧された人民というイメージだった。だが、この温かな光景はネイルが求めている理想の生活。

椅子に座っている神父はこちらを向くと、

「今からお客さんが来る予定となっているんだ。ミトラ、出迎えの準備をしてもらえないか？」

「はい！　お父様！」

大きく頷くとミトラはパンパンと手を叩くと、

「さあ、皆おやつを食べようね。ちゃんと手を洗ってから食べるのよ！」

子供たちと手を繋いで家の中に入っていく。

「なぜ、私たちがいることが分かった⁉」

慎重に身構えながら叫ぶ。パンピーの加護によって増強されたネイルの隠蔽の能力は相当なものだ。そう簡単に破られる類のものではない。

「私は昔から勘がいいんだ。なんとなくさ」

そう口にすると立ち上がって、

「君らは我が友、イエティの身内のものだね？」

そんな思いもよらない事実を語ったのだった。


神父は自らをクリフトと名乗り、ネイルたちを民家へ案内した。

広い部屋の食堂では、子供たちが席についてお菓子を食べている。ネイルたちはその部屋のソファーに座るように勧められる。

「騒がしくて、すまないね。皆で一緒に食事をすることにしてるんだ」

クリフトは、ネイルたちに軽く謝意を述べてくる。

「それより、イエティ様の友とは本当なのか？　この街の魔族は何だ？　どこから連れてきたっ!?」

「うーん、イエティの指示で来たわけではない……ようだね。この街は私がブトウから連れて来た信者たちと作った街さ。彼らは外で辛い想いをして、この地に流れ着いた者たちだよ」

「辛い想いをした者たち？」

「ああ、この世は辛いことが多すぎる。我らが神、アレス神はこの世界を愛しておいでだ。故にいかなるものにも愛を与えようとする。故に私は神の御意思の下、彼らに住む寝床と食べる手段を与えているに過ぎない。別段強制もしていないから、この地にいるのは純然たる彼らの意思さ」

　そんなのは彼らの顔を見れば分かる。何より、さっきから気になっていたこと。

「まさか、ここは魔物さえも受け入れているのか？」

　子供たちの中には緑色の肌で頭頂部に角を生やした子供がおり、魔族と人間の子供たちとお菓子を食べていた。

「さっきも言ったろ？　神の名の下に平等だと。故に人間だろうと、魔族だろうと、魔物だろうと、皆平等に平穏で幸せな生活を送る権利がある。この地は友たちとともにそんな私たちの理想を体現した街だよ」

「信じられん」

　右の掌で顔を押さえて呻き声を上げていた。魔物は人類の敵。それが常識だ。故に人間族にも魔族にも魔物を保護して一緒に暮らすという発想はない。この街はある意味、そんな人類の最大のタブーを破っている。

「イエティ様とどういう関係なのだ？」

「うーん、イエティは僕らが闇城に攻め入った時に、僕ら勇者パーティーの前に立ちふさがった最強の魔族さ」

　まさかの敵宣言にネイルの部下たちが一斉に立ち上がって武器を抜こうとする。

「止めろ、お前たちっ！」

ネイルの制止に、子供たちがビクッとしてミトラの傍に集まる。そしてミトラは射すような視線でネイルたちを睨みつけてきた。

「僕らの勇者殿は変わった人でねぇ。命を賭けた戦いの後、先代魔王殿と意気投合してしまったのさ」

先代四天王から聞いたことがある。難攻不落の闇城はたった一度だけ踏み込まれたことがあった。それを為したのが先代勇者チーム。奴らは先代魔王様と死闘を繰り広げたが、魔王様が無事撃退したと聞いている。まさか、意気投合していたとは……。

「プリーストだった僕がこの街を作ると言った時も、勇者殿も先代魔王殿も面白がって支援してくれたよ。そうして生まれた街がこのイクオリさ」

「少し待って欲しい。少々、混乱している」

この街が先代勇者と先代魔王様が支援した街？　どうしても、現実に気持ちが追い付かない。

「君の気持もよく分かるよ。それで今日はどういうご用件かな？」

ミトラ様のみを保護したらすぐにこの地を離れようと思っていたが、この地が先代魔王様の支援していた地ならば話は別だ。

「今、この地に霧の魔王プロキオンの軍が迫っている。すぐにこの地を離れて欲しい」

「霧の魔王プロキオン、あーあ、あの若造か。あれに闇国を落とせるはずもない。そうか、貴方のような超越者《トランセンダー》がいるのも事情があるようですね？」

神父はネイルの隣に座るパンピーに恭しく頭を下げる。

超越者《トランセンダー》？　パンピー殿が？

「クリフト殿、パンピー殿が超越者《トランセンダー》とはどういう？」

当惑気味に尋ねるも、

「おやおや、知らなかったのかい？　この御方は我らが神と呼ぶべき御方さ。本来、我らが口を利くことすら憚《はばか》られるんだよ」

サラッとネイルたちにとって極めて重大な事実を提示した。

確かにパンピー殿は悪の神が率いる軍勢に属していた。だが、まさか悪の神の軍勢の全てが神のわけもない。そして、今も闇国を占拠している悪の神とやらが、ネイルたち魔族を慮るわけもない。故に、パンピー殿を悪の神に使える配下の一人とみなしていたのだ。まさか、パンピー殿自身がその悪の神の一柱とは夢にも思わない。

「翁、そのような態度は必要ない。元より、これは我らの古巣が起こした過ちだ。私はこの世界の者たちにとって害悪以外の何ものでもない」

顔を苦渋に歪めながら、そう吐き捨てるパンピーに、

「真に貴方がこの世界にとって害悪ならば、この街を救おうと手を差し伸べてくださることなど、ありますまい」

笑顔でクリフトは首を左右に振ってその言葉を否定する。

「救おうとしているわけではない。単に、己と主《あるじ》が犯してしまった過ちの火種をこれ以上広げ

ないようにしているためにきている」

横目でミトラをチラリと見ながら、パンピーは噛みしめるように首を左右に振って否定する。

「それは同じことです。貴方はお優しい方だ。事情を詳しくお聞かせください。微力ながら力になれると思います」

パンピーは小さく頷き、話し始めた。


「そうですか、悪の神の軍勢。なるほど」

クリフトはパンピーの話を頷きながら聞いていたが、

「早く避難をして欲しい！」

ネイルの切実な願いに、

「その必要はありませんよ。この件はどのみち、より大きな存在により解決されます」

クリフトは予言染みた台詞を吐く。予言にしては妙に断定的な発言に、

「より大きな存在⁉　なぜそう言い切れる⁉」

「これは前から確定していた必然。おそらく、マリアはずっと前からこのことを漠然と予知していたのでしょう。だから私にこの地でこの役目を頼んだ。そう考えれば実にしっくりくる」

「クリフト殿、説明を願いたい――」

ネイルが懇願の台詞を吐いた時、この民家に魔族の青年が駆け込んでくると、

「ま、魔族の大軍勢が湿原地帯を通ってここに向かってやがるっ！」

そう最悪な報告をしたのだった。

◇◆◇◆◇◆

約三日後、僕ら魔物連合軍の魔王軍陽動チームは、湿地帯に到着していた。ここは件の魔王の親族のいる街の北に広がる湿原地帯。ここを通らねば、魔王軍は目的の街へは至れない。ならば、この地で事前に策を練るべきだ。

策といってもそう大層なものではない。この湿地帯には巨大な沼がある。その沼の位置はリザードマンたち以外には判別が困難である。もし、仮に足を踏み入れれば魔王軍もおいそれと脱出はできなくなる。その隙を狙って一斉攻撃をして殲滅する。単純な作戦だが、いくつかの条件を満たせば、魔王の親族のいる集落の住民が避難するまで十分な足止めは可能だ。

その条件は次の三つ。

条件一、魔王軍が上手く沼地にはまってくれること。

条件二、そもそも魔王軍に僕らの攻撃が通じること。

条件三、沼地から魔王軍が中々脱出できないこと。

当然のことだが、一つでも欠ければ魔王軍は止められない。

実際に成功するかは、やってみないと分からない。まあ、僕らにはカイトがいるし、僕の開発した魔法の武器も複数ある。特にこの前完成した槍はカイトが投擲しても、すぐに所持者の手元に戻る特別製。カイトの攻撃力を最大値にしてくれる。

「それにしても、まさかこのチームに皆、参加してくれるとは思わなかったよ」

当初は僕とカイト、キージ、ブーのみを想定していた。だが、サイクロンやクロコダスを始めとする武闘派魔物たちもこのチームに参加することとなった。

「勘違いするなよ！　てめえの監視のためでもあるんだっ！」

クロコダスが不機嫌そうに声を張り上げる。

「カイト殿、もしこの人間が不穏な動きをしたら、即殺します」

サイクロンが今も両腕を組んで佇むカイトに確認する。

「好きにしろ。どのみち、結果は変わらんよ」

カイトはどことなく機嫌が悪いようだ。もしかして、アシュが救出作戦チームに参加したのが気に入らないのだろうか。カイトってアシュに対して相当過保護なところがあるし。

「魔王軍を本当にこの魔道具で足止めできるのか？」

沼を包囲するかのように設置された無数の杭の魔道具を見ながら、ブーがそんな素朴な疑問を口にする。

「多分ね」

あの杭は僕の模倣の能力を駆使して、あの能力制限の杭を作ったもの。本体よりはかなり性能は落ちるが、ある程度の性能があるのはブーたちに協力してもらい確認済みだ。

まあ、最悪効果などなくてもいいんだ。というより、そもそもあの杭は囮。本命は他にあるし。

鳥の魔物がこちらに滑空して地上に降り立ち、

「魔王軍の奴らが来たぞッ！　ざっと見ただけで数千はいやがるっ！　あと数分で目的の場所まで到着するぞっ！」

硬い口調で報告してくる。

「数千……」

皆の顔にあったのは強烈な絶望感。相手は数千の魔王軍。しかも、魔王プロキオンもいる。それに対して、僕ら魔物連合軍は数十に過ぎない。多勢に無勢とはこのことだろう。皆の気持ちも痛いほど分かる。でも――。

「やるしかないよ。どのみち、倒さなければ道はない」

泣き言を言っても魔王軍が止まってくれるわけじゃない。ここで魔王軍を止めねば悪の神とやらが復活し、僕らの敗北は決定的となる。

「ま、それはそうだ」

ブーも首を縦に振る。

「おい、人間、我は貴様を信用などしてはいない。妙な真似をしたら、問答無用で殺すぞ？」

射殺すような眼光を向けて、改めて宣言してくるサイクロンに、

「ああ、それでいいよ」

僕も頷き、

「では、作戦開始だっ！　総員、持ち場につけ！」

　キージの掛け声により、作戦は決行される。

◇◆◇◆◇◆

『くははっ！　全てが真っ白な塵となるっ！　これこそがこの俺様の力ぁっ！』

　白色の霧に触れると草木が、岩が真っ白な塵となって崩壊する。

　左右の口角が裂けた小柄な男が、巨大な白色の竜のような生き物の上で歓喜の声を上げる。

　同時に地響きを上げて進軍する霧の魔王軍数千。彼らは、あらゆるものを踏みつぶして大地を蹂躙する。

「この俺様が命じる。燃やせ！　壊せ！　殺せ！　破壊しつくせっ！」

　物騒な台詞には似つかわしくない、歌うような陽気な声色で霧の魔王プロキオンは魔王全軍に指示を出す。

『グオオオオォォォッーーー‼』

　白色の竜のような生き物は天へと咆哮し、湿地帯のあらゆる生物を殺し尽くさんと白炎のブレスにより大火を引き起こす。

「くははっ！　俺様の分体のみでこの理不尽な強さぁ！　圧倒的だっ！　これが、魔王の中の魔王、真なる魔王《トゥルース・アークエネミー》の力ぁっ！」

霧の魔王プロキオンは喜びに身を震わせる。これだけの力があれば、もはやこの世界に敵はない。此度、プロキオンは伝説の魔王に至ったのだから。

今までは勇者という異界から来た怪物のせいで人間どもに手を出せなかったが、今のプロキオンにとって勇者など雑魚に等しい。

もちろん、ロプトたちには一定の敬意を払わねばならないが、奴らはプロキオンによるこの世界の支配を認めてくれた。奴らは闇国に強いこだわりがあるようだし、全て奴らにくれてやればいい。プロキオンは人間の国々を貰えれば十分だ。人間どもを玩具に、ゲームでもしようか。人間を利用したパズルなんてどうだろう？　人間を的にしたダーツも面白そうだ。

「心が躍るぜぇ！」

分体の背で未来の悦楽の日々を夢想して、興奮気味な声を上げた時、

「ん？」

眼前の湿地帯に僅かな魔力の残滓が見える。

おそらく、あの沼に足を踏み入れれば拘束型の術でも発動して、分体の足がとられて身動きが一時的に制限される。そんな仕掛けでもあるんだろう。

「くっだらねぇ！」

魔物の浅知恵というやつだ。プロキオンの分体は己の髪の毛一本を使用するだけで簡単に生み出せる。こんなもので足止めになりはしない。何より――。

「魔物ごときの術でこの俺様を拘束できるわけねぇだろっ！」

そんなできもしない希望にすがるとは、哀れで滑稽な生物どもだ。まあ、下等生物ごときの頭ではこの程度が精々か。このまま進路を変更してもいいが、それでは面白くはないし、奴らごときの猿知恵に警戒するなど、そんなものは王の所業ではない。それに――。

「楽しみだよなぁ」

――己の唯一の希望があっさり打ち砕かれる魔物どもの慌てふためくさまが見たい。

――魔物どもの絶望のたっぷり籠った断末魔の声が聞きたい。

――命乞いをして地べたに這いつくばる魔物どもの姿に笑い転げたい。

「魂から蹂躙してやる」

舌なめずりをしながら、プロキオンは己の分体に踏みにじるよう指示を出したのだった。

◇◆◇◆◇◆

『グオオオオオォォォッ！』

数十メルもある巨大な白色の竜のような生物が勇ましい咆哮を上げて、囮の拘束型の術式を次々に破壊しながら僕らに迫る。奴らが目と鼻の先まで到達した時、僕らの奥の手の魔道具の効果範囲に入る。

「かかったっ！」

もともと、囮の拘束型の術式は奥の手の魔道具の展開を隠蔽するための隠れ蓑。ここまでくれば、もう奴は逃れられない。周囲に設置しておいた拘束型の魔道具から幾多もの紅の蛇が伸長し、白色の竜のような生物と、その背に乗る目つきの悪い左右の口角が裂けた小柄な男へと纏わりつく。

「鎖ぃ？　無駄ぁっ！」

左右の口角が裂けた小柄な男は紅の蛇を引き千切る。しかし、蛇はさらに無数の蛇に分裂し、その全身を拘束してしまう。

「はぁ？」

初めて左右の口角が裂けた男の顔から余裕が消えて、両手で引き千切るがさらに蛇は分裂、増幅して覆い尽くそうとする。

これこそが、この魔道具――【大食の炎蛇】の真骨頂。被拘束者の魔力を食らって際限なく増殖し対象者を雁字搦めに拘束する。そして――。

「この地を這う蛆虫どもが、舐めるなぁっ！　俺様は伝説の魔王、真なる魔王《トゥルース・アークエネミー》だぞっ！　下等生物ごときの術でこのプロキオン様を傷つけられるわけがねぇだろっ！」

プロキオンがそう叫んだ直後、紅の蛇たちが急速に膨張し、世界は真っ白に染め上げられる。一呼吸遅れて耳を弄するがごとき爆音と全てを吹き飛ばす爆風が吹き荒れる。

荒れ狂う暴風が収まり、ようやく土煙が収まる。僕らの眼前には、底なし沼があった場所に半球状のクレーターが出来上がっていた。

「す、すげぇ……」

クロコダスのたっぷりの畏怖を含む呟きに、

「あの巨体を全部吹き飛ばしやがった」

ブーも大きく頷き、感想を述べる。

「でも消し飛ばしたのはあくまであの木偶だけ。本体はまだ健在だよ」

「俺には既に虫の息のように見えるが……」

キージがボソリとそんな感想を述べる。

プロキオンの四肢は根元から千切れ、内臓が見え隠れしており、顔面は半分以上がドロドロに熱で溶解している。確かに、かなりのダメージを負っているようには見える。

もっとも――。

「いや、そうでもないようだよ」

千切れた四肢の断端、溶解している腹部や頭部からは白色の細かな糸状のものが多数生み出され、欠損した部分を急速に修復していた。

仮にも魔王を名乗るのだ。この程度で終わらないことくらい端から想定済み。これからが本番というやつだろう。何より、奴らの背後にはまだまだ魔王軍の大軍勢が控えているのだから。

「蛆虫ごときがぁっ！　この俺様に対する不敬、ただでは済まさねぇっ！　生きたまま――」

血走った両眼で僕を睥睨しながら、御託を宣っている奴から意識を外し、『模倣』により僕にとっての最強であるあの平凡な容姿の灰色髪の少年をイメージする。以前同様、胸の中心に熱い塊が生じグツグツと煮えたぎる。同時に内臓が、骨格が、血肉が軋み音を上げてこの世で最強の生物へと変質していく。

「――――」

怨嗟の声を上げるプロキオンに向けて大地を蹴り上げる。あっという間に、僕は宙に浮遊する奴との距離を食らい尽くして、眼前で右肘を大きく引き絞っていた。

「は？」

どこか間の抜けた声を上げる奴の右頬に渾身の右拳を突き出す。

パシュンッと何かが弾ける音とともに、プロキオンの身体は超高速で回転していき、背後の数千の魔王軍の軍勢を巻き込み、湿地に突き刺さる。爆発で同心円状に砂嵐が吹き荒れる中、僕は奴の傍まで落下する。

「ば、ばで――」

何か喚いていたプロキオンの頭部を鷲掴みにすると、上空に蹴り上げて、すぐに跳躍する。一直線に雲を突き破り、上空へ舞い上がった奴の背後までいくと、右回し蹴りをブチかます。

「がばぁっ！」

再度落下し、地面に頭から衝突する。深く抉れた地面の中心でピクピクと痙攣しているプロキオンに、以前カイトからお墨付きをもらった僕の作った魔法の剣を腰から抜き、魔力を込める。刀身から尋常ではない量の炎が発生し、それらは鳥の形を形作る。それを全力で地面にいるプロキオンめがけて放った。

『びばぁぁぁぁっーーーー‼』

魔王軍の大軍勢を巻き込んで、断末魔の声を上げて蒸発するプロキオン。強い安堵感の中、僕の意識はゆっくりと白色に染め上げられる。

◇◆◇◆◇◆

正直、この作戦に参加した魔物の誰しも、こんな結果は予想だにしなかっただろう。

相手はあの霧の魔王プロキオンと奴が率いる大軍勢。魔王軍の強靭さはノースグランドの魔物ならば、いや、この世界の誰しもが知っている共通認識。異界からの化け物である勇者でもなければ、渡り合うのは不可能とされる怪物。

その魔王はあっさり滅び、魔王軍の大部分が壊滅してしまう。それが一人の人間の青年によってだ。つまりだ。この世界の不変ともいえる常識はちっぽけな一人の人間の手により、粉々に砕かれてしまったのである。

「カイト殿、あれは一体何なんですっ⁉」

サイクロンが左の人差し指を今も地面に仰向けに横たわるギルに向けつつ疑問の声を上げる。

「人間だ。それは俺が保障しよう」

カイトは先ほどまでの不機嫌な様子から一転、まるで玩具を与えられた幼子のように無邪気な笑みを浮かべながら、そう断言する。

「あれが……人間？」

クロコダスの乾いた声に、

「ああ、ギルは人間。しかも、この世界ではギルは決して強者ではない。そんな、ギルにあっさり敗れるほど弱いところからして、プロキオンが闇の魔王を倒したというのも質の悪いデマ。大方、親の七光りで魔王にでもなった最弱の魔王というところか」

カイトのそんなとち狂った見解に、皆が当惑気味に顔を見合わせる中、

「カイト殿……貴方、それを本気で仰っているのか？」

サイクロンが頬をヒクヒクさせながら、カイトの発言の真意を問う。

このサイクロンの疑問は、この場の皆の共通に認識。だってそうだろう？　触れただけで全てを崩壊させる白霧に、全てを踏み潰す竜のような巨大な生物、数千にも及ぶ魔王軍の大軍勢。どう考えても弱くなど見えなかったのだから。

「もちろん、本気だとも。だが、あの魔王モドキ倒してすぐ気絶してしまうとはな。ギリギリ、及第点というところか」

槍をクルクルと回していたが、突如遠方から地面を抉りながら迫る紅の光線。

「……」

カイトは小さな舌打ちをすると、その姿を消失させる。

刹那、耳を弄するがごとき轟音と爆風が同心円状に吹き荒れる。

ヒュッという風切り音とともに、視界を遮っていた土煙が晴れて、ギルの前に槍を片手に佇むカイト。そしてそのカイトの視線の先には、鉄の棒を抱えた奇妙な恰好をした優男が佇んで

おり、

『ほう、このバルトスの魔弾を防ぐか。貴様、この世界の土地神か？』

興味深そうにカイトを眺めながら問いを発する。

（な、なんだ、あれはッ⁉）

視線を向けられたわけでもない。なのに、バルトスと名乗りを上げた優男を一目見るだけで背筋に氷柱を突きつけられたような痛みにも似た圧倒的な圧迫感《プレッシャー》が襲い、思わず膝を突く。

キージだけではない、ブーも、サイクロンも、いつも強気なクロコダスも全員、ぬかるんだ地面に膝を突いていた。

（違う！　あれはあまりに違いすぎるっ！）

迫っていた魔王プロキオンとも、凄まじい身体能力を持ったギルとも、過去に出会った人類最強クラスの人族のハンターとも明確に種類が違う。この世の理不尽をより集めたような存在。最もふさわしい言葉をキージは、過去に知り合ったハンターから聞いて知っている。それは――この世界を統べる神、超越者《トランセンダー》！

もっとも、可視化すらできるプレッシャーの暴風雨の中、カイトはまるでバルトスを虫けらでも見るかのような目で見ながら、

「ふむ、サイクロン、お前との約定があったな。ギルの不始末はこの俺が責任をもって処理しよう。まあ、こんな妄想好きの雑魚魔物では張り合いがない事この上ないがな」

つまらなそうに独り言ちる。

バルトスはしばらく、呆けたような顔をしていたが、

『こ、この私を雑魚魔物だとぉ！』

怒髪天を突くがごとく剣幕で怒号を上げる。たったそれだけでバルトスから漏れ出した赤色のオーラにより地面が陥没し、巨大なクレーターが生じる。

『ひっ⁉』

『ぐひぃっ⁉』

魔物たちが恐怖の籠った悲鳴を上げる中、

「そんなところが、雑魚だというのだ」

たっぷりと侮蔑の籠った声でカイトがそう吐き捨てた時、カイトの姿はバルトスと称した男の背後にあった。

『え？』

バルトスが間の抜けた声を上げた直後、その高かった鼻がポトリと地面に落ちる。噴水のように飛び散る鮮血に一息遅れて、

『ぐぎゃあーーーー！』

絶叫を上げるバルトス。

「だから痛がっている暇があるなら、反撃の一つでもしてみせろ！」

カイトは苛立ち気に左手でその髪を鷲掴みにするとその腹部を蹴り上げる。

『げはっ！』

弓なりにバルトスの身体は上方へ持ち上がる。カイトはまるでゴミでも投げるかのように地面へと放り投げた。

大きく放物線を描くように、背中から地面に叩きつけられるバルトス。

『……』

バルトスが必死の形相で頭を振って起き上がった時、眼前にいるカイトと視線がぶつかる。

『ぐひっ⁉』

押しつぶされた雨蛙のような悲鳴をあげつつ、弾かれたように背後に跳躍して忽ちその姿を消失させてしまう。

次の瞬間、湿地帯の地面を蒸発させ、カイトへと突き進む強大な赤色の閃光。

「くだらん児戯だ」

怒気を隠そうともせず、カイトはその閃光を槍で絡めとり、

「返すぞ」

槍を振りぬく。赤色の閃光は黒色に染まり、まるで時間を遡行するかのように返っていき、大爆発を起こす。遥か遠方にはドーム状に赤黒色の炎が燃え盛り、稲光のようなものが至る所に走っていた。この世の終わりのような光景を前に、

「まさか、これで虫の息か？　流石にそれは雑魚すぎるだろう」

カイトはどこか落胆したかのように、小さなため息を吐くと、その姿を消失させてしまった。

「「「……」」」

あまりの事実に、誰一人として声一つ上げられない。というより、何を話せばいいか分からないと言った方が良いか。

「おい、キージ、あいつは何なんだよッ⁉」

血走った目でクロコダスが、キージの胸倉を掴むと怒声を浴びせてくる。その顔にあったのは濃厚で抗いがたい恐怖。クロコダスだけではない。サイクロンも、カイトを慕うブーですらも、例外なく同じ感情を示していた。

「俺にもよく分からなくなった」

あのバルトスは間違いなく強かった。対面しただけで首を垂れざるを得ない圧倒的強者。あの魔王プロキオンやそれを討伐したギル、キージたちがこの世界最強のハンターと思っていたマリアでさえも足元にも及ばないことは本能で分かった。おそらく、あれは、キージたちとは別次元の存在だったんだと思う。

そのイレギュラーをカイトはまるでムシケラでも踏みつぶすがごとく蹂躙した。これは確信だ。カイトは魔物ではなく、もっと巨大で触れてはならぬ何か。

中央教会の襲撃者よりも、あのバルトスの方が強い。というより、一目見れば器自体が違うことは明白だ。カイトは、その中央教会の襲撃者に一族が皆殺しになって逃げてきたと説明した。これが偽りであることに、もはや疑いはない。つまり、カイトは――。

「あの御方は神だ……」

両手を組んで祈りながら、リザードマンの部族長が丁度キージが到達した結論を小さく呟く。

騒めきが広がる中、

「まさか、あいつも?」

ギルに視線を固定しながら、クロコダスが声を震わせる。

「いや、ギルは違うさ」

「なんで、そう言い切れるッ!?」

「もし、ギルがカイトのような存在なら、あんなふうに無防備に気絶したりしない」

カイトがこの世の誰と戦っても、あんな弱々しい姿を晒すとはどうしても思えない。

ギルは人間。この世界で苦難に悩み、誤り、挫け、そして泣きながらも立ち上がるそんなキージたちと同じ世界の住人だ。頭の天辺から足の爪先まで超越者《怪物》であるカイトは違う。そうキージは、確信できていた。

「カイトさんの異常さは、最近俺も薄々気付いていたがよ」

ブーは鼻を右手で擦って得意そうにキージに同意する。

「確かにな……俺たちを襲った魔族を、薄ら笑いを浮かべて一方的に切り刻むあの姿を見れば、普通ではないのは一目瞭然だろうよ」

サイクロンも顎を摩りながら頷く。なるほど、サイクロンたち、サイクロプス族があれほどカイト、一柱《ひとり》を恐れていたのはそういうわけか。

「ともかく、少なくともギルが今我らに敵対する意思がないことは分かっただろう?」

バルトスとカイトの無茶苦茶ぶりで大分薄れてしまったが、あの霧の魔王プロキオンは間違いなく強い。プロキオンは闇国を侵略して支配権を獲得したのだ。つまり、プロキオンが闇国の王、アシュメディアに勝利したということ。その事実は、プロキオンが魔王としても相当な強者であることの証明であるといえる。そのプロキオンをギルはいとも簡単に倒してしまう。そんなギルが敵対するつもりならとうの昔にノースグランドの魔物は滅んでしまっている。

「「「「……」」」」

誰もが複雑な表情で、無言で肯定する中、

「ギルが我らに敵対するつもりなら、とっくの昔に力ずくで行動に移している。それに、ギルがあの力を使用するとその反動で数日間活動不能となる」

噛みしめるように、重要事項を指摘する。

「制限付きの力ってことか？」

「そうだ。あの力は以前も使ったからまず間違いない。数日間、歩くことにもままならなくなるだろうよ。つまり、ギルは我らを信じてあの力を使ったってことだ」

キージの言葉に、サイクロンは陰と陽の交じり合った複雑な表情でギルを眺めていたが、

「今敵対していないのは認めよう。だが、やはり、信用はできん！」

ぶっきらぼうに声を張り上げる。

「それでいいさ。もとより知り合ったばかりの俺たちが信頼し合えると考える方がどうかしている。ゆっくり見極めて行けばいい」

キージの言葉にサイクロンが奥歯を噛みしめる。

キージは苦笑しつつも、パチンと両手を鳴らすと、

「さあ、勝利宣言だ」

沼地を背に全魔物をグルリと見渡すと、

「我ら魔物の勝利だっ！」

キージは右拳を高く上げて勝どきの声を上げる。僅かな静寂の後、湿原の戦闘に参加した魔物から割れんばかりの歓声が上がったのだった。

◇◆◇◆◇◆

同心円状に綺麗に蒸発した湿原のど真ん中でバルトスは仰向けに倒れ伏していた。その全身は超高熱で炭化して両腕両足は溶解している。

「こんなもので死に体か……」

私は奴の術を、少し色を付けて返してやっただけだ。それだけでまさか瀕死の重傷を負うとは、夢に思わなかった。

「マスター、こんなに早く本性を見せて、今後どうするつもりであるか？」

アスタが私の傍に転移してくると、意味不明な問いかけをしてくる。

「本性？　どういうことだ？」

アスタは暫し、私の顔を覗き込んでいたが、深いため息を吐くと、

「やっぱり、お気付きではなかった。マスターの先ほどのちゃぶ台返しにより、計画は無茶苦茶である。計画の大幅な変更が迫られているのである」

もはや虫の息であるバルトスに視線を落としながら断言してきた。

「はあ？　私はサイクロンとの約定通り、このゴブリンモドキを討伐しただけだぞ？」

「それを本気で仰っているところが、マスターの恐ろしいところである。それはどう控えめに見てもゴブリンではないのである」

呆れ果てたように右手で眉間を摘みながら、顔を左右に大きく振る。

「こいつ……新種のゴブリンではないのか？」

頭に角があるし、肌も赤い。ゴブーザから赤色の肌は、ゴブリンの最終進化だと聞いていた。このタイミングだし、これって魔王モドキ、プロキオンの子飼いの魔物だろうと思い込んでいた。

ノースグランドの魔物の強さをどういうわけか、私には全く感知できない。おそらく、人と同程度の知能と理性があり、人と変わらないからだと私は予想していた。

それ故に、力を感じ取れるバルトスという魔物は理性か知能に乏しい新種のゴブリンなのだと踏んでいたのだ。

ほら、進化しても知能や理性が増すとは限らないだろう？　現にあの悪質ダンジョンでも最下層にいた魔物どもの中にはおおよそ理性というものが存在しないクズはいたし。

「それは悪軍将官、バルトス。かなりの上級将官である」

「こいつも悪軍なのか……」

また、あの悪がどうとかいう組織か。とことん私のやることに首を突っ込んでくる奴らだ。いっそのこと、徹底的に滅ぼしてやろうか？

いかんいかん、最近、ギリメカラたちの物騒な思考回路が移ってしまっている。これでは、ただの危ない奴だ。

「で？　今後、どうするつもりであるか？」

「どうするとは？」

「マスターの一連の三文芝居は、此度、魔物どもに見事にバレてしまったのである」

「そんなに分かりやすかったかね？」

いくらなんでも、三文芝居は酷いんじゃないだろうか。私の渾身の演技だったんだが。

「さっきのアレは吾輩から見ても、異常極まりないのである。あの魔物どもなら猶更である」

「そうか……ならば、もう戻れんか」

悔しいが、アスタは他者の強度や能力の解析ができる。私よりは、少々強さを感知する能力に優れている。そのアスタがそう言うのだ。さっきのどうでもいい小競り合いも、魔物どもにとっては相当な異常事態なんだろう。

「ならば、もうあのお飯事《ままごと》は？」

どこかホッとしたような表情で、アスタは声を上ずらせる。

「致し方あるまい。計画を変更し、私は完璧に裏方に回る」

アシュにずっと一緒だと言ったばかりだったのだがな。舌の根の乾かぬうちにこれか……。ままならぬものだ。

「それで、あのバアルをどうするおつもりであるか？」

アスタもいつになく神妙な表情で尋ねてくる。

「ああ、ギリメカラから報告があったそのバアルとやらはこの私が責任をもって処理しよう」

今も向かっている奴は相当厄介らしいし、力が制限されているアシュでは、奴の相手は無理。私が処理すべきだろうよ。

私は目的の街、イクオリへと向かうべく走り出した。

◇◆◇◆◇◆

アシュとチャト、ターマ、コボルド族の女族長ハナのチームは、今目的の街に着いていた。

このチームの目的は魔王軍の侵攻より前に魔王の娘を保護ないし殺すこと。保護を強固に主張するアシュやギルに近いチャトやターマたちだけでは不安だということで、ハナが同行することとなる。彼女はギルが失敗した時に、アシュたちに代わって魔王の娘の殺害を強行するために選ばれた魔物だ。

街をグルリと覆う防壁から侵入して街の中の探索を開始する。

「こんな馬鹿なことが……」

ゴブリンと思しき魔物が人族とともに田畑を耕しているのを目にして、喉から驚愕の台詞を吐き出した。

そう。ここでは人も、魔族も、魔物さえも手を取り合って笑顔で暮らしている。ここはそんな到底混じり合うはずのないものが、絶妙に調和した街。

そして、ハナは人間とともに笑いながら、街の唯一の門から入ってくるコボルト族と思しき黒毛の青年を見つけると硬直する。

「う、嘘でしょ。クロ……兄ちゃん？」

ハナは掠れた声を上げて仮面を取り、走り出してしまう。

突然眼前に現れたハナに、人間と黒毛のコボルト族の男は身構える。黒毛コボルトの男は、すぐに目を細めると、

「ハナ……か？」

そう尋ねてきたのだった。


黒毛コボルト、クロの民家まで案内されて彼の話に耳を傾けていた。今は魔王の娘の保護が最優先。それは分かっている。でも、すんなり同行を受け入れたのは、この街を詳しく知るには彼から率直な感想を聞くのが最も正確だと、アシュはもちろん、チャトやターマも感じていたからだと思う。

「俺が部族長の跡目争いに敗れて失意のどん底で、森をさ迷っていた時、この街の神父、クリ

フトさんに救われたのさ。もちろん、当初は反発もしたし、疑念もわいた。でも、この街にしばらく住んでいたら、今まで自分が執着していたものが急に馬鹿馬鹿しく思えてきてな。以来、ここで生活している。何より今の俺には、命より大切なものがあるからな」

クロは隣の席で微笑を浮かべている青肌の女性と彼女が抱く子供を愛しそうに眺める。

「魔物と魔族との婚姻だけでも驚きなのに、子供ができる？　そんなの一族最大の禁忌じゃないかっ！」

ハナは、頭を両手で抱えてガリガリと掻き毟る。

「ハナ、ここは魔物も魔族も人間もないよ。普通に働くし、普通に飲みかわすし、普通に愛し合う。もちろん誰にも強制などされてやしない。皆、自らの選択だ」

クロのどこか、誇りに満ちた声色の言葉に、

「信じられない。いや、信じたくない。あの兄ちゃんが、魔族と添い遂げているだなんてっ！」

ハナはそう声を荒らげる。赤ん坊が泣き出すが、女性は優しそうに微笑み、ハナの隣に座ると、

「ほら、貴方のお姉ちゃんですよ」

今も泣く赤ん坊をハナの膝の上に置いた。

「……」

震える手でハナが赤ん坊を抱き上げるとピタリと泣き止み、スヤスヤと眠ってしまう。

「やっぱり、この人の妹さんですね。人見知りのこの子がこんなに簡単に懐くだなんて」

クスリと笑うと赤髪の女性は、ハナとアシュたちに向き直って、

「ようこそ、私たちの街、イクオリへ」

女性は快活にそう告げたのだった。


「ミトラが魔王の娘か。クリフトさんらしいな」

事情を聴いたクロは、苦笑をしつつもそう呟くと、顔を真剣なものへと変える。

「魔王軍の襲来。だとすると、さっき、イボルが血相を変えて街へ向かったのもそのせいか……」

そう独り言ちると、アシュたちに向き直り、

「今すぐクリフトさんに会って欲しい。あの人の言うことならば、この街の住人は素直に従う。避難誘導がしやすいはずだ」

懇願の言葉を発言する。そして、すぐに席を立ち上がると、隣の人間の女性に視線を落とす。

「分かっているわ」

女性は奥の部屋から羽織を持ってきて、クロに着せると火打石を打つ。

「そ、その羽織……」

「ああ、部族から追い出される時に、オヤジから餞別にもらったものさ」

クロはそう答えると、

「今すぐクリフトさんのところへ行ってくれ！　俺は街のみんなを説得して回る！」

茫然自失のハナにそう叫ぶと建物を飛び出して行ってしまう。

クロの奥さんから教会の場所を聞いて向かおうとするが、クロの民家の前で突然、ハナは立ち止まる。

「すまない。あたい……」

もうハナが何を言いたいのかは、痛いほど分かる。

「いいよ。教会にはボクらだけで行くのだ。ハナはクロの奥さんと赤ちゃんを守るのだっ！」

アシュの言葉に、

「ありがと……」

口元を震わせつつも、民家へ戻っていく。


ハナと別れた後、アシュたちはまるで誘い込まれるかのように街の中心にある教会の敷地内に入る。

教会の中には誰もおらず、隣の民家に入った時、黒装束を着た男女が奥の子供たちと赤髪の少女を守ろうと一斉にアシュたちに武器を向けてくる。

今アシュたちは、このミッションの当初から着ている、ギルの作った隠匿の効果のある黒色の魔法のローブに、フードを頭からすっぽりと被り、おまけに仮面をしている出で立ちだ。不審者然としている格好だし無理もないことかもしれない。

「今、魔王軍が南下している。ここは危険よ。すぐに退避して」

ターマが早口で最低限の必要事項を告げる。ターマは内心ではこの救出作戦には反対の立場だった。聖武神は魔物を敵視する神。だから、反対するのは魔物ならごく普通の発想。だから、もし、この街が魔族と魔物が共存しているような街でなければ、もっと冷静に対処できたのだと思う。でもクロたち、この街の一端に触れて、彼女も混乱しているのだと思う。

だって、それはアシュも同じ気持ちだったから。

「分かっているよ。でも、君たちがあの若造の軍を倒してくれる。だから、退避の必要はない」

まるで未来でも見たかのように神父はそう断言する。

「分かってるっ⁉　相手はあの魔王プロキオンの軍よっ！」

ターマが苛立ち気な声を上げるが、

「知っているさ。だが、これは既に決定した事柄。世界が決めた因果律である以上、それを変えることは何人にもできない」

噛みしめるように予言染みた台詞を吐く。

「あんたは――」

歯を剥き出しにして叫ぼうとするターマをチャトが抑えて、

「落ち着け、ターマ。悪いな、あんたら。こいつ、今想い人がその死地に向かっていて気が立っているんだ」

「想い人っ――ちょっと、チャト――」

慌てふためくターマに、

「いいから、あとは俺に任せろ」

チャトが仮面を外して猫の顔を晒して、

「俺はチャト、魔物の街の住人だ。あんたらは責任をもって俺たちが保護する。だから、大人しくついてきてくれ」

頭を深く下げた。暫し、神父は顎に手を当てて考えこんでいたが、

「いいよ。君らに従おう」

「クリフト殿っ！」

黒装束の女性が、激しい焦りの表情で声を発するが、

「大丈夫だ、ネイル君、彼らは信用できる。それにそれが君の切望の成就ともなることだろう」

神父はアシュをチラリと見ると、右手を上げて黒装束の女性ネイルを制する。

「君らについていくにつき、私から条件がある」

「条件？　なんだ？」

「君らについて詳しく教えて欲しい」

チャトがアシュたちを振り返り、同意を求めてくるのでアシュも大きく頷く。ターマもそっ

ぽを向く形で無言の同意をする。

「俺たちは――」

チャトはキャット・ニャーについての話を始めたのだった。

「魔物が街……しかも、その成立の中心人物が、記憶喪失の人間ギル？　つまり、人間が魔物の街の立ち上げに関わったと？　次から次へとイレギュラーばかりじゃないかっ！　悪の神のお次はこれか！　この世界は一体、どうなってしまったんだ⁉」

ネイルは頭を押さえて呻き声を上げてしまう。

「ええ、しかも……」

ネイルの側近の黒装束がアシュを見ながら口籠る。

「アシュ様と同名で、どこか面影のある容姿のガルーダ族の少女か。何か悪い夢でもみているかのようだ……」

ネイルは頭を抑えたまま、アシュとしてはリアクションに困る反応をしてくる。

アシュが仮面を外すとネイルは暫し硬直しながら顔を凝視してきたが、首を左右に振ってから挨拶を交わした。

「ともかく、このイクオリは先代魔王陛下の御意思でできた町。何としても守らねばならない！　そうと決まれば、そのキャット・ニャーに移ろう。私たちが殿を務める。パンピー殿もそれでよろしいな？」

ネイルの隣で腕を組んでいたカイゼル髭の男に同意を求めるが、勢いよく立ち上がって、

『この気配――くそっ！　遅かったかっ！』

両手を組んで印のようなものを結ぶと、ドーム状の青色の膜がこの場にいるアシュたち全員を覆う。

刹那――周囲が真っ赤に染まり、民家は塵も残さず蒸発してしまった。

湯気が風に吹かれて視界が晴れる。

「ッ⁉」

あまりの光景に言葉を失う。アシュたちを守るドーム状の結界を残して、丁度教会の敷地全体を覆うように真っ赤なマグマと化してグツグツと煮えたぎっていたのだから。

『やはり、裏切っておったか』

アシュたちの正面には長い耳に長い角を額に生やした男が、右手に持つ杖のようなもので左の掌を一定リズムで叩いていた。その周囲を取り囲む、青色の服を着た軍勢。

『バアル参謀長……』

パンピーの絞り出す声は小刻みに震えていた。

バアルは品定めでもするかのように、グルリとアシュたちを見渡す。視線を向けられただけで、アシュとパンピー以外の全員が、地面に這いつくばっていた。

そういうアシュもまるで金縛りにあったかのように、指先一つ動かすことができない。

『その娘か。天軍のちょっかいがかかる前に、とっとと用を済ませるとしよう』

右手の指をパチンと鳴らすと、パンピーの張った結界が消失し、

『ぐっ⁉』

次の瞬間、バアルの身体はパンピーの眼前にあり、彼の喉首を掴んで持ち上げていた。

『所詮、我が軍の恥知らずの部下というところか。張り合いもないな』

汚らわしいものでも見るかのようにバアルはパンピーを見上げながら、侮蔑の台詞を吐く。

てっきりアシュはパンピーが怒ると思っていた。

しかし、パンピーは口角を吊り上げて、

『それはそれは、お褒めいただき感謝いたします。バアル参謀長殿』

さも嬉しそうにそんな返答をする。

『なに？』

パンピーの言に眉を顰めるバアルの顔に唾を吐くと、

『そうだっ！　我が主、マーラ様は悪の大神！　あんな弱者しかいたぶれぬ卑怯者の集団なんぞでは断じてないっ！　そしてこのパンピーもまた然りっ！　我らはかつてから、あらゆる理不尽に悪を執行する信念をもって行動している！　貴様らのように、何の矜持もなく安全な場所でしか、力を奮えぬ臆病者ではないのだっ！』

目を光らせ、決死の表情で声を張り上げる。

『貴様ぁ……』

犬歯が伸びてまさに悪鬼の形相となったバアルは、パンピーの右腕を引きちぎる。切断面か

ら赤色の炎が燃え上がった。

『我が主は不滅だっ！　必ずや貴様らの喉首に手を伸ばしてくだされるっ！』

　眉一つ動かすことなく、パンピーは声を張り上げた。

『戯言をほざくな』

　パンピーの左腕を捩じ切るとやはり、炎が生じてその腕を燃やし尽くす。

『戯言ではない！　我らが主は、貴様らのようなこの世のクズを見逃すほど甘くはない！　今更泣いてももう遅いぞ！』

　事情を知らぬアシュにもパンピーの叫びは、負け惜しみにしかならないのは分かった。なのに、なぜだろう。どうしてか、パンピーの台詞には強烈な真実味があった。

『黙れと言っているだろう！』

　バアルは苛立ち気にパンピーの両足を右手のステッキで爆砕させる。

『ほら、後ろ』

　炎が燃え上がって既に死に体のパンピーが背後を見ながらそう呟くと、弾かれたかのようにバアルは後ろを振り返る。

『くははっ！　臆病者がぁっ！　悪の参謀長が聞いて呆れるッ！』

　してやったりと大声で笑うパンピー。

『貴様ぁ！』

　顔にいくつもの血管が沸々と沸き上がり、バアルの右の手刀がパンピーの胸へと突き刺さる。

それでも――

『バルハラでお前らの情けない顔を見ていてやるよっ！』

狂喜の表情で笑いながら、そんな捨て台詞を吐きながら燃え上がる。

『ムシケラごときがっ！』

バアルが乱暴にパンピーを地面に放り投げた時、鼻の長い怪物によりパンピーの身体は抱きかかえられる。そしてその傍にいる薄茶色の髪をおかっぱ頭にした背から羽を生やす少女を視界に入れた時――。

「ハジュ？」

アシュの口から出たどこか懐かしい見知らぬ名前。直後、アシュの意識は真っ白に染め上げられていく。

◇◆◇◆◇◆

私がイクオリに着いた時、金の刺繍が刻まれている黒色の軍服を着た、長い耳に長い角を額に生やした男を先頭とする集団にアシュたちは包囲されていた。

当初はすぐに助けに入る予定だったが、カイトの姿で出て行けば話が益々ややこしくなる。さらに、カイ・ハイネマンの姿もアシュに見られれば、アシュの私たちに関する記憶が強制的に戻る可能性がある。それではアシュへ課した試練の意味がなくなる。

　もっとも、私の本心では今回の試練にアシュを加えたくはなかった。何せアシュにはあの馬鹿王子のように非など一切ないのだから。それでもこの試練を強行したのは、アシュの過去の記憶が一向に戻らなかったから。精神のエキスパートであるサトリですら匙を投げるほど、アシュの記憶の回帰はとっかかりすら得られなかったのだ。

　正直、今のままでもアシュは十分幸せなのではないか。そう考える自分もいる。だが、記憶とは経験であり、出会いであり、存在の在り方だ。私が結局この世界の友との記憶を失わなかったことで、強い執着を覚えているように、彼女にも過去に掛け替えのない大切なものがあったはずなのだ。

　そして、皮肉なことに今彼女の中にある執着が、過去の記憶の回帰を邪魔している。つまり、その執着が解消された時に、本来の彼女の記憶と人格が戻る。そうサトリは推測した。サトリは精神研究のスペシャリスト。サトリがそう言うならそうなのだろう。それ故に、その執着が何かを調べようとした。

　その解決策としてこの試練を提案してきたのが女神連合であり、それをスパイ、ギリメカラたち数人も了承する。今回こんなややこしくも回りくどい役を演じなければならなくなったのは、そんなわけだ。まあ、アシュには私も相当世話になった。アシュが本来の自分を取り戻せるなら、この程度の協力は惜しまないさ。と、言いつつ、私のミスで計画の変更を迫られてしまったわけだが。

　そんなこんなで今回も様子を窺っていたのだが、パンピーという魔物が殺されそうになる一歩手前でギリメカラとハジュが出現して庇い、ハジュを目にしたアシュが気を失ってしまう。

もちろん、ギリメカラやハジュもアシュに目撃されれば記憶に支障をきたすことは重々承知だし、そもそも結果的にこの場の誰も死なせる気はなかった。肉体が滅びる直前に時を止めて異空間に収納しヒーリングスライムにより癒す手筈であったのだ。

それでも、二柱《ふたり》が出現したのは、パンピーのさっきの行動故。たとえ助かると分かっていても、友がいいように嬲《なぶ》られることに、我慢がならなくなったのだろう。

「マーリ、お前は本当に良い配下を持ったよ」

そう呟きながら私はサトリに、この場にいる全ての者の気を失わせるように指示をして、カイ・ハイネマンの姿で姿を現す。

『貴様、ギリメカラに、波旬かっ⁉　なるほど、貴様らやはり――』

「五月蠅い。今の私は気が立っている。少し大人しくしていろ」

眼球を向けて睨みつけただけで、バアルはビクンと痙攣をして背後に跳躍して杖を構える。

私を目にするその顔は、突然猛獣にでも遭遇したかのように驚愕に歪んでいた。

『御方様の至高の計画を妨げてしまった愚行、申し開きもございません』

ギリメカラが苦渋の表情で私に首を垂れると、

『ごめんなさいなのかしら』

ハジュともども謝意を述べてくる。

「いやいいさ。その漢はマーリの大切な友だ。保護して丁重にもてなしてやってくれ」

「承知！」

私の背後に跪いていたスパイにそう指示する。刹那、ギリメカラの腕の中にいたパンピーの姿がスパイとともに煙のように消失する。

「さてと、あとはお前らだな」

私たちを包囲する青服の連中をグルリと眺め回す。

本当に力のない雑魚。というか、あのバアルという魔物も弱いが、他の魔物どもは、そもそも違いが分からない。もちろん闘争など成立しようもないわけだが。

『お前、誰だ？』

神妙な顔で尋ねるバアルに、

「答える必要性を感じんね」

どうせ死ぬ奴らに答える意味などない。それに、こいつは私が最も嫌悪する類の魔物だ。会話することすら億劫だ。

『ムシケラめ、驕りがすぎるぞっ！　貴様など道端を這う蟻にすぎぬっ！』

奴はまるで自分を奮い立たせるかのように、怒声を上げつつ左目に魔法陣のようなものを浮かび上がらせて私を凝視する。確か、あれはアスタが使う他者の鑑定の能力だな。

『は？』

忽ち、バアルの顔色が土気色を通り越して死人のように真っ青となり、

『はあ――――ッ⁉　な、なんだ、これはッ⁉　こんなの――あり得てたまるかっーーー！』

玉のような汗を滝のように全身から流しながら、金切り声を張り上げる。

うーん、なんか、この展開って強烈な既視感があるな。

「気が済んだか？　なら戦え。お前には私を不快にさせた責任を是非とも取ってもらう」

『くそっ！　あのクソピエロめぇっ！　こんな真正の化物《ばけもの》が、このゲームに参戦しているとは聞いていないぞっ！』

悪態をつきながらバアルは右手を上げる。刹那、私たちに向けて一斉遠距離攻撃をしてくる青服の魔物ども。その混乱を利用してバアルと半数の青色軍服の魔物どもが、この場を離脱しようとする。

私に向けて放たれた稚拙な攻撃を全て雷切で切り裂いた時、頭上から落下してくる白色の炎。白炎は瞬時に逃げようとする軍服の魔物どもを真っ白な粒子へと変える。

『んなッ⁉』

逃げようと背を向けた状態でピクリとも動けぬバアルと、攻撃を仕掛けてきた残存している青色軍服の魔物。

『お、おいっ！』

青色軍服の魔物が悲鳴じみた声を上げる。それと呼応するかのように、ぞろぞろと周囲を大きく取り囲む討伐図鑑でも最大勢力を誇るギリメカラ派の魔物たち。

『あ、あれはドレカヴァク中将かッ⁉』

魔物の一柱が叫ぶと、

『元【ルーイン】の隊長、ロノウェ様？』

茫然自失で呟く青色軍服の魔物。

『堕天使アザゼルもいるぞっ！』

『ふ、ふざけるなよ！　皆、一騎当千の伝説の悪邪の大神様方じゃねぇかっ！』

その台詞を契機に恐怖は伝搬し、混乱の極致と化していく。

私はバアルに雷切の先を向けると、

「分かっているよな？　もうどこにもお前らに逃げ道はない。お前らが生き残るたった一つの術《すべ》は我らを一人残らず殺すことだけだ」

奴らにその方法を懇切丁寧に教えてやる。

『た、助けてくれ！　俺は命令されただけ――』

命乞いを始めた青色軍服の魔物の首を切断する。

「命令？　そんなものが免罪符になると考えているのか？」

『ひぃっ！』

『いやだっ！　死にたくないっ！』

包囲する部下たちの合間を走り抜けようとする複数の青色軍服の魔物を【真戒流剣術一刀流】壱ノ型、――死線によりバラバラにする。

「逃がさぬと言ったはずだ。さあ、決めろ、戦って死ぬのか、それとも、為す術もなくこいつらに弄ばれて死ぬのか？」

奴らに死刑宣告をする。

『バアル様、我々はどうすればッ!?』

尋ねようとする魔物の首を飛ばして、

「自身の命運ぐらい自分で決めろよ」

強い口調でそう命じる。

ガチガチと歯を打ち鳴らしながら、震える両手で各々の武器を固く握り、

『くそおおぉぉっーーー!!』

ヤケクソのような台詞を吐きながら最も弱そうな私に襲いかかってくる青色軍服の魔物ども。

それを私は全て死線で細切れの肉片まで切り刻む。

「あとはお前だけだな?」

顔を恐怖に歪めて小刻みに全身を震わせるバアルからは、戦意をこれっぽっちも感じられない。というか、あれで演技なら逆に見習いたいものだ。何せ、私の演技はアスタから三文芝居と称されているからな。

「そうだな。多勢に無勢は私も本意ではない。もしこの場で一番強い私を殺せたら、お前を見逃してやろう。それでいいな?」

『御意！』

ギリメカラが叫び、ハジュを含んだ全員が私に首を垂れる。

『そんなの無理に決まってて――』

御託を述べようとするバアルまで迫ると、その足を払って地面に倒し、腹部を踏みつける。

周囲一帯が陥没して血反吐を吐くバアルに、

「御託はいいからやれ。それがお前に残された平穏へ戻るためのただ一つの道だ」

私は笑顔で有無を言わさぬ口調でそう命じると軽く蹴り上げる。

地面を何度もバウンドして、ギリメカラの創った呪界に衝突して仰向けに倒れるバアル。

『くそっー‼』

涙と鼻水を垂れ流しながら、起き上がって右手に持つ杖を掲げると私の頭上に黒色の雲が立ち込める。そこからニューと巨大な一つ目の生物が出てきた。

「雑魚が雑魚を呼び出してどうするよ？」

振り上げた巨大な両腕を振り下ろそうとする一つ目の巨人を、死線により細かな破片まで念入りに切り刻む。

『くそおっーー！』

私の四方に出現した無数の針の付いた黒色の大きな箱。それらが私を串刺しにせんと迫るが、

「くだらん」

雷切を鞘にしまい、箱を無数の針ごと両拳で蛸殴りにする。一瞬で弾け飛び、サラサラの黒色の砂となって崩れ落ちる黒色の箱。

『くそおぉっーー‼』

バアルが杖を上に向けると上空に現れる黒色の巨大な棺桶。その隙間から巨大な目が光り、

黒色の光線が私目掛けて殺到する。その光を左手で蝿叩きの要領で弾いて消し飛ばし、その棺桶を鞘から抜いた雷切で十字に切断すると粉々の塵となり消える。

『くそおぉぉっーーーーー』

渾身の力を振り絞っているのだろう。バアルの顔中に無数の血管が浮き出して呪文のようなものを唱え始める。

私の周囲に出現するいくつもの腕。その各腕の掌から赤色の光が一斉に私に向かって放たれるが、

「私に飛び道具は効かぬ」

それを【真戒流剣術一刀流】参ノ型、——月鏡により全て跳ね返す。しかも、全て私の魔力をたっぷり籠ったおまけつきで。

赤色の光は私の魔力で黒赤色に染まり、放った各腕に衝突し、蒸発してしまう。

『くそおおおおおぉぉぉーーーーーーー!』

ヤケクソ気味の絶叫を上げると、バアルはイクオリの街の方へ向けて巨大な炎弾を放ち、私に背を向けて走り出す。

炎弾を先回りして吹き飛ばすと同時に、奴の前まで移動してその両足を切断する。

『んなッ!?』

そして奴の脇腹に雷切を突きつけて、地面に縫い付ける。

「民間人に向けて攻撃した隙に逃亡しようとするか。お前、とことんまで不快な奴だな。もし

私に真っ向から向かってくれば、あ奴ら同様無難に殺してやったものを……ギリメカラ！」

『はっ！』

「こいつはお前の友の誇りを辱めた。だから此度はお前が処理しろ！　そうだな――ベルゼぇ！」

『お呼びでちょうか？』

私の前で跪くおしゃぶりを咥えた二足歩行の蠅、ベルゼバブ。

『べ、べ、べ、ベルゼバブぅっ――――――!?』

そう叫ぶバアルの顔から急速に血の気が引いていき、忽ち、太陽からも忘れられたような真っ青な顔となる。

「ギリメカラの制裁が済んだら、そいつに生き地獄をみせてやれ！　とことんまで妥協せず、徹底的にだっ！」

「はい、でちゅう！」

キシャキシャと嬉しそうに声を張り上げるとベルゼバブは私の影に身を潜ませた。

「では、ギリメカラ、後は任せたぞ」

『御意！』

そう叫ぶと次々に闇に姿を溶け込ませるギリメカラ派の魔物たち。

私は気絶した者たちへと近づいていき、その中にアシュを見つける。

「カイト、もっとギュとするのだぁ……」

そう呟きながら、幸せそうな顔でニヘラと笑うアシュに苦笑しつつ彼女に毛布を掛けてやる。チャトやターマ、子供たちや此度の保護対象だったミトラ嬢、初老の神父にも同様に毛布を掛けた。丁度皆に掛け終わった後、

「御方様、お話があります」

女神連合の盟主ネメシスが私の前に跪いていた。

「なんだ？」

「アシュの此度の試練のことです」

やはりそうか。ネメシスたちはアシュを相当気に入っていた。実のところ、アシュの記憶の回帰の必要性とその方法を私に説いてきたのは、彼女たち。ネメシスたちの様子からも、サトリの言う執着を解消する術がこの試練にある。

「記憶はまだ回帰してはいないんだな？」

「はい」

「そうか……まだ執着しているということか」

「ええ、彼女の強い想いかと」

ネメシスも神妙な顔で大きく頷く。やはり、彼女たちも私と同様の見立てということか。

優しいアシュのことだ。人と魔が互いに協力して暮らせる社会の構築に執着しているのだろう。私と出会った頃はその手の話題に相当思い入れがあったようだし。

もっとも、アシュは既にアメリア王国の高位貴族、ガラの信頼を獲得しているし、バベルも

その考えに異を唱えたりはしまい。魔族たちにとって水と油だった中央教会の人間の中にも、この街の神父のように魔族や魔物へも救いの手を差し伸べる者がいることを知った。

しいて言えば、故郷であると思われる闇国を霧の魔王プロキオン軍に占領されていることだが、それなら、ギルにより此度殲滅されたからすぐに記憶が回帰されるはずだ。

「此度のギルによるプロキオン軍の殲滅の話題に期待だな」

ネメシスは少しの間、私の顔を凝視していたが、

「きっと、いえ、誓って彼女の記憶はその話題では戻りません」

まるで彼女の想いを知っているようなネメシスの発言に、

「それはどういう意味だ？」

思わず聞き返していた。

「今までは単に彼女の願望。彼女の試練はこれからが本番なのです」

「本番？」

「はい。彼女はこの試練で選ぶことになるでしょう。己の想いか、それとも己の信念かを。いずれを選んでも答えなどありはしません。ただ私は彼女が悔いのない選択ができることを切に願っております」

ネメシスはどこか哀愁漂う表情で両手を胸に当てて瞼を固く瞑ると、噛みしめるように意味ありげな台詞を吐く。

「お前はアシュの想いとやらを知っているのか？」

「あくまで私の推測ですが、同じ想いを持つ乙女として、彼女の気持ちは嫌というほど分かります」

ネメシスは熱っぽい視線で見上げてくると私に語る。

「それは私にも言えぬことか？」

「はい。というより、御方様だから――いえ、なんでもありません」

「そうか……ならば無理強いはできぬな」

同じ乙女としてか。ならば、ネメシスは絶対に話すまい。

「試練の件でお約束を願いたいのです」

「約束？　なんだ？」

「この試練につき、彼女が答えを出すまで御方様には見守っていただきたいのです」

「要するに今後の試練の行く末を黙って見ていろと？」

「そうでなければ、この試練の意味がありません」

まいったな。あの馬鹿王子は兎も角、アシュには非が一切ない以上、危なくなったら即座に助けに入るつもりだった。それを傍観していろか……。

何より、アシュにはずっと一緒だと約束してしまっている。それを危なくなっても、助けに入るな、か。それはアシュとの約束を反故にすることを意味する。

しかし、それがアシュのためだというのなら……。

「それはギリメカラたち、他の派閥の連中も同じ意見か？」

「はい」

運命にでも取り組む表情で大きく頷くネメシス。ネメシスは確かに強引なところもあるが、ここまで頑なに主張することは滅多にない。何より、ネメシスは己の気に入ったものには過保護な傾向にある。間違っても理由なく、こんな危険な行為をさせるわけもない。しかも、各派閥共通の上申か。了承するしかあるまいな。

「分かった。お前たちに委ねよう。私は暫し、ことが起こるまでこの試練を見守るとしよう」

テトルとソムニの修行が思ったよりも早く進んでいると聞いている。どのみち、彼らの修行に専念しなければならなかったのだ。

「感謝いたします。では、我らも計画を次の段階に進めます」

私がいなくなることで試練の難易度が多少上がるが、それも致し方ないか。どのみち、あの馬鹿王子以外、誰も見殺しにするなとは厳命している。あとは、あくまで本人の主観の問題にすぎない。

「ああ、頼むよ」

私は今も寝ているアシュに近づくと、しゃがみ込み、その頭を撫でながら、

「約束を破ってすまない」

そう心の底から謝意を述べる。仮にも信頼してくれている者の気持ちを裏切るのだ。こんなもので許されるわけもないだろうが。これがアシュのためになるのなら……。

立ち上がり、

「では、後は頼むぞ」

ネメシスに託すと、

「はっ！　この誇りにかけましてもっ！」

右拳で自身の胸を叩きながら、そう宣言する。

ではさっそく弟子二人の本格的な修行を行うとしよう。私は彼女たちをネメシスに預けてリバティタウンへ帰還した。

◇◆◇◆◇◆

イーストエンド、リバティタウンの総合会議室の円卓には、世界でも有数の権勢を有する者たちのほとんどが茫然と空中に浮かび上がる到底あり得ぬ映像を眺めていた。

皆の視線の先にあるのは、霧の魔王プロキオンとその大軍勢を倒して気を失っている金髪の青年の姿。たった一人、顔を狂喜に歪めながらその光景を眺めている黒髪の巨漢。

「くふっ！　そうか、そうきたかっ！」

鉄仮面のように常に冷静沈着な男の普段では考えられない様相を、誰も意外には思わない。だって、出席した各々がそれどころじゃなかったからだ。現に……。

「あ、あれが、ギルバート王子？　いくらなんでもこんなの無茶苦茶だ……」

ガラ・エスタークが震えた声で、今映る現実を否定しようとする。

「カイの奴めっ！　やるとは思っていた！　いたが、まさかあの王子に魔王プロキオンを倒させるか、普通ッ⁉」

　血走った目で両拳によりテーブルを叩くラルフに、

「予想はしていましたが、やはり、あの御方は先が読めない。本当に想像すらつかぬことを平然とやってのける御方だ……」

　イネアが熱の籠った表情で全身を抱きしめると、しみじみと感想を述べる。

「ま、師父が関わっているしなぁ。あの程度の改造は、息を吸うようにするだろうさ。むしろ、差別主義者の権化であるあのバカ王子が、魔物を命懸けで救ったという事実の方が俺は意外だね」

　ザックはテーブルに右肘を突きながら、ぼんやりと呟くと、

「この数年の奴はそうだろうな……」

　ラルフも両腕を組んで微妙な表情でザックに同意する。

「うん？　あの王子、昔は違ったのか？」

　眉を顰めて問いかけるザックに答えたのは、現学院長のクロエ・バレンタイン。

「最近の彼らしくはありません。でも、バベルに入学した当初の彼なら、もし魔物を助けたと聞いても、今ほど意外性はなかったかもしれませんね」

　彼女は遠い目でどこか懐かしむように呟く。

「記憶を失って、過去の純真無垢な王子に戻ったと？」

ガラの疑念たっぷりの問いに、

「うんにゃ、人の本質などそう変わるものではあるまいよ。特に王子は既に根が腐りきってしまっている。今、記憶を取り戻せば、おそらく元に逆戻りじゃろうて」

ラルフは瞼を強く瞑って首を左右に振る。

「その通り。だから、この試練はここからが本番。そうでしょう？」

ヨハネスが会議室の大扉付近に視線を固定すると、そう問いかける。集中する視線の先には、紫色のスーツを着ている女性、アスタが佇んでいた。

「マスターはここからが真の試練と踏んでいるのである」

「今まで以上に難解なものになると？」

「次元が違うのである。あのお猿さんにとって勝算皆無のものとなるのである」

アスタの噛みしめるような台詞に、一同から血の気が引いていく。

「あの魔王プロキオンの撃退以上に難解な事態ぃ!?　そんなの想像すらできるかっ！　カイ、お前、王子に何をさせる気だっ!?」

頭を抱えてブツブツと呻き声を上げ始めるラルフに、

「ならば次の王子の敵は？」

震える声で躊躇いがちに問いかけるイネアに、

「知らぬが仏である。それでも知りたいならば、教えるがどうするであるか？」

アスタの意味深な比喩と確認に、イネアが壮絶に狼狽し、

「いーえっ！　微塵も聞きたくはありませんっ！」

裏返った声を上げて、その提案を否定する。

ザックさえも心底うんざりした顔をする中、アスタはこの中で唯一薄気味の悪い笑みを浮かべているヨハネスを目にして、大きなため息を吐き、

「なるほど、マスターが質の悪い化物と称する理由が分かったのである」

肩を竦めてそう独り言ちたのだった。

◇◆◇◆◇◆

闇国闇城の玉座の間には、悪軍の将官、将校たちがずらりと脇に並び、その部屋の隅には四本腕の魔族、ドルチェとその配下のものたちが並んでいた。

闇国闇城の玉座の間の高御座には悪軍六大将ロプトが座しており、その前に配下のバルトスが跪いている。バルトスの全身はいたるところが千切れかかっており、既に瀕死であることは誰の目にも明らかだった。傷つく配下を見るその顔は、普段陽気なロプトらしからぬ険しいものの。もちろん、ロプトが今にも死にそうな配下の身体を労わっているとか、もうじき到来する死を憂いているわけでは断じてない。ロプトはそういう大神ではない。その理由は、バルトスの語る報告の内容であった。

『天軍オーディンの罠にはまって奇襲を受けて、天軍の大軍に包囲されてしまい、バアル参謀

長は戦死。他の悪軍将官、将校たちも同様に戦死いたしました』

　騒めく王座の間で、ロプトが小さな舌打ちをすると、周囲の悪軍幹部たちは大慌てで姿勢を正し、直後、嘘のように静まり返る。皆ロプトが、壮絶に機嫌が悪いことを察したのだ。

『オーディン……あの女が出張ってきたか……隠密に秀でた奴なら我らが気付かないのにも納得がいくが……』

　親指の爪をガチガチ噛むロプトに、

『バアル参謀長は最後の力で私を逃がし、例の魔族の女をロプト大将閣下に届けるようにと……』

　バルトスは震える右手で印を描くと、眼前に出現するエプロンを着た赤髪の少女ミトラ。

　直後、バルトスは血反吐を吐いて崩れ落ち、サラサラと真っ白な砂となってしまう。

『マジかっ！』

　部下が死んだことなど歯牙にもかけず、ロプトは歓喜の表情で身を乗り出して左目に魔法陣を出現させて精査する。

　暫し、固まっていたが、次第に全身をプルプルと小刻みに痙攣させ、その顔は興奮で赤く染まっていく。そして――。

『よし！　よーーし！　これで完全な状態での「反魂の神降し」を発動可能となったたっ！』

　歓喜が爆発した。

『例のものをここにぃ！』

闇国の兵士たちによって運ばれてくる無数の口と目が付いた巨大な肉塊と宝玉。

『贄を捧げよ！』

ロプトが歌うように叫ぶやいなや、ミトラの全身が宝玉を運んできた闇国の兵士とともに浮遊する。

『うひぃ⁉』

悲鳴とともに、ミトラと兵士たちは肉塊へ近づき――。

――バクンッ！

肉塊が不自然に膨張して数メルほどの大口となってミトラと兵士たちを宝玉ごと呑み込んでしまう。

兵士たちの断末魔の声と、生理的嫌悪を掻き立てる咀嚼音が玉座の間に鳴り響く。

同胞が無残にも食われている様を見ても、四本腕の魔族ドルチェと配下の者たちは眉一つ動かさず、後ろに手を組んで直立不動で事の成り行きを見守っている。

その各々の目の奥にあるのは、強烈な決意と覚悟と――憎悪！

『さあ、餌もたっぷり補充したしぃ、始めますかねぇ！』

ロプトは玉座から飛び起きると、歌うような口調で舞《まい》を舞って、奇妙な詠唱を始める。

――この世で最も強き力は悪♬

――この世で最も尊きものは悪♬

――この世で最も純粋なものは悪♬

――それは我らの母にして、父。生まれ出でた理由にして、絶対の価値基準！

――この世の全てを絶望で塗りつぶそう！

――この世の全てを破壊し尽くそう！

――この世の全てに悪の華を咲かせよう！

――それこそが、我ら悪の作る楽園《パラダイス》！

――それこそが、我ら悪の軍の使命にして存在理由！

魔法陣から濁流のように流れる黒のオーラが肉塊を包み込み、グシュ、グチャという生理的嫌悪のする音とともに押しつぶされ、引き千切られていって、際限なく肥大していく。そして遂に肉塊は三体の怪物の形を示していく。

一体目、赤色の鎧に身を包んだ赤膚の三面の鬼の怪物、アスラ。

二体目、全身に紅の幾何学模様が刻まれた少年、アンラ。

三体目、背中から双頭の竜を生やした髭面の巨躯の翁、テュポン。

そして、詠唱を終えたロプトの粘土人形のような歪な体躯の全体に無数の亀裂が入ると、次の瞬間はじけ飛ぶ。そして、派手な衣装に身を包んだ道化師姿の男が佇んでいた。

『マジかッ！　まさか、いきなりルシファー以外、ボクら四柱が現界するかい！　マジでびっくりだね！』

アンラのはしゃいだ声色での言葉に、

『全くだ。中々やるじゃねぇか、えー、糞ピエロ！』

三面の鬼、アスラがピエロと呼ばれた道化師の背中をバンバンと叩く。

「まあね！　でも、流石の僕も一度に君ら三柱まで受肉できるとは思わなかったよ」

肩を竦めるロプトに、

『で？　儂等の此度の受肉、どうやったのじゃ？』

テュポンの素朴な疑問に、

「この世界に封印されていた特殊な鉱物を触媒にして、この闇国の魔王の血を引く女を贄に『反魂の神降し』を発動したのさ。ま、約一万の魔族たちと魔物の魂も儀肉鬼に食わせたんだけどね」

どこか得意げに宣うロプトに、

『封印されていた特殊な鉱物？　それが、僕らが受肉した原因かい？』

アンラが眉を顰めながら尋ねる。

「確かにこの世界では秘宝に属するものではある。だけど、僕らにとってはそこまで珍しいものじゃない」

『相変わらず、周りくどい奴だね。早く答えを言えよ』

不快そうにアンラが怒気を強めるが、

「短気は損気だよ、アンラ。その封印されていた珍しい鉱物は、あくまでこの世界へのゲートの出口をこの世界に形成させるものさ。つまり――」

『出口を固定してより受肉させやすくしたってわけ？　ふかすなよ！　それじゃあ、今回僕ら六大将の四柱の受肉が、その魔王の血筋一匹と一万程度の魔族と魔物の贄によりなされたってことになるっ！』

「嘘偽りなく真実さ。前にも言ったろ⁉　この世界には面白い駒がいるってさぁ！」

　クルクルと舞うと、両腕を広げつつも喜色たっぷりの声を張り上げる。

『限りなく悪と相性が良い魔族ってことか。どうにも信じられんが、実際に儂らが現界しておるし、そうなんじゃろうな』

　顎に右手を当てつつテュポンも、独言する。

『受肉した理由などどうでもいい！　俺たち六大将のうち四柱がこの世界にいる。それがただ一つの真実だっ！　もう、俺らの勝利は動かねぇ！　そうだろうっ⁉』

　アスラが六本腕の各拳を強く握り、他の六大将に同意を求める。

『相変わらず単純で羨ましいよ』

　呆れたようにアンラが首を左右に振り、

『じゃが、今回ばかりはその単細胞の言う通りかもしれんな』

　テュポンも何度も頷く。

「そうだねぇ。じゃあ、そろそろ、我らの本懐を遂げるとしよう」

　ロプトがニィと醜悪に顔を歪めると、パチンと指を鳴らす。

　床から真っ赤な鎖で雁字搦めに拘束された、左右の口角が裂けた小柄な男、プロキオンが出現する。

プロキオンは暫しボーと周囲を見渡していたが、身動きをしようとして鎖で縛られているのに気付き、

「こ、これはどういうつもりだっ⁉」

ロプトに食って掛かる。

『なんじゃ、この虫は？』

テュポンがさも不快そうに、ロプトに尋ねると、

「それは面白いゲームのエサさ」

弾んだ口調で返答する。

『あーあ、またロプトの悪趣味な遊びか』

「おい、答えろよっ！」

『うるせえぞっ！　ムシケラがっ！』

アスラの三面の顔が怒りの面に変わり、ビリビリと大気を震わせるほどの大声を発する。怒声により、闇城の壁に大きな亀裂が入り、

『ーーっ⁉』

プロキオンの胴体がグシャグシャに拉げる。悲鳴を上げる暇もなくピクピク痙攣するプロキオンを目にして、

『ゲームのエサを壊してどうするのさ……』

半眼で非難するアンラに、

『う、うるせぇ！　てめえらだって騒々しいって思ってただろ！』

「構わないよ。今の僕らにとって命など玩具。そうだろう？」

ロプトがパチンと指を鳴らすと、まるで初めからなかったかのように、プロキオンの傷はあとかたもなく消失する。

「……」

ガタガタ震えるプロキオンなど見もせずに、ロプトは部屋の片隅で直立不動の姿勢をとっている四本腕の魔族、ドルチェとその配下の魔族に真っ赤な瞳を向ける。

『へー、あれ、中々面白い改造しているねぇ』

アンラの好奇心たっぷりの感想に、

『羽虫の強さはよく分からねぇ。結構やるのか？』

『ああ、僕らの軍の少尉くらいの力ならあると思うよ』

『雑魚じゃねぇか！』

『まあ、僕らからすればね』

『そんな雑魚を使って、ロプト、お主どうするつもりじゃ？』

「ドルチェ君、これを喰らいなよ。いくつかの実験で判明した事実さぁ。魔族が魔族を喰らえば、その力は爆発的に上昇する。これは腐っても魔王。君はもう一段、いや、数段上の高見に上り詰められるっ！　もちろん、ドルチェ君が残した残飯は君らも食っていいよ」

『はっ！』

ドルチェは何の躊躇いもなく、プロキオンに近づいていく。そして、ドルチェに続く彼の部下の兵士たち。

「じょ、冗談だろっ⁉」

無言、無表情で近づくドルチェたちに、悲鳴にも似た声を上げるプロキオン。

「く、来るなぁっ！」

その拒絶の声を契機にドルチェの顔が不自然に膨れ上がり、その大口でプロキオンの身体にかぶりつく。

悲鳴と絶叫が上がり、ドルチェにプロキオンは食われていき、その飛び散る肉片を喰らうドルチェの部下の兵士たち。

ドルチェの動きがピタリと止まり、喉を狂ったように掻き毟る。その全身に浮かぶ、いくつもの真っ赤な血管。それらが脈動して鼻が長くなり、口角が大きく裂けていく。全身から生える鋼のような獣毛。忽ち、強大な獣のような姿となり、天へと咆哮する。

他のドルチェの部下の兵士たちも同様に、獣のような姿で吠え声を上げる。

「さあ、ドルチェ君、君らは晴れて超越者《トランセンダー》の仲間入りを果たした。悪の矜持に基づき、この世に破壊と絶望を与えたまえ！」

『承知！』

ドルチェが姿勢を正して跪くと、他の兵士たちも一斉にそれに倣う。

『こいつら使ってどうするつもりだ？』

『戦力の増強って……僕らが受肉した時点でもはや勝負はついているだろうに……』

『全くだ。その病的なほどの臆病さ、どうにかならんのか？』

うんざりするようなテュポンの発言に、

「臆病とは失礼だねぇ。危機管理能力に優れている。そう評価してもらいたいもんだよ」

カラカラ笑いながら、今も微動だにせず、跪くドルチェに右手のステッキを向けると、

「君は引き続き、魔物どもの集落を襲って贄を捕獲してきなさい。やっぱり、闇国の魔族、霧国の魔族、魔物を二対一対一で贄にするのが一番いいみたいだからねぇ」

『我らが神のお望みとあれば！』

そう叫ぶと、立ち上がり一礼をすると隊列を組んで王座の間を出ていく。

ロプトは他の六大将を見渡すと、パンパンと両手を鳴らして、

「さあ、ゲームの開始だ。皆、気張って悪の限りを尽くそうじゃないか！」

歓喜の表情で右拳を振り上げて、そう促したのだった。


——その通り。これは確かにゲーム。だが、本質はあくまで愚かな王子の命を賭けた敗者復活戦。それ以上でも以下でもない。仮に彼ら悪軍の大将たちが、愚かな王子を殺して悪の限りを尽くしたとしても、彼らは彼ら以上の悪の存在により地獄の底へと叩き落とされる。

そう。彼らの敗北は既に決まっている。その事実を彼らはまだ知らず、滑稽に最悪の怪物の

掌の上で踊り始める。その踊りながら向かう先は、死より辛く恐ろしい悪夢への旅。

知らぬが仏。まさにそれを体現したゲームの歯車はこの時、軋み音を上げてゆっくりと動きだす。

◇◆◇◆◇◆

広がるのは、硫酸でできた天然の湖。他の有毒ガスも常に発生しているから、通常の魔物たちはこの近くには絶対に近寄らない。ノースグランド北西部にあるこの危険極まりない酸の湖の前にはポツンと小さなコテージが建っていた。

この本来誰も住めぬはずの死の大地に建つコテージ周辺の空間は、討伐図鑑の中でも多才な能力を有するギリメカラが構築した呪界により、念入りに保護されており、たとえ湖が消し飛んだとしてもビクともしないものとなっている。

コテージの中にある円形のテーブルの一席に座る最強の怪物、カイ・ハイネマン。そしてその隣でファフが好物の鶏肉を食べていた。

「美味いか？」

ファフの頭を撫でながら問うカイに、

「美味しいのですっ！」

元気よく右手を上げて、快活に答える。

カイが、カイトとして行動している間に、ご主人様欠乏症を発症して壮絶にいじけてしまったファフに、カイが特製の手料理を振る舞ったのだ。このご機嫌さからも、どうやらカイの懐柔策戦は功を奏したようである。

遂にカイに寄りかかって食べ始めるファフに、カイは苦笑しながら、眼前で跪くギリメカラに視線を向ける。

『御方様、仕込みにより、悪軍六大将をこの地に呼び出しました』

「ご苦労さん。しかし、悪軍ってあのゴブリンモドキや根性なしの雑魚魔法使いの仲間だろ？そんな輩を呼び出して試練になるのか？」

カイ・ハイネマンの疑義に、

『おお、流石は我が至高の君ぃ！　悪軍六大将も御方様からすれば羽虫にすぎぬッ！』

両手を組んで涙ぐむギリメカラ。

「もう、その手の非常識な会話はお腹いっぱいなのである」

この光景を目にしたアスタロスが、首を左右に振ってそんな皮肉を口にする。

「それにしても、滑稽だな。魂のない人形かどうかの判別すらつかぬとは……」

カイのどこか嫌気がさしているかのような態度に、

「バアルの肉体にマスターが魔力を込めて造ったあの悪質な玩具であるか……あの精度ともなれば、気付けるものはこの世広しといえど限られているのである」

アスタロスが反論する。

「その師父が倒したバアルとかいう奴、悪軍でも相当の強さだったんだろ？」

「六大将の次席の地位にあるものである」

「うへぇ……そりゃあ、そんなバケモノを原料に師父がいじくれば、この世のどんなものでも呼び出せるだろうさ」

げんなりしながらのザックのしみじみとした指摘に、

『同感だ。ま、あ奴を知る者として微塵も同情だけはせぬがな』

ネメアが難しい顔で頷きながら、そう吐き捨てた。

「そんなにムカつく奴なのか？」

『弱者をいたぶることが生きがいのような奴だ』

「悪軍って、そんなのばっかかよ。だとすると奴らの行き先は一つか」

ザックがカイの様子を窺いながら、ボソリと呟くと、

「そうであるな」

アスタロスもカイを横目で見つつ、頷く。

「闇国の住人の保護はどうなっている？」

カイの問いに、

『全て我が呪界の中で眠りについております』

ギリメカラが即答する。

「計画通りということか。あとはドルチェという魔族の襲来をギルたちが無事撃退できるか、

だが？」

「「……」」

『『……』』

カイの問いに途端にコテージ内が気まずい沈黙に包まれる。

「なんだ、そんなにその魔族、強いのか？」

「少なくともバアルやバルトスよりは弱いのである」

「なんだ、大したことはないではないか。魔物どもはともかく、ギルならなんとかなるんじゃないのか？」

カイの台詞に、苦笑いをする者、呆れ果てたように首を左右に振る者、畏敬の念を覚える者、そして感激に涙して震える者。

三者三様のリアクションをとる中、

「ともかく、ここが最終試練のゴール。それでいいんだな？」

『はっ！　その通りでありますっ！』

「ならば、約定通り、私はこの地で待つとするよ」

カイは食べ終わって自身の膝を枕にして眠ってしまったファフの頭を撫でながら、そう宣言する。

この場の全員が立ち上がって、カイに深く首を垂れる。

◇◆◇◆◇◆

……討伐図鑑からの通告――ギルバート・ロト・アメリアと主人、カイ・ハイネマンとの魂の連結度の上昇のため、封印中の記憶の一部が解放されます。

――記憶解放一〇％

気が付くと僕は、煌びやかな装飾のなされた一室におり、趣味の悪いゴテゴテした椅子にふんぞり返っていた。

「で？　帝国は約定に合意したんだろうな？」

僕の口から飛び出す疑問に、口髭をカールにしたおかっぱ頭の男が右手を胸に当てると、

「はい。グリトニル帝国はローゼ王女と帝国第三皇子との婚姻と、我が国と講和を約束しました。道中の騎士は全てこちらの子飼いにしましたし、計画はすこぶる順調です」

得々と計画進行の報告をしてくる。

「そうか！　フラクトンッ！　期待してるぞっ！」

「殿下のご期待に添えるよう必ず成功させますっ！」

フラクトンと呼ばれたおかっぱ頭の男は、感無量な面持ちで、右拳で胸を叩くと頭を深く下げる。

「頼む。この祖国の命運はお前の働きにかかっている！」

「は、はいぃぃっ！　必ずやっ！」

フラクトンは涙ぐみながら、そう叫ぶと再度深く一礼し、部屋を退出していく。

「もし、奴が失敗したら、分かるな？」

「ぬかりなく。全てはフラクトンが祖国を慮って行動を起こした。そういうことです」

「ならいいさ。だが、これであの忌々しい女をこの国から排除できる！」

僕はテーブルの上に置いてあったグラスを持って勝利の美酒を口に含む。

「……」

これは高位貴族から献上された最高級の果実酒。その味は一般の貴族が飲んだこともないような美々な味がするはず。なのに、この時、この酒が溝水のように不味く感じていたんだ。


——景色が移り変わる。

あの絢爛豪華な一室の扉が開かれて、筋肉質な武官と思しき若い青年が部屋に入ってくると、僕の眼前のテーブルを両手の掌で叩きつけて、

「王子、なぜ、姉君をあんな豚野郎に売り渡したのですっ？」

怒号を張り上げる。その悪鬼のごとき形相に同席していた文官は頬を引き攣らせた。

「姉？　あの女はこの国の秩序の破壊を目論む、我ら王侯貴族の敵だ。敵を排除するのは当然だろう。違うか？」

「貴方は自分が何をしたのかご存じか？　一歩間違えば、殿下の姉君はあのおぞましい外道の

玩具になっていたんですよ！」

「ふんっ！　大罪人には当然の報いだ！」

若い武官は瞼を固く閉じると首を左右に振り、

「今はっきり分かった。貴方は王の器ではない。いや、人として一番大切なものが欠落している」

哀れむような、蔑むような目を向けつつ、僕にそう吐き捨てた。

「貴様、この僕に――」

当然のごとく激怒して勢いよく椅子から立ち上がり、胸倉を掴んで声を張り上げるが、武官の青年はその両手を乱暴に振り払い、

「もう貴方にはついていけない。どうぞ御一人でお山の大将を気取っていなさい！」

僕に背を向けると部屋を出て行ってしまった。

昔から信頼していた部下の突然の離反に、はらわたが煮えくり返るような激情が湧き上がり、

「くそがっ！」

悪態をつきながら、床に倒れた椅子を僕は何度も何度も蹴り続けた。

突然、鮮明だった景色がぼやけ、視界が歪んでいく。

まただ。これはあの夢の続き。己こそが理想の王になれると信じて疑わない大馬鹿野郎の記憶の残滓。王を目指した初心さえも忘れた最低最悪のクズ野郎が行き着いた先。

笑えてくる。武官の青年が去ったのは当然だ。何せ、こいつには王どころか、人の心すら持

ち合わせちゃいなかったんだから。

瞼を開けると、やけにぼやけた視界。その先で心配そうにのぞき込む、今の僕が最も大切な黒髪の少女が見える。

「ギル、よかったよぉ……」

黒髪の少女シャルは僕に抱き着くと、その胸に顔を埋めてその全身を震わせる。

バラバラになるような鈍い痛み。また、以前の全身バッキバキの筋肉痛の状態のようだ。あの最強の存在をイメージした後だし、こうなることは想定済み。おそらく、また数日間、眠り続けていたんだろう。

(今回の夢はやけに生々しかったな……)

あの夢、以前とは比較にならないくらいリアルで、はっきりしていた。あれはむしろ、夢というより過去にあった出来事の――。

(そんな馬鹿なことがあってたまるかっ!)

突如生じた強い疑念を、頭を振って全力で振り払う。

「ねえ、ギル、どうしたの?」

シャルが不安のたっぷり含有した瞳で僕を見上げていた。

「大丈夫。なんでもないよ!」

笑みを浮かべて全身の痛みに耐えつつ、そう叫ぶとシャルをそっと抱きしめた。

そうだ。僕の性格が腐っていることは認めよう。でも、実の姉を売り渡すほど、神経が太くない。何せ、魔物たちに拒絶されて内心ショックを受けているくらいだし。大方、僕は奴に雇われたハンターで、あの武官の青年のように奴の非情さについていけず、逆らって追われる身となり、この地に迷い込んだ。そうに決まっている。

胸の奥にくすぶる不安に押しつぶされそうになりながら、僕は自分自身に何度も言い聞かせた。


人という生き物はいつも最悪の現実から目を背けようとする。この時の僕もそれ。

あのリアルな夢の中では、僕は確かにあの非道で救いようのない馬鹿王子だった。あの光景も肌の感覚、臭い、感情すらも、他人の視点として見ているような生易しいものではなく、僕そのもの。その事実がひたすら恐ろしくて僕は、この時、目を背けてしまう。きっと、この時、僕は逃れられぬ悪夢の袋小路への旅路がもうじき始まることを、朧気ながらに予感していたんだと思う。


僕が目覚めてから丁度三日の正午に、キャット・ニャーの中心にある四階建ての建物で会議が開かれる。議題の内容は各部族の長たちの渋い顔を一目見れば、いかに魔物たちにとって決定しずらいかが見て取れた。

「やはり、私は承知できん！」

サイクロプス族の男サイクロンがテーブルに拳を叩きつけて己の主張を声高々に叫ぶ。

「そうだっ！　我らを邪悪と断じて絶滅させようとする教会の奴らだぞっ！　おまけに魔族もいるんだっ！　この街への移住を認めるなど言語道断っ！　許し難しっ！」

クロコダスがサイクロンに強い口調で同調する。

「あたいたち、コボルト族はイクオリの街の住民のこの都市への移住を強く推すよ」

あれだけ人間を嫌っていたコボルト族の女族長ハナがイクオリのキャット・ニャーへの編入を主張し、会議室は強い動揺に包まれる。

「お前、分かってんのかっ！　奴らは俺たちを絶滅させようという聖武神の信仰者どもだ！　おまけに、俺たちと戦争状態にある闇国の魔族どももいるんだぞっ⁉」

クロコダスの指摘はこのうえなく正論だ。しかし、此度は事情が少し違う。

「その闇国の魔族に私たちは救われたのよ。文字通り、命懸けでね」

ターマが厳粛した顔でハナに同調する。

アシュやチャトたちのチームは、イクオリで先代闇の魔王の娘、ミトラと接触したが、その際に、プロキオン勢力の敵に襲われてしまう。彼らの仲間のパンピーという魔族により、奴らの大規模攻撃から守られると同時に全員が気を失い、気が付くとパンピーの姿はなく、焼け野原の大地が広がっていた。

チャトたちの話を総合すると、パンピーが命を賭して守ってくれたんだと思う。

「そうじゃなぁ。幼い魔物の子もいると聞くではないか。受け入れぬ道理はないと思うんじゃがね」

年老いた梟の頭部の老婆がターマたちの意見に賛同の意を示す。

『魔族とのハーフだぞっ！　俺たちが憎む、汚らわしい人間種の血だっ！』

クロコダスのこの言葉に、複数の部族から支持の声が上がるが、

「それは私の甥っ子への侮辱ととらえていいんだな？」

悪鬼のごとき形相のハナに睨まれて押し黙る。そしてそれは、この場の女性の魔物たちも同じ。皆、クロコダスたちを敵意剥き出しの表情で睨んでいた。

『やめろ！　仲間同士で争ってどうする！　互いに冷静になれ！』

キージに諫められ、クロコダスが舌打ちをするとそっぽを向く。今も、睨み合う魔物たちに大きなため息を吐くと、キージは僕を見る。

「ギル、お前はどう思う？　人間の立場として答えてくれ」

「僕は……」

皆の視線が僕に集中する。言葉を選ばないといけない。僕の説得が失敗すれば、このキャット・ニャーは二つに割れる。一致団結しなければ、奴らには勝てないのは間違いない事実だから。

「プロキオンがまだ生きている可能性はあるし、元闇国四天王の一人、四本腕の魔族ドルチェも健在だ。もちろん、その裏に蠢く悪の神についても同様さ。戦力増強のためにも、受け入れられるものは、受け入れるべきだ」

今まで分析していた事実を提示する。別にイクオリをキャット・ニャーに受け入れさせたいがために偽りを述べているわけではない。これは真実であり、僕らが直面している脅威でもある。

何せ、どういうわけか、戦闘の後、プロキオンの死体はなくなっていたのだから。転移系の術やアイテムを発動したと考えるのが妥当だ。つまり、それはキャット・ニャーへの危機は全く去ってはおらず、現在進行形であることを意味する。

「お前は、人間だから支持してんだろっ！」

クロコダスの怒りの指摘に、敵意の籠った同意の声が上がる。

クロコダスは目覚めてから当初、どういうわけか僕に対する怯えのようなものが感じられたが、すぐにいつもの敵対意識丸出しの態度に戻る。もっとも、前と違い僕を直接この街から排斥するような言動はしなくなっていた。

「否定しないよ。でも、もともと魔物の種族差は、人間や魔族たちの比ではないくらい離れている。人間や魔族もただの魔物の一種族と割り切ればいいんじゃないかな？」

かねてから考えていた提案をしてみる。

「ふ、ふざけてんのかっ！　俺たちを滅ぼそうとする人間や魔族を俺たちの同胞とみなせとっ⁉」

「君は同胞と言うけど、君ら魔物ってそんなに同族意識、強かったっけ？」

素朴な疑問をブーに投げかける。

「いんや、少なくとも俺は魔物だろうと、人間だろうと、魔族だろうと、大した違いはねぇよ。あるのは強いかどうかさ」

「いや、流石にあたいも、そこまで極端ではないけどさ」

ブーの自信満々の返答に、ハナが少し引き気味に返答する。

「だが、確かに、この街ができる前はこうして人間と話すなど夢にも思わなかったしのぉ」

鼠の魔物が長い髭を摩りながら呟き、

「というか、各部族、敵視しまくって小競り合いばかりしていたなぁ」

鳥の頭部を持つ魔物がしみじみと感想を述べる。

「そうさ。この街ができて初めて各部族がまとまり、連帯的意識が形成されたに過ぎない。ならばイクオリの住民を一魔物とみなせばいいんじゃない？　彼らが自らを魔物と認めるなら大して変わらないだろ？」

僕の提案に会議室の全員が絶句し、僕を凝視する。

流石にここまで無反応だと、不安になる。

「な、何か僕、変なこと言ったかな？」

「いや、なんか、わけが分からなくなってきたぞ。魔物とはつまりどういうことだ？」

チャトが頭上にクエスチョンマークを浮かべながら、目を白黒させる。

「要は、心の問題、そういうことか？」

「そういうこと。魔物の定義など明確にあるわけではない。特に人や魔族と外見上大して変わらない種族も魔物には多い。ならば、自らが魔物と認めたもののみ、この街に加わればいいんじゃないかな？」

「奴らは、聖武神の信仰者だぞっ！」

「そうだけど、そもそも、彼らイクオリの教えは、魔物も人間も魔族も平等に神の恵みを与えられるという教えだからね。信仰者が魔物でも全く問題ないんじゃない？」

　再度の静寂。今度は驚きというよりは、各々考え込んでいる様子だ。先ほどサイクロンやクロコダスを支持していた武闘派部族たちも今は口を開かず成り行きを見守っている。

「そうだな。俺もギルの意見に同意する。彼らが自らを魔物とみなすことを条件にイクオリのキャット・ニャーへの参入を認めよう」

　キージの宣言により、

「私たちは端から、参入に肯定だったしぃ」

「そうじゃなぁ」

　女性の魔物たちが次々に同意し、

「自ら魔物とみなすなら……いいのかもな」

「オイラもこの街に入る前までは、全てが敵だったし、奴らと変わるかって言われると……」

　武闘派の男性魔物たちも、顔を見合わせて自問自答する。そんな時――。

「じゃあ、当面、イクオリの街民は専用の区画を用意して、そこで暮らしてもらったら？　そして共通で交易のようなものができる場所を作り、そこのみで触れ合う。それなら、興味がある魔物だけ行くことができるし」

　ターマの提案に、

「それなら、格別不都合はないか」

「人間を見なくて済むしな」

　武闘派の部族たちからも、支持の声が沸き上がる。

「サイクロン、お前はどうだ？」

「勝手にしろっ！　後悔しても知らんぞっ！」

　不貞腐れたかのようにサイクロンは立ち上がって会議室を出ていく。

「お前らマジでどうかしているぜっ！」

　捨て台詞を吐いてサイクロンの後を追うクロコダス。

「では、決まりだ。イクオリの街の住民限定で受け入れる。それでいいな？」

　立ち上がり、キージがグルリと見渡して出席している魔物たちの意思を確認する。

「「「「おう！（ええ！）」」」」

　魔物たちも一斉に立ち上がり、建物を震わせんばかりの大声を上げたのだった。

◇◆◇◆◇◆

　アシュは小さな広場にある木箱に腰を下ろして、キャット・ニャーの大通りで演説する武闘派リザードマンの青年をぼんやりと眺めていた。

『カイト様は我ら、魔物の神、魔神だっ！　かの御方が我らを正しき道にお導きくだされるっ！』

そう叫ぶと、彼は両手を組んで祈りを捧げる。

霧の魔王プロキオン撃退作戦以降、作戦に参加した武闘派部族を中心にカイトという名の神を魔神として崇め始めた。魔神とは魔物を生み出したとされる原初の神。

「カイト……」

その名を口にするだけで、胸の奥が熱くなる。でも、ぼんやりとした輪郭しか分からない、その名はアシュにとって、魔神の名ではなく、今は思い出せぬ大好きだった幼馴染の名前。

魔王の娘ミトラの保護を目的に、イクオリへと行き、アシュに何かがあった。

イクオリでのアシュが知る最後の光景は薄茶色の髪をおかっぱ頭にした少女。彼女の姿を最後に、意識は真っ白に染め上げられて、起きたらアシュは最も大切な人を綺麗さっぱり忘れてしまっていた。

イクオリで保護したガルーダ族からの情報により、どうやらアシュはガルガンチュアの親類縁者の娘ということだけは判明した。

しかし、ガルガンチュアは独り身であり、息子はいなかった。要するに、皆が信じていたガルガンチュアの息子という存在はこの世にいないことが判明する。

結論から言えば、今もアシュが思い出せないカイトというガルーダ族の青年は偽りであり、全くの正体不明の存在が化けていたことが判明する。

カイトは途轍もなく強く、魔王プロキオンの背後で操っていたと思しき怪物のような存在を一方的に蹂躙したらしい。

策戦に参加し、その出鱈目っぷりを目にした戦闘部族の幾人かは、魔神カイトを信仰し、毎朝、祈りを捧げている。あの策戦以降、サイクロンもプライドの高いクロコダスでさえも、決してその名を口にしない。まるで、口にするだけで不敬にあたるかのように。

もっとも、皆と異なり、アシュがキージから耳にしても意外性はこれっぽっちも感じられず、むしろ、カイトという存在ならば、きっとあり得るし、そうするだろうと、すんなりと納得してしまっていた。

カイトという存在につき、大した関わりがないならば、ここまで彼を知りえるはずがない。きっとアシュは以前からどこかでカイトという存在と深い関わりがあった。それはこうして名前を口遊むだけでアシュの心を熱く、熱く、火照らせていくことからも明らかだ。

「カイト……逢いたいのだ」

自身の台詞を自覚して血液が顔中に集まっていくのが分かる。ターマたちの言ではアシュとカイトは恋人同士のような立ち位置だったらしい。

確かに、ハグをされた心地よい感覚には覚えがある。というより、まるでたった今ハグされたかのように容易に思い出すことができる。

「むふふ……」

瞼を閉じてその感触を楽しんでいると、

「アシュ！」

「あわっ！　あわわわっ！」

突然声を掛けられてスイーツのように甘い妄想から、現実に引き戻されて大慌てで姿勢を正すと、目の前にはこの街で一番の親友となったシープキャット族のシャルムが心配そうにのぞき込んでいた。

「大丈夫？　顔、真っ赤だよ？」

「う、うん、大丈夫なのだ」

心臓が高鳴る音を自覚しながら、誤魔化すように大きく頷く。

「ならいいけど。皆が呼んでるよ？　なんでも、全体の会議でイクオリ専用の都市を作ることになったからアシュにも手伝って欲しいって！」

「分かったのだ」

立ち上がると、

「行こう！」

シャルムが満面の笑みで右手を差し出してくる。

「うんなのだ！」

アシュもその手を握り返して歩き出したのだった。

◇◆◇◆◇◆

――天上界　アレスパレス　ゴーティングルーム

アレスパレスにある執務室たるゴーティングルームでは、秘密裏にアレスの愛するレムリアの調査についての話し合いが行われていた。

レムリアは既に天軍の発動案件となっており、アレスの介入は一切禁止されている。だが、レムリアはアレスにとって我が子に等しい世界。たとえ正義の執行であったとしても、大神同士の不毛な争いで疲弊させていい場所では断じてないのだ。

アレスが最も恐れているのは、天軍による全てを灰燼と化す総攻撃《バーリッジ》。世界中の命を塵と化すのと引き変えに悪を撃つ。天界の奥の手であり、最終手段。それだけは、なんとしてもアレスは認めるわけにはいかない。

もし、敵の所在と正体だけでも判明すればレムリアの被害は最小限に抑えられる可能性が高い。故に調査を強行したわけだが、丁度、アメリア王国イーストエンドの北に広がるノースグランド全体をすっぽりとドーム状に覆うように展開されている透明の膜があるのに気付く。アレスがあの膜に気付いたのは本当に偶然。調査の際にノースグランドを上空から眺めていた時、何か小さく光ったような気がしたので、くまなく探すとそこに膜が張ってあったのだ。

「あの中ですか」

あの膜は景色を反射して内部の情報の一切を遮断している構造のようだ。いや、もしかしたらそんな単純な構造ですらないのかもしれない。何せ、あの透明の膜を分析しようと術を発動させてはみたが、あっさりキャンセルされてしまったのだから。

「天軍には報告されないのですか？」

「ええもし、すればあなたにもこの地がどうなるか分かるでしょう？」

「限定的な総攻撃《バーリツジ》ですか……」

あの会議に出席していれば、デウスたちがレムリアを危険視しているのは明らかだった。もしこんな不自然なものがあれば、よく調べもせずにこの地域ごと焼き払おうとするに決まっている。そんな覚悟を祖父たちから強く感じた。

もちろん、あそこが全ての原因ならばそれも仕方ないとは思う。だが、実際はアレスが把握していない土地神が張った結界ということもなくはない。もし何の危険もなかったとしたら、あの場所の焼却は全くの無駄ということになりかねない。だからこそ――。

「今は脅威についての確たる証拠を仕入れねばならないのです！」

「だとすると、我らだけで調べるしかありませんね。ですが……」

口籠るシルケットを一目見れば何を言いたいのかは、痛いほど分かる。

「やはり、無理でしょうか？」

「はい。きっとこれらは下界降臨防止の術。下界へ向かうのは不可能かと。もし、何らかの方法で下界に降りることができたとしても、デウス様による監視の目があります。アレス様がレムリアへ魂の一部でも移せば、立ちどころに発覚してしまうでしょう」

アレスたちの頭上に浮かぶ真っ赤に発色する輪を見上げながら、側近のシルケットが答える。

あの会議の後、祖父デウスがアレスとシルケットの額に触れると、頭上の輪は紅に染まってしまう。十中八九、祖父にレムリアへの一切の関与をさせない術を掛けられた。

もちろん、アレスごとき未熟な神が、この事件に首を突っ込むなど普通に考えれば自殺行為に等しい。それでも、アレスには己の愛する世界を守る責任と義務がある。

まだあの膜については天軍にも報告してはいない。むろん、敵は強大であり、アレスの手に負えない自覚はある。

それでも、このまま指を咥えて己の愛する世界の死をみているだけ。それだけは絶対にごめんだった。

だから――。

「ラミエル、頼みますよ！」

アレスは極めて卑劣な手段に訴える決断をした。

「は！」

跪きながら、首を垂れる純白の羽を生やした少女はアレスに力強い口調で答える。

アレスが下界に降りられない以上、誰かに調査を託すしかない。普通に考えれば最も信頼するシルケットが適任ではあるが、アレス同様、厳しい制限が課せられている。諜報活動に特化した彼女が此度の任務には適任だったのだ。

もちろん、この調査は敵の腹の中に潜り込むようなもの。危険度は最高クラスとなる。本来なら未熟な彼女に委ねるべき事項ではない。

「いいですか。この調査は大変危険です。もし、少しでも身に危険を感じたら、すぐに帰還しなさい」

アレスの渾身の説明にも、

「は！　必ずや、この使命、成し遂げて御覧に入れます！」

ラミエルはアレスの期待とは真逆の返答をしてくる。

「くどいようですが、危険なら任務など放り投げて帰還しなさい。これは私からの命令です！」

「は！」

頼られたことがよほど嬉しかったのだろう。顔を歓喜一色に染めてゴーティングルームから姿を消すラミエル。

「私は最低ですね」

敵は既に天軍処理案件であるとデウス様が宣言するほどのもの。上級神のアレスでさえ相手にすらならぬ絶対的強者に、大切な部下を送り込んだ。自分は安全な場所でその報告を待つなど、本来、神がしてよい行為ではない。それでも――。

「それでも、私は救いたいのです」

両手を組んで願いにも似た台詞を口にしたのだった。

あとがき

こんにちは、力水です。

遂に六巻の刊行とあいなりました。これも購入していただいた皆様のおかげです。心から感謝いたします！

六巻は七巻に続く、前編に当たるお話です。

前編はギルの活躍もそれなりのウエイトを占めましたが、後編の七巻はギルの苦悩とアシュメディアの決断、そしてカイの活躍がメインとなります。というか、敵の強さが半端じゃないんで、カイでなければまあ、解決は無理です。カイの無双が見たい方は、七巻必読ですよ！

ギルはWEB版の当初のキャラ設定では外道キャラのまま、おさらばする予定でしたが、改心系の話もいいかなと思いこのようなお話になりました。今ではギルも自分的に愛着のあるキャラとなっております。書いていると当初のキャラの印象と激変することが、多いんですよね。

七巻ではアシュメディアとカイとの関係にも一定の答えがでる予定ですのでお楽しみください。

それではこの物語を読んでいただいた読者の皆様とご協力いただいた方々に感謝しつつ、七巻で皆さまに、またお会いできるのを心から願っております。

本書に対するご意見、ご感想をお寄せください。

あて先

〒162-8540 東京都新宿区東五軒町3-28
双葉社　モンスター文庫編集部
「力水先生」係／「瑠奈璃亜先生」係
もしくは monster@futabasha.co.jp まで

M《》り01-06

超《ちょう》難《なん》関《かん》ダンジョンで10万《まん》年《ねん》修《しゅ》行《ぎょう》した結《けつ》果《か》、世《せ》界《かい》最《さい》強《きょう》に
～最《さい》弱《じゃく》無《む》能《のう》の下《げ》剋《こく》上《じょう》～⑥

2024年4月30日　第1刷発行

著者　力《りき》水《すい》

発行者　島野浩二

発行所　株式会社双葉社
〒162-8540
東京都新宿区東五軒町3-28
電話　03-5261-4818(営業)
　　　03-5261-4851(編集)
http://www.futabasha.co.jp
(双葉社の書籍・コミック・ムックが買えます)

印刷・製本所　三晃印刷株式会社

フォーマットデザイン　ムシカゴグラフィクス

落丁・乱丁の場合は送料双葉社負担でお取り替えいたします。[製作部]あてにお送りください。
ただし、古書店で購入したものについてはお取り替えできません。
[電話]03-5261-4822(製作部)

定価はカバーに表示してあります。

ISBN978-4-575-75337-0　C0193
Printed in Japan

モンスター文庫

異世界最強の嫁ですが、夜の戦いは俺の方が強いようです 1

～知略を活かして成り上がるハーレム戦記～

シンギョウ ガク　画 をん

異世界に転生したアルベルトはアレクサ王国で安泰な生活を目指していた。しかし、地上最強生物で鮮血鬼と呼ばれる鬼人族の女性マリーダに攫われ、しかも襲撃の手引きしたとして、王国から指名手配されてしまう。元の国に帰れなくなったアルベルトはエランシア帝国で生活していくことを決める。魅力的な肉体を持つマリーダとの営みなど良い思いをしつつ、現代知識を活かして、内政、軍事、謀略などで大きな功績を挙げる!?　ちょっとエッチなハーレムコメディー開幕！

モンスター文庫

発行・株式会社　双葉社

モンスター文庫

「おい、外れスキルだと思われていたチートコード操作が化け物すぎるんだが。」①
どまどま
画 福きつね
18歳になると誰もがスキルを与えられる世界で、剣聖の息子アリオスは皆から期待されていた。間違いなく《剣聖》スキルを与えられると思われていたのだが……授けられたスキルは《チートコード操作》。前例のないそのスキルはゴミ扱いされ、アリオスは実家を追放されてしまう。だがその外れスキルで、彼は規格外なチートコードを操れるようになっていた！　幼馴染の王女もついてきて、彼は新たな地で無自覚に無双を繰り広げていく！
モンスター文庫

発行・株式会社　双葉社

モンスター文庫

異世界召喚は二度目です
1
岸本和葉
Kazuha Kishimoto
illustration 40原
Shimahara
かつて異世界へと勇者召喚され、その世界を救った男がいた。もちろん男はモテまくるようになり、異世界リア充となった。だが男は「罠」にハメられ、元の世界へと強制送還。おまけに赤ん坊からやり直すことに——。これは、今はちょっぴり暗めの高校生・須崎雪として生きる元勇者が、まさかまさかの展開で、再び異世界へと召喚されてしまうファンタスティックすぎる勇者様のオハナシ!! 書き下ろし番外編「輝くは朝日、決意は夕陽」を収録した「小説家になろう」発、痛快バトルファンタジー!
モンスター文庫

発行・株式会社　双葉社

モンスター文庫

進化の実
1
知らないうちに
勝ち組人生
Miku
美紅
Umiko
U35
illustrator
ある日、柊誠一の通っている高校が学校ごと異世界に転移した。デブ&ブサイクの誠一はクラスメイトに仲間はずれにされ、一人森をさまよう。クレバーモンキーが持っていた〝進化の実〟を食べて飢えをしのぐが、ステータスで《運》がゼロの誠一は、カイザーコングのサリアに襲われる。しかし……『私、初メテ。ダカラ、優シクシテネ？』なぜか、サリアに求婚されたァぁぁぁ!? 一途なサリアに〝ゴリラもありかな〟なんて思っていた矢先、2人は悲劇に見舞われる。しかし〝進化の実〟を食べていた2人には、信じられない奇跡が!?――『小説家になろう』発、大人気アニマルファンタジー！
モンスター文庫

発行・株式会社　双葉社